体系需求工程技术与方法

杨克巍　赵青松　谭跃进
李孟军　鲁延京　黄　魏　编著

国防科技大学学术专著出版基金资助

科学出版社
北　京

内 容 简 介

　　体系工程是系统科学、管理科学与复杂性科学在研究特定体系问题时产生的新领域。本书以体系需求为主,将武器装备体系作为主要研究对象,重点围绕体系需求工程研究的主要内容展开阐述,内容包括体系需求获取与表示技术、体系需求建模方法与技术、体系需求分析方法与技术、体系需求管理技术、体系需求演化方法等。

　　本书可供系统工程、体系工程、军事装备学、管理科学与工程相关专业的研究人员、工程技术人员及高校学生参考阅读。

图书在版编目(CIP)数据

体系需求工程技术与方法/杨克巍等编著. —北京:科学出版社,2011.2
ISBN 978-7-03-030203-8

I.①体… Ⅱ.①杨… Ⅲ.①系统工程-研究 Ⅳ.①N945

中国版本图书馆 CIP 数据核字(2011)第 019777 号

责任编辑:孙　芳 / 责任校对:刘亚琦
责任印制:赵　博 / 封面设计:耕者设计工作室

斜 学 出 版 社 出版
北京东黄城根北街 16 号
邮政编码:100717
http://www.sciencep.com

丽 源 印 刷 厂 印刷
科学出版社发行　各地新华书店经销
＊

2011 年 2 月第　一　版　开本:B5(720×1000)
2011 年 2 月第一次印刷　印张:14 3/4
印数:1—2 500　字数:285 000

定价:**50.00 元**
(如有印装质量问题,我社负责调换)

前　言

进入 21 世纪以后,随着以信息技术为代表的各项高技术在各领域的广泛应用,原来广泛存在的系统之间的交互和联系越来越普遍,也越来越广泛,这些联系多数以信息为介质,以网络为载体,通过互联、互通和互操作实现交互和协同,以完成共同的目标和使命。在这样的背景下,大规模的系统组合在一起完成任务成为普遍现象,体系的概念及其相关研究也成为研究的热点领域。

本书以体系需求为主,在简要介绍体系、体系工程的由来、概念及其最新发展和研究的基础上,重点围绕体系需求工程研究的主要内容展开阐述,主要包括体系需求获取、表示方法与技术、体系需求建模方法与技术、体系需求分析方法与技术、体系需求管理技术、体系需求演化方法等。最后根据体系工程及体系需求工程的国内外最新研究成果及研究热点进行了分析及展望。

本书为体系工程,特别是体系需求工程相关领域的研究人员提供了一个了解和研究体系需求工程较为全面的知识体系。特别的是,本书以武器装备体系为主要研究对象,着重分析和研究了武器装备体系需求工程的特点和相关技术方法。本书可以为开展武器装备建设的规划计划论证、论证评估及装备的全系统全寿命科学管理提供科学的理论、方法、技术和工具的有力支撑;为武器装备体系顶层设计人员开展相关领域研究提供技术指导,为优化影响武器装备体系发展的各种要素(如规模结构、配比结构、技术水平、数质量等)提供思路、方法,并提供可供实用操作的具体技术、手段的相关知识。

本书共分 8 章。第 1 章介绍体系与体系工程的产生与发展;第 2 章介绍体系需求工程与装备体系需求工程的基本概念;第 3 章~第 7 章是本书的主要内容,围绕体系需求开发过程模型,分别介绍体系需求获取、体系需求建模、体系需求分析、体系需求管理、体系需求演化的相关方法、技术及工具;第 8 章介绍国内外开展体系研究的主要机构、研究重点方向和热点问题。

本书凝结了国防科技大学体系需求课题组 4 年来的研究成果,全书由杨克巍、赵青松负责统稿和撰写,谭跃进、李孟军两位教授分别参与部分章节的撰写和指导工作,鲁延京、黄魏两位博士生分别参与了第 4 章、第 5 章和第 7 章的撰写。此外,非常感谢李善飞、常雷雷、程贲、熊健、陈秀锦、廖天俊、高兵、张小可、徐恒,他们在研究生期间卓有成效的研究为本书的理论、方法及实例研究提供了丰富的素材。同时向为本书出版做出大量工作的人们表示深深的感谢!

本书形成初稿后,中国人民解放军海军军种指挥学院陈文伟教授、北京系统工程研究所游光荣研究员等专家进行了学术审定,对书稿给予了充分的肯定,同时还提出了许多建设性的修改意见。针对专家提出的修改意见,作者进行了进一步的修改和完善,在此表示深深的敬意和感谢!

本书出版得到了"985 工程"二期国防采办管理哲学社会科学创新基地、国防科技大学学术专著出版基金资助,以及国家自然科学基金项目"体系需求分析中导向性涌现研究(70901074)"、"面向演化的体系结构设计与优化方法研究(71001104)"的资助,在此一并致谢!

由于作者水平有限,书中难免存在不妥之处,敬请读者批评指正。

目　　录

第1章 体系与体系工程

随着时代的迅猛发展,特别是信息时代的突飞猛进,在解决重大问题时,需综合考虑的相关因素越来越多,且所处外部环境的不确定性越来越强。例如,考虑天气、安全、出入流、服务质量等因素的综合空中交通系统建设,考虑战略背景、国家使命、科学技术发展、恐怖主义等的军事装备发展方案等。面对上述问题时,仅仅单纯考虑某个系统或几个系统的工程优化解决方案,往往无法全面适应和解决上述复杂问题,而传统的系统工程方法在处理此类规模庞大、目标变化大、环境因素不确定性强的问题时缺乏有效手段和方法。

完成特定目标时由多个系统或复杂系统组合而成的大系统,在不同领域和应用背景下有多种不同的术语来进行表述,使用较为广泛的如 Systems within Systems、System of Systems(SoSs)、Family of Systems(FoSs)、Super-Systems、Meta-Systems 等。随着研究的不断深入,SoSs 这一名词逐渐得到研究人员的认可并被广泛使用,我们将其直译为"系统的系统",称为"体系"。从字面理解,体系是由系统的系统构成,即多个系统,其可能是层次明确的多级"系统—子系统"模式;可能是紧密耦合的多个相关系统组合;也可能是一类松散联邦制,根据具体环境(威胁、目标等)快速聚合的系统集合,应用体系的理念及其相关思路,在面临复杂问题时往往具有强适应性,即当某个构成体系的系统出现问题或者损坏时,快速灵活调整体系的局部构造,新"体系"仍旧胜任原有任务,而且具有宽扩展性,即随着时间和环境的变化,只需要调整(更新)某几个系统,增加或者改进这些部分,在保持体系总体结构的同时,使用最小的代价大幅提升体系的能力。体系的这些特点使其成为 21 世纪初交通、军事、制造、社会研究等领域的热点方向。

体系工程(System of Systems engineering,SoSE)是系统科学、管理科学与复杂性科学在研究特定体系问题时产生的新领域。目前,体系研究的主要研究思想、理论和方法多脱胎于系统工程的思想,并在此之上面向体系研究中的独有特征及应用领域的差异,科研人员建立了一套面向体系独有特征的分析模式。

1.1 体系问题的由来

人类对客观世界的认识与改造,或从总体到局部,再到总体;或自顶向下,自底向上,再自顶向下;或从分解到综合,再分解,再综合,不断螺旋式地向更广、更深的方向发展。20 世纪 40 年代,在贝塔朗菲、香农、维纳等人的努力下,人们逐步将系统作为认识客观世界的一个基本载体。伴随一般系统论、运筹学、控制论、信息论、系统工程、自组织理论等基础理论的产生与发展,系统思想成为人们认识客观事物的基本指导思想之一,系统工程也逐步成为现代社会解决复杂问题的一种主要工程方法和技术手段,如载人航天、三峡工程、南水北调等。

从 20 世纪 90 年代初开始,体系一词出现并广泛应用在信息系统、系统工程、智能决策等研究领域。体系一词的出现在文献中最早可以追溯至 1964 年,有关纽约市的《城市系统中的城市系统》中提到"Systems within Systems"。英文词汇中常使用的 SoSs 与我们一般所称的体系概念最为接近,而随着研究范围的不断扩大和内涵的差异,在外文文献中,Super-System、Federated System、FoSs、System Mixture、Ultra-Scale Systems(超大规模系统)、Enterprise-Wide System 等词也在不同领域和背景下表达了与体系相近的含义。进入 21 世纪以后,越来越多的大规模、超大规模的相互关联的实体或组合出现,特别是在信息领域,超大规模系统正成为体系领域研究的另一个热点。

国际上许多学术机构和学者从体系的组成、类型、内涵、领域应用及关键技术等方面进行了研究,并取得了一定的成果。随着研究的深入,美国已经成立了多个体系研究的专门机构,如体系高级研究中心、老道明大学国家体系研究中心。IEEE 也专门开辟了体系领域的专题,从 2005 年开始每年召开一届体系工程国际会议,会议主席由著名的体系研究学者 Jamshidi 担任,体系及体系工程的研究逐渐成为系统科学和复杂性科学研究的热点。而国内学者对于体系的研究相对滞后,研究也主要集中在军事领域。国防科技大学信息系统与管理学院自 20 世纪末以来开始关注体系的相关问题,以军事问题为背景,对体系需求、体系结构优化及体系评估等问题进入了深入的研究。有关体系研究的主要机构及学术前沿详细内容请参考第 8 章。

在体系领域研究的发展初期,尽管发展势头很好,但对于诞生不久又正在成长中的新兴领域,在体系及体系工程的各种概念、观点和开发等方面存在着大量的争议,需要围绕这方面研究的基础知识形成一个较为一致的观点,以便在更深层的探讨中不断提高研究水平。

在综合多个定义(详见 1.2 节)的基础上,本书将体系定义为:在不确定性环境下,为了完成某个特定使命或任务,由大量功能上相互独立、操作上具有较强交互性的系统,在一定约束条件下,按照某种模式或方式组成的全新系统。体系是在当今世界一大批高新技术发展的推动下,形成和发展起来的一类按人为机制和人为规则构成的"非物理性"系统。例如,航天装备体系是由各种侦察、预警、通信、气象、导航卫星及其地面应用、运行控制和发射系统组成的。目前,经常提及和应用最为广泛的一个代表就是武器装备体系。现代战争条件下,军事对抗的胜负不仅仅取决于某一种或者某几种参战武器装备,还取决于所有参战武器装备所形成的整体作战能力及其在对抗中是否得到恰当运用,甚至是各类未直接参战的武器装备(如保障装备、后勤装备等)的综合实力的比拼。在联合作战背景下,战争不再是单一的武器对武器、平台对平台的对抗,武器系统之间实现互联、互通和互操作,各种资源包括信息被充分共享,由指挥控制系统、侦察监视系统、联合火力打击系统等各种系统组成作战体系的对抗。

美军在装备采办阶段即提出了面向体系、基于能力规划(capability-based planning,CBP)的采办,即未来装备的发展全部要纳入到各类体系的建设规划中,否则不予以支持。在已经公布的美军各类典型装备体系建设任务中,以下是当前正在建设的非常具有代表性的体系:①陆军作战指挥系统(Army Battle Command System);②空军作战中心系统(Air Operations Center Weapon System);③弹道导弹防御系统(Ballistic Missile Defense System);④美国海岸警卫队指挥和控制系统(United States Coast Guard Command and Control Systems);⑤国防部情报信息系统(Department of Defense Intelligence Information System);⑥未来作战系统(Future Combat Systems);⑦军事卫星通信系统(Military Satellite Communications);⑧海军综合火力控制和防空体系(Naval Integrated Fire Control-Counter Air)。

体系建设不仅要考虑体系层面的条件、约束和目标,还要考虑组成体系的系统层面的条件、约束和目标。体系建设具有规模大、周期长、耗资大等特点。组成体系的各个系统在功能上的独立性导致构建的体系可能存在冗余或差距,对体系需求的分析和体系结构优化已经成为当前体系建设所面临的一个重要问题。在目前的体系研究中,如何明确一套被体系各利益相关者所共同接受、理解并能准确表达各方的需求规范,是体系工程研究需要首先解决的问题。

2009 年,国际系统工程期刊通讯(System Engineering INSIGHT)刊发了著名系统工程学者 Kasser 对于系统和体系评价的一篇论文,他认为体系的概念及其存在性产生了分歧:一些人认为体系是一个全新的问题,需要提出新的方法、技术,并设计新的工具来进行研究,代表人物是 Cook 和 Bar-Yam;另一个阵营的人则认为体系问题属于复杂性研究领域,可以采用处理复杂性的手段来解决问题,只在处理某些细节和特殊背景的特殊问题时,才需要运用新的技术和手段予以解决,代表人物包括 Maier、Hitchins 和 Rechtin。

Kasser 认为体系与系统的研究不存在本质的不同,只是不同角色的人员在研究和解决问题的过程中采用不同的视角看待同一个体系所产生的差别,如图 1.1 所示。

首先,从传统的系统工程观点来看,图 1.1 自上而下是一个"集成系统—系统—子系统"模型,主要采用了纵向视角对相关问题领域进行观察和描述,多出现在开展总体论证、系统分析时;而持有全新概念 SoSs 的人则更多的是从横向视角

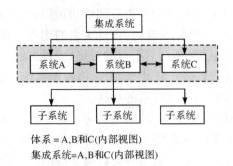

体系 = A,B和C(内部视图)

集成系统=A,B和C(内部视图)

图 1.1　不同视角看待体系

出发,将这些系统纳入整体进行考虑,多出现于具体提出解决方案时。

其次,当系统 B 从上向下观察时,我们看到它由三个子系统构成,当观察集成系统时,也会发现它是由三个子系统构成;但从横向视角观察它时,会发现通常被称为一个"体系"。因此,在解决体系问题时,应将其视为"系统工程发展的新领域",其中有许多需要重新研究的问题,但总归从目前的研究来看仍属于系统工程领域。

本书从体系和体系工程的基础理论、概念出发,重点介绍体系需求工程中有关体系需求获取、需求建模、需求分析、需求管理等方面的主要理论、方法和技术,着重从模型和工具的角度为开展体系需求工程研究提出一些见解和观点。

1.2　体　系

1.2.1　体系的定义与特点

1. 体系的定义

不同领域的学者和组织从他们各自的领域背景和角度提出了体系的定义,表 1.1给出了其中部分较为权威和被广泛应用的关于体系的定义和描述。

表 1.1　体系的一些定义及应用领域背景

出处	体系定义	侧重描述	应用领域背景
Maier(1996)	为实现共同目标聚合在一起的大型系统集合或网络	系统间的信息流动,通信标准;根据是否存在集中管理和共同的目标来划分体系	军事系统中以强制型和协作型体系为多。前者要求组成系统虽然能够独立使用和管理,但仍进行集中式管理,必要时分解开来;后者则要求组成系统各自独立使用和管理,但能够相互协作,增强各自的能力

续表

出处	体系定义	侧重描述	应用领域背景
Cook(2001)	体系是包含人类活动的社会-技术复杂系统,通过组成系统之间的通信和控制实现整体涌现行为	体系分类:专用体系(dedicated SOS);临时体系(virtual SOS)	两类军事体系:一类在设计阶段就考虑到组成系统的协作,以满足共同的目标称为专用体系;另一类是在设计阶段没有考虑日后的协作,在短期(数周)内为完成特定使命而构建的体系,如联合维和行动的指挥控制体系,其组成系统之间从未进行过互联测试,这类体系将会在行动完成后自动解体
Scott Selberg	体系是具有一定功能的独立系统的集合,这些系统聚合在一起获得更高层次的整体涌现性		一般通用领域
美国国防部	相互关联起来实现指定能力的独立系统集合或阵列,其中,任意组成部分缺失都使得整体能力严重退化。能够以不同方式进行关联实现多种能力的独立系统集合或阵列		军事体系族
IEEE	在多个独立机构的指挥下,能够提供多种独立能力来支撑完成多项使命的大型、复杂的独立系统的集合体		一般领域
汉语词典	体系是若干有关事物互相联系、互相制约而构成的一个整体	与系统含义相近,强调关于某事物的整体认识	理论、知识等抽象层面,如思想体系、科学体系、学科体系等

其他的国内外文献中有关体系的定义如表 1.2 所示。

表 1.2 其他有关体系的定义

时间	作者	有关体系的定义
1994	Shenhar	体系是大范围分布的系统集合成的系统的网络,这些系统一起工作达到共同目的
1996	Manthorpe	对于联合作战,体系是由 C4ISR 系统联系起来的具有互操作和协同能力的系统。主要关注点:信息优势。应用领域:军事

时间	作者	有关体系的定义
1997	Kotov	体系是由复杂系统组成的大规模并发分布式系统。主要关注点:信息系统。应用领域:私人企业
1998	Maier	体系是组件的集合物,这些组件单个可作为系统并具有以下特征:①组件的运行独立性,若体系拆回成它的组件系统,组件系统必须能有用地独立工作;②组件的管理独立性,组件系统不仅可以独立运行,而且实际上是独立管理的;③其他特性,如体系的演化发展与整体涌现行为等
1998	Lukasik	体系工程主要研究许多系统如何集成为体系,这将最终有助于社会基础设施的发展。主要关注点:系统评估、系统交互。应用领域:教育
2000	Pei	体系集成是一种寻求系统开发、集成、互操作和优化的方法,用以提高未来战场想定的性能。主要关注点:信息密集系统集成。应用领域:军事
2001	Carlock 和 Fenton	体系工程主要关注传统系统工程活动与战略规划和投资分析等企业活动的结合。主要关注点:信息密集系统。应用领域:私人企业
2006	张最良	体系是能得到进一步"涌现"性质的关联或联结的独立系统的集合
2006	Northrop	体系由许多独立的系统组成一个整体,并满足指定的需求。主要关注点:系统的涌现性。应用领域:软件工程
2006	Kaplan	体系是由多个在不同权利机构管理下不断发展的独立系统构成的长期集合,其目的是提供多种相互独立的能力以支持多种任务

　　上述定义从军事、商业、教育、软件工程等领域给出了体系的相关定义,有着不同的关注点和特征,在它们各自的领域内都是有较强说服力和应用广度的。

　　2. 体系的特征

　　针对体系,Maier 给出了 5 条准则来区分体系与一般系统:①体系的组成部分在运行上的独立性;②体系的组成部分在管理上的自主性;③体系的组成部分在地域上的分布性;④体系的涌现性;⑤体系的演化性。Kaplan 对体系进行了全面深入的研究,归纳了体系的特点如下:①体系组成部分管理的独立性、重叠性和复杂性;②体系组成部分规模大、具有主动权且逻辑边界模糊;③体系构成部分之间信息共享的不确定性;④体系超长的生命周期;⑤体系所面向任务的不确定性、复杂性和评估的复杂性。

　　3. 体系研究与开发的原则

　　体系的上述特征对于体系的开发策略具有决定性的影响,为有效实施体系的开发与研究,体系开发过程中需要遵循以下原则。

(1) 加强体系的顶层分析与设计,保证体系有目的地演化。为使最终开发出来的体系满足用户的要求,首先要进行需求分析。通过需求分析,全面获取利益相关者对体系的需求,尤其是那些长远的、规划性的需求;识别需求之间的冲突,并进行权衡分析,使体系的利益相关者对于体系的发展形成一致的需求;对体系需求进行管理,实现需求到后续开发过程和产品的跟踪,重视需求的变更。在确定需求的基础上,探索体系的实现方案,关键是体系的结构方案。在体系的结构设计中,要从使用性能、技术、经济、风险等多方面对备选结构方案进行综合分析。另外,良好的扩展性和适应性将会是体系结构设计必须考虑的目标,只有实现该目标才能有效促进体系的演化。

(2) 采用分布、演化的开发方式,规避开发风险,提高开发效率。考虑到当前基于系统项目的开发管理体制,体系的开发模式与之完全不同,无法找到一个组织能够从总体和全局上负责整个体系的开发与管理,只能是以体系的组成系统为单位建立相应的开发项目,并确立这些系统开发的规范和原则,建立一个统一的协调与指导机构予以负责。另外,体系的利益相关者存在不同的群体,对体系的开发拥有不同关注点和利益,这为体系的分布开发提供了必要条件。在分布开发方式下,体系包含多个系统项目,这些项目可在一定程度上并行实施,不仅缩短了总的开发周期,降低了部分开发资源的闲置时间,还能让相关利益相关者同时参与到体系的开发中,有利于提高利益相关者的积极性。体系的开发是一个长期的过程,不仅仅包括新组成系统的开发与加入,还包括对于老系统的综合利用,所以,如果直到体系开发完成后才能测试、部署或使用体系,那么,很难保证最终的体系是否满足用户的要求,这为体系开发带来了巨大风险。演化开发方式提出了采用迭代、分批或增量的方式实现体系的逐步开发,不仅有利于用户意见和要求得以快速反馈,实现体系的优化设计,还能通过识别风险因素,制定迭代增量的计划,有效降低体系开发的总体风险。

(3) 协调体系的开发项目,管理体系的演化。在体系的不断演化过程中,各组成系统的开发并不是完全独立的,开发项目中的有关决策,如制定接口标准,仍需要根据体系的总体目标进行协调。一般地,在体系层次存在一个专门的集成工作组,负责体系的演化管理,在组成系统的接口、进度、费用等方面协调各项目的开发。在组成系统层次,每个系统开发项目都有自己的集成工作组,在体系集成工作组的指导下完成各项目的系统工程任务,并把项目开发中出现的一些问题上报,由体系工作组负责协调处理。

1.2.2　体系与系统

体系概念的提出最开始就是脱胎于对大系统及多个系统组成的复杂系统问题的研究,最初,研究人员大部分沿袭了系统工程的相关理论、方法和技术来处理体系问题,但随着体系应用的不断扩展,体系研究中的新问题不断出现,这些独有的特征和特点迫切要求使用新的方法和技术来解决实际问题。

体系与系统最大的区别是:构成系统的功能部分之间的相互关系紧密,是紧耦合关系;体系的构成要素往往具有较强的独立目标,且独立工作能力相对较强,这些要素之间是松耦合关系,且根据不同的任务需求可以快速地重组或分解,体系工程主要研究如何根据目标的指引建立最优(满意)的体系结构来完成任务。

表 1.3 给出了系统与体系在各个方面上的比较,可以较为清晰地表现出体系区别于系统的典型特征。

(1) 体系能够产生新的功能,具有涌现性特征,这种功能往往是构成体系的元素个体所不具备的,或者单个个体完成效果显著低于体系。

(2) 体系的构成要素是动态变化的,一方面根据完成任务过程中调整体系构成或者结构以满足目标的要求;另一方面由于不可测因素带来的部分环节和要素功能的缺失,需要其他替代要素补充或体系内部结构调整以弥补。

(3) 体系更多的是体现组合关系,构成体系的元素之间的相互作用和相互配比与组合方式的不同能够胜任和解决不同的任务。

(4) 体系的组成部分间松耦合;组成元素具有自治性;边界的演化性;元素互操作与管理的独立性;涌现性行为;目标多样性。

表 1.3　系统与体系的比较

	系统	体系
复杂性	一般系统的复杂性不明显	体系的一项重要特征,表现在体系结构、行为与演化的复杂性上
整体性/涌现性	系统表现出"整体大于部分之和"的特征。从整体中必定可以发现部分中看不到的系统属性和特征	体系也具有"整体大于部分之和"的特征,但表现出强烈的涌现特性。体系将具有大量组成组件完全没有的特征或属性
独立性	系统的各要素一般不具有独立性	体系各组件是独立存在的
目标性	通常,系统都具有某种目的。为达到既定目的,系统都具有一定功能,而这正是系统之间相互区别的标志	体系拥有超过一个目标,但在特定条件下有一个核心目标主导体系运行
层次性	一个系统可以分解为一系列的子系统,并存在一定的层次结构	体系可能存在层次结构,也可能不存在,如 Internet 上的节点可以是网状结构

通过比较体系和一般系统之间的差别,总结出体系具有如下基本特征。

(1) 开放性。对于一般系统,系统工程人员在最开始研究它时就为其划定边界,定义它们与外部环境之间存在的物质、能量、信息交换关系。系统工程人员出于研究便捷的目的,往往人为地定义系统的确定性边界,简化它们与外部环境之间的影响关系,尽可能把一般系统当做一个相对独立和封闭的系统进行处理。但是,体系作为一类特殊复杂系统,其边界并不明确,组成元素从属于它到不属于它是逐步过渡而非"一刀切"的,且不同体系存在相互渗透,经常是"你中有我,我中有你",有时同一个组成元素被包含在不同的体系中,而且随着时间的推移、环境的变化,体系的构成要素及其范围也发生着变化。对于体系与环境之间的关系,一方面外部环境对体系有着重要影响,如组织的高层战略与制度、科技水平与经济条件、自然环境及对手的情形等因素,当这些因素发生变化时,体系也将随之做出变化;另一方面,体系也能对外部环境施加影响,具体而言,体系的开发将直接影响到外部环境的战略、经济、技术等方面。

因此,体系具有"不可简化"的开放性。开展体系研究时必须正视这一体系复杂性根源,"把复杂性当做复杂性处理"。这里的"不可简化"并不是指不能对体系与外部环境的关系进行简化,而是要求不能把体系的开放性给简化掉,要在保持开放性这一前提下进行适当的简化。

(2) 多利益相关者。一般来说,某个系统的开发工作通常由多个人或组织共同承担,每个合作者只完成系统的某个明确组成部分,这些合作者一般只支持某个特定的用户群体。所有的系统开发工作都在一个垂直性项目管理机构的领导下进行。

对体系而言,它所面对的大多是隶属于不同领域的代表及用户群体,这些用户群体及其他利益相关者群体在体系生命周期中拥有自身对体系的独特视角、利益和关注点,这些关注点不可避免地存在一定的冲突和矛盾,传统的应用于系统开发的集中控制方式无法有效解决这些冲突,只有建立一个跨利益相关者群体的水平结构的综合性组织,如集成产品开发小组,采用权衡分析方法,才能做出令所有利益相关者群体满意的决策。

(3) 组成系统的协作性。一般系统中,各组件之间存在高度耦合关系,这种高耦合可理解为组件之间存在强制性的关联。强制性表现在某个组成系统必须在其他相关组成系统的支持下才能有效发挥作用,如物理上的结构依赖关系。在体系中,组成系统之间存在松耦合关系,某组成系统并不强制要求与另一个组成系统进行关联,而是根据目标要求和具体情况有选择地建立联系,如信息服务,这种非强制性的关系被定义为一种协作关系,且这种关系不是稳定不变的,可能随着任务的调整、任务的变化,组成系统之间的关系也随着发生变化。

组成系统之间存在这种协作关系的前提是它们各自能够保持一定的独立性,这种独立性表现在以下几个方面:①存在独立性。组成系统一般能够独立完成特定的使命任务,满足特定用户的需求,这使得每个组成系统都拥有自己特定的用户群体,这也是组成系统能够独立存在的根本原因。②使用独立性。组成系统能够根据自身目标和所处环境决定使用方式,能够在缺乏其他系统支持的条件下独立执行某些特定功能和任务。③开发独立性。体系的开发管理组织根据有关规章、制度独立决定组成系统的开发策略、技术方案等,并且每个组成系统都拥有自身特定的生命周期。

在保持一定独立性的前提下,组成系统能够进行协作,从而帮助体系达成更高层次的使命目标,提高体系的整体开发效率。对于一些高层的使命目标,单纯依靠个别系统的支持是难以完成的,必须利用相关系统进行协同工作,才有利于发挥整体的效能。在组成系统的开发上,尤其在需求分析、概念设计等前期开发阶段,通过对组成系统项目进行协作设计,有利于提高体系整体的开发效率,如合理安排相关项目的进度可缩短形成体系能力的时间。

组成系统进行协作的基础是它们之间具有互操作能力,互操作能力也是体系需求分析、设计中重要研究内容。当前,体系结构技术是从不同层面描述体系中组成系统互操作能力的主要手段。

(4) 涌现性。系统科学把整体才具有、孤立部分及其总和不具有的特性称为整体涌现性(或称突现性,whole emergence)。复杂系统的涌现一般具有层次性,这种层次性是复杂性的重要来源。从组成要素性质到整体性质的涌现需要通过一系列中间等级的整合,每个涌现等级代表一个层次,每经过一次涌现,就形成一个新的层次。对体系而言,其涌现性是由组成系统按照体系的结构方式相互作用、相互补充、相互制约而激发出来的,是经过逐步整合、发展体现出来的,是处在系统层次之上的涌现性。

在开放和边界不明确的背景下,体系组成系统之间及体系与环境之间存在动态的交互作用,这些交互在效果上的叠加与传播使得体系的整体行为难以预测,也很难保证涌现出来的体系行为正是我们所期望的。

2008 年,13 位著名体系工程领域专家提出的体系工程目前面临急迫解决的10 个问题中,导向性涌现行为(guided emergence)研究被评价为难度最大和具有很高研究价值的方向之一。导向性涌现的研究目的是通过聚焦体系设计与开发的目标,将涌现行为导向体系用户期望的方向发展,导向涌现行为可以被看做是为了实现体系使命目标的一个策略,即体系开发的最终目的。

(5) 演化性。系统的结构、状态、特性、行为、功能等随着时间的推移而发生的变化称为系统的演化。演化性是系统的普遍特性,也是体系的重要特征之一。

一般地,系统独立地进行演化,演化主要有迭代和增量两种形式,分别对应系统的新型、改进型。体系的演化是无时无刻不在进行着的,且存在多种演化方式。体系的组成系统也能够进行独立演化,不过,首先要保持组成系统之间的接口标准。组成系统的独立演化一般会导致体系的功能、特性发生变化,但不会产生结构上的变化。更多情况下,体系中组成系统呈现联合演化和涌现演化的方式。联合演化方式是指体系中两个或两个以上的、存在协作关系的组成系统联合起来同时增强各自系统的互用性和功能,从而实现体系的整体演化。涌现演化主要是指在原有组成系统基础上,通过引入新系统来增强体系的能力或提供新能力。联合演化和涌现演化方式通常会导致体系在结构上的变化。

通常,体系演化都是在以下三种情况时发生:①体系重新设计、重新开发、修改或者改进,如一个独立新体系的开发。②两个或多个系统的集成为了更好地支持新的、不断提高的需求。③新体系基于现有体系基础上增加了新的功能或者能力。

体系演化具有三种形式:①自身演化。重新设计、重新开发或者对某个现有体系进行改进。需求包括提升支撑某些业务活动功能、提升性能等,一般通过使用新的设计或者先进技术,另外,还包括通过面向未来的开发和一些系统的组合集成而带来的体系结构的改进。②联合演化。两个或多个现有体系的集成。需求包括系统、数据共享之间的交互操作,改进系统功能或者服务及系统之间的工作流集成。③涌现演化。在现有体系的基础上设计和开发一个新体系。需求包括基于一个现有体系基础的新能力的开发,新体系支持涌现的业务需求。

虽然体系和集成系统的组成要素似乎没有什么区别,但可以发现体系的视角更多的是从一个横向的角度、联合的角度去观察问题,而且当观察方位发生变化时,体系的组成系统就会有较大差别,也就是所谓的体系动态性——构成体系的要素可能是不确定的,但这种不确定性并不一定会导致体系不稳定,因为不同要素构成的体系可以完全胜任同样的任务。相反,恰恰是体系构成要素的动态性为体系完成其使命带来了强大的鲁棒性。

1.3　体系工程

1.3.1　体系工程的含义

面对当前的体系问题,传统的系统工程方法不能完全胜任,在这种大背景下,体系工程应运而生,它是对系统工程的补充。为了应对体系在实践中遇到的规划、分析、组织、集成等复杂问题,研究人员发展系统工程理论与方法,提出了体系工程的新方法以应对传统系统工程方法面临的挑战。

体系工程是近年来国际上一个新兴的热点研究领域,与传统的系统工程理论相比,体系工程在分析和解决不同种类、独立、大型的复杂系统之间的相互协调与相互操作问题更具有针对性。国际上对体系工程的研究刚刚起步,与体系的定义一样,体系工程也并未形成一个权威定义,目前较多出现的定义如下。

定义 1.1　体系工程解决体系中的系统集成,最终为社会基础设施的发展做出贡献。

定义 1.2 美国国防采办手册的第四章专门讲述体系工程,定义体系工程是对一个由现有或新开发系统组成的混合系统的能力进行计划、分析、组织和集成的过程,这个过程比简单的对成员系统进行能力叠加要复杂得多,它强调通过发展和实现某种标准来推动成员系统间的互操作。

定义 1.3 SoSECE(SoS Engineering Center of Excellence)指出体系工程是设计、开发、部署、操作和更新体系的系统工程科学,它所关心的是:确保单个系统在体系中能够作为一个独立的成员运作并为体系贡献适当的能力;体系能够适应不确定的环境和条件;体系的组分系统能够根据条件变化来重组形成新的体系;体系工程整合了多种技术与非技术因素来满足体系能力的需求。

定义 1.4 体系工程是设计、开发、执行和转变组分系统,以形成集成的复杂系统来完成特定任务并获得期望效果,是实现能力、使命或期望结果的方法。

定义 1.5 企业级体系工程聚焦的是传统的系统工程活动在企业的战略规划、投资分析活动中的应用。

SoSECE 为体系工程从特征角度给出了如下解释:体系工程就是将技术、非技术因素、实战和商业背景及企业推动力和限制条件融合在一起来满足体系能力的需求。

通过对系统工程的理解并结合体系的特征,本书给出体系工程的定义:体系工程是面向体系的能力发展需求,在体系的整个生命周期中,在体系的设计、规划、开发、组织及运行过程中应用的理论、技术和方法,并对系统所进行的系统管理过程的总称。

体系工程要解决的问题和达到的目标如下:①实现体系的集成,满足在各种特定环境下的能力需求;②对体系全寿命周期提供技术与管理支持;③达到体系中组分系统间的费用、性能、进度和风险的平衡;④对体系问题求解并给出严格的分析及决策支持;⑤确定组分系统的选择与配比;⑥组分系统的交互、协调与协同工作,实现互操作性;⑦管理体系的涌现行为,以及动态的演化与更新。

体系工程主要包括 8 个管理过程和 8 个技术过程。管理过程包括:①决策分析。实现体系费用、效能、进度、风险及可靠性的平衡。②技术规划。在体系的整个生命周期里恰当运用必要的技术和系统工程计划。③技术评估。度量技术过程和技术成熟度。④需求管理。获取和管理需求及其属性和关系。⑤风险管理。识别整个生命周期里潜在的风险。⑥配置管理。建立和维持需求、当前属性和配置信息之间的一致性。⑦数据管理。获取数据来源,数据的访问、共享、集成及使用。⑧接口管理。建立恰当的接口定义及文档说明。技术过程包括:①需求开发。获取各利益相关者的需求。②逻辑分析。理解需求而开发可行的解决方案。③设计求解。开发可执行方案以确认需求和功能结构。④执行。通过制造、获取或重用来进行集成、确认与验证。⑤集成。集成底层系统元素到高层系统元素的过程。⑥确认。确认是否生成了符合要求的体系。⑦验证。在运作环境中验证体系。⑧变迁。组分系统元素的转换。

很多专家,特别是装备管理领域的研究人员,将体系工程视为采办管理问题而不是单纯的技术问题,技术问题可以有针对性地进行解决,而采办管理问题则因为如下因素的存在而非常难以全面解决。

(1) 对于一个体系而言,没有一个明确的管理者,或者说体系不是归属于单一所有者。

(2) 装备系统的采办是基于"烟囱式"(单独开发)的,而不是成体系建设。

(3) 通常,系统都是在装备部队以后才被要求与其他系统进行集成。

(4) 在体系工程过程中,不同的装备供应商之间往往很难相互合作,因为各自不认为通过合作会获得共同的利益。

(5) 同样的原因,采办执行人员之间也很难相互合作。

(6) 体系研究和建设的花费在前期会较多,甚至感觉不值得,但对于体系的整个寿命周期而言,则可能大大节约装备体系建设费用。

体系工程就是通过计划、分析、组织和集成等手段,将现有的及将来开发的系统集成到一个体系中,使原有体系的能力得到增强,并且使新体系的能力远远强于这个体系组分系统线性之和。这是一个技术管理过程,它是一个广泛的、协作的、多学科、重复及并发的过程,包括辨别体系需求发展的能力,将能力分配到一系列独立的系统中,在体系的全寿命周期中调整和优化面向体系的开发、生产、维持及其他活动。

1.3.2　体系工程与系统工程

最初,体系问题并没有被认为是一个新的独立问题而开展研究,大部分都使用系统工程的研究框架开展研究,但随着体系越来越多的出现在多个领域,而且体系的许多独有特征是原有系统工程方法中所没有出现的,造成目前的系统工程方法无法完全胜任体系的研究。

(1) 在需求分析过程中,体系工程研究的系统之间可达性分析和信息的数量规模成指数级增长,远远超过了系统工程需求分析方法所能承受的规模。

(2) 构成体系的组分系统,特别是现有系统,都是根据独立的需求进行开发,在体系工程领域中,彼此的协作和相互依赖关系大大增加,为集成和开发带来了新的挑战。

(3) 在体系的应用环境和适应性上,部署和使用一个体系的工程解决方法要求也较之系统工程更高。

(4) 整体的解决方案超出了对于技术或者软硬件方面独立解决方案的要求。

体系工程提供了对于体系问题的分析与支持,其与系统工程区别较大,不十分关注组分系统的具体技术和配置参数,更关注这些系统的组合能够获得的新能力,而不是单个系统的设计与开发。表 1.4 和表 1.5 从不同角度对体系工程与系统工程进行了对比。

表 1.4　体系工程与系统工程的对比

	系统工程	体系工程
关注对象	单复杂系统	集成多个复杂系统
目标	最优化	满意
途径	过程	方法学
期望	解决方案	初始响应
解决的问题	规定的	涌现的
分析方法	技术主导	背景影响主导
目的	单元的	多元的
边界	固定的	不固定的

表 1.5　体系工程与系统工程的比较

	系统工程	体系工程
范围	项目、产品自动的,有明确的边界	企业、能力相互依赖的
目标	确保需求的实现结构化项目过程	确保演化的能力进行综合的投资预算
时间周期	系统生命周期离散时间的开始和结束	多层、交互的系统生命周期无组织的开始
组织形态	独立的、权威性的	协同的、网络性的
预算	明确的固定预算,进度明确	分阶段预算

体系工程区别于一般系统工程方法的三个主要原因如下。

(1) 系统包括体系,是独立可用的系统,因此,当集成的时候,它们体现出显著的能力,对体系在一定形式下进行工程化,需要进行的工作包括演化、涌现及适应与其他系统的配合。

(2) 体系通常是新旧系统的组合,且这些系统往往具有独立完成各自任务的能力。因为一个体系包括多个人工系统,必须要能够理解其中各个角色之间的交互以确保合作顺利,并且能够处理由于多个系统的交互及对问题认识的缺乏带来的失误。体系具有多个利益相关者,因此,体系工程的研究必须面向不同领域、不同方面的人员进行规划和设计。

(3) 体系工程是对系统工程的延伸和增强,它更加关注于将能力需求转化为体系解决方案,最终转化为现实系统。一般地,系统工程关注在系统开发前,明确并建立一个严格的系统边界,针对这个边界来规范一系列的子需求,并根据这些需求完成系统的设计和开发。体系工程则主要通过平衡和优化多个系统之间的相互关系,来实现可互操作的灵活性和应变能力,并最终构造一个可以满足用户需求的体系。

系统工程方法为体系工程的研究提供了一整套严格的理论方法基础,体系工程在此基础上侧重考虑如下因素。

(1) 影响因素。在快速变化的复杂环境背景、边界条件及组分系统的交互作用中的各种影响因素。

(2) 将需要转化为需求,并进一步将需求转化为对体系构成的详细描述,接着对一系列动态变化的利益群体进行全程监控和协调。

(3) 允许体系因为需求的变化而进行动态的重新配置。

(4) 拓展互操作性的范围,允许组分系统根据各自优化的需要自治的在系统间进行互操作。

(5) 发现那些由于体系中组分系统交互活动而产生的涌现行为,通过协调和利用这些涌现行为来增强体系适应环境的变化的能力。

(6) 适应独立的系统需求,并且协调体系中这些系统的管理与合并。

体系工程在分析和解决问题的步骤上与系统工程也有较大区别。

体系工程的过程:可见→目标联合→协调个体的动机(松耦合)。

系统工程分析问题的步骤:定义(需求分析)→确定边界(功能分析)→优化(综合集成)。

系统工程的研究思路大多是“自底向上”,注重解决具体问题的详细工具和系统边界;体系工程则沿着“自顶向下”的研究方式,关注于整体、全面解决整体问题,具体实现方式可以采用多种不同手段和方案,具有较强的灵活性。

体系工程较系统工程的优势在于以下几个方面。

(1) 体系工程弥补了系统工程在考虑某些情况时候的不足,如适应动态变化的环境和不断增强的需求,确定保持已经定义的全部特征的能力。

(2) 支持不同部门甚至是相互竞争的部门之间的协同,从概念到能力的开发。

(3) 充分考虑政治、金融、法律、技术、社会、运行及组织因素,包括不同利益群体的观点和关系,都是体系开发、管理和操作需要考虑的内容。

(4) 每个体系可以适应概念、功能、物理及时间边界等因素的改变,并且不会对体系总体的管理和运作产生负面影响。

(5) 体系整体的行为及其与环境的动态交互保证其能够适应环境,相应地,使得体系达到甚至超过初始需求的能力。

1.3.3　体系工程研究框架

在进行体系开发前,必须要确定体系的体系结构框架,这是体系开发的基础与依据。如果将体系研究关注在体系开发过程上，体系研究将包含体系需求、体系设计、体系集成、体系管理、体系优化、体系评估等过程。体系开发一般没有明确的结束时间点，往往在体系建立以后还要关注体系动态变化情况，即体系的演化过程。

体系需求是在体系工程实践中待开发体系需要达到目标、满足功能和所需结构的描述。体系设计是对体系开发所采用的方法、体系结构、管理方式进行顶层规划，是体系开发跨领域、跨层次、跨时段的整体谋划。体系集成是进行体系构成组分系统的集成原理与方法的研究，以实现体系开发的目标。体系管理包括体系开发与运行的管理方法和理论的探讨，是保证体系开发谋划取得实实在在效益的关键。体系优化是探究如何对体系进行结构与功能优化使其行为最接近体系需求的目标。体系评估是对体系行为进行综合评估，以判断体系开发的最终效果。以上体系开发过程均要在体系结构框架的指导下进行。体系演化表征了系统的动态行为，对体系演化机制与规律的研究将使人们更加清晰地认识到体系的行为发展和结构演化对体系开发具有重要的意义。

体系研究需要关键技术与关键领域的支撑，这些关键技术包括体系需求技术、体系设计技术、体系建模技术、体系管理技术、体系集成技术、体系优化技术、体系试验技术、体系评估技术等，关键领域包括体系理论、系统科学、复杂性研究、体系工程实践、计算机仿真、管理科学和运筹学等。体系研究过程与体系研究支撑技术和领域共同构成了体系研究的基本框架，如图 1.2 所示。

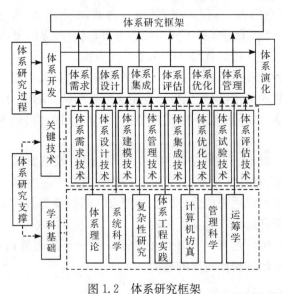

图 1.2　体系研究框架

国外在二十多年各类体系研究的实践基础上，积极开展了对体系开发内在规律和科学途径的理论方法研究,并取得了丰富的成果。体系工程的研究领域包括以下几个方面。

（1）优化、组合问题求解和控制。一个体系为取得优化的性能以完成制定任务或者使命,其设计、体系结构和体系控制至关重要。

（2）非确定性的评估、决策支持和不确定性条件下的设计。非确定性的运行环境;可靠性预测。

（3）对于体系的决策支持。各个组成系统提供了怎样的贡献?

（4）特定领域的建模和仿真。鉴别潜在的风险领域及需要进行额外分析的领域;作战运用,使命预演以及训练;协助进行优化设计和更好地运行以满足需要。

图 1.3 全面展示了体系工程的发展过程、相关研究领域和支撑知识体系。

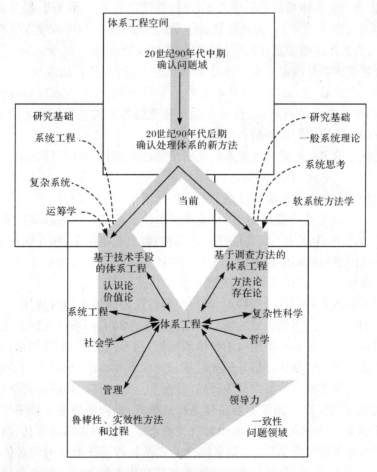

图 1.3　体系工程的发展

1.4　武器装备体系工程

1.4.1　武器装备体系工程的基本概念

1. 武器装备体系工程的基本概念

武器装备体系工程是以武器装备体系发展为目标,在装备体系的需求开发、体系结构设计、体系实验与评估及运行过程中使用的理论、技术和方法,并对武器装备体系所进行的系统管理过程的总称。

武器装备体系工程研究具有重大的意义,通过科学地获取装备体系发展的需求,建立适当的装备体系发展需求方案,设计并优化装备体系结构,提升武器装备体系整体能力和作战效能,为武器装备体系的全面、协调和可持续发展提供科学论证手段,为我军武器装备体系建设和管理提供决策支持。

武器装备体系是国家安全和军事战略指导下,按照建设信息化军队、打赢信息化战争的总体要求,适应一体化联合作战的特点和规律,为发挥最佳的整体作战效能,而由功能上相互联系、性能上相互补充的各种武器装备系统按一定结构综合集成的更高层次的武器装备系统。

上述概念给出了武器装备体系的高层使命,并说明了结构对武器装备体系的重要性。

国内相关研究对武器装备体系的概念进行了探讨,比较有代表性的定义是总装备部国防系统分析专业组给出的:武器装备体系是在一定的战略指导、作战指挥和保障条件下,为完成一定作战任务,而由功能上互相联系、相互作用的各种武器装备系统组成的更高层次系统。这个定义还是依赖于系统的定义,虽将其称为高层次的系统,但其已经具备了现在所研究的体系的典型特征。

武器装备体系具有自己的特点,最典型的特点是整体性和对抗性。信息化战争条件下的武器装备体系研究的核心与重点应该是其内部系统之间的相互关系,以及通过这些相互关系产生出来的整体涌现性,而不同类型、不同用途,甚至不同时代的武器装备主要是通过信息建立起互相的联系和作用,信息往往是通过各种类型的信息系统实现在装备之间的流转、分配和运行,所以,目前形式下应重点规划和建设基于信息系统的武器装备体系作战模式,从而最终建立体系作战能力。武器装备体系必须放在作战环境中对抗条件下才能得到正确的评估,所以,对体系的建模必须考虑两类情况:一是紧耦合的武器装备系统组成的装备体系(如一艘现代化的驱逐舰),二是处于作战环境中部队和指挥控制组成的作战体系(如联合火力打击)。武器装备体系从属于联合作战体系,但联合作战整个体系需要通过武器装备体系能力才能实现作战效能。

从需求工程(requirement engineering,RE)的角度,能力描述了武器装备体系完成一系列任务的"潜在"本领,可以称为"能力需求"。而从武器装备体系自身来看,能力是武器装备体系的一个静态属性,是对体系完成一系列任务本领的抽象概括,是体现武器装备体系存在价值的一种高级概念,可以称为"能力属性"。从体系结构设计与优化角度来看,能力是武器装备体系设计的目标和关键约束,也是评估武器装备体系优化效果的关键指标。武器装备体系需求开发是获得体系能力属性的关键约束指标,构建武器装备体系的过程就是实现武器装备体系能力需求的过程,武器装备体系结构设计与优化是使构建的体系能力属性满足能力需求约束,并最大化满足这种约束的过程。

针对未来军事斗争不确定性不断增加,为弥补传统的以应对"威胁"为目标的需求生成系统在联合作战中的巨大不足,以美军为代表的国外军事组织首先将"基于威胁规划"(threat-based planning,TBP)的体系需求开发方法发展到 CBP方法,并十分关注武器装备体系的构建,强调部队实现真正的联合、具有系统集成的能力、依据网络中心战的原则进行作战。在 CBP 指导下,能力是需求开发人员依据使命任务及高级作战概念描述,通过背景分析、能力领域分析而获得的,描述待建武器装备体系完成使命任务的潜在本领。CBP 方法在解决武器装备体系需求问题中具有先天优势,因此,其成为当前研究体系需求的主要方法之一,能力也成为武器装备体系需求描述中的核心要素。"能力需求牵引武器装备体系发展建设"也逐渐成为当前国内外武器装备体系构建的共识,我军也在积极开展符合我军实际的武器装备体系相关研究工作。

2. 武器装备体系工程与装备系统工程的区别与联系

以一般武器装备和武器装备体系为对象,从使命目标、外部环境、整体状态等几个方面,对两者进行比较,其区别与联系如表 1.6 所示。

表 1.6 武器装备体系与一般装备系统的比较

考察方面	装备系统	装备体系
使命目标	具体的低层的使命;目标多用量化指标度量	抽象的高层使命;存在较多定性指标
外部环境	简单对抗环境;与系统较少交互;边界明确	复杂对抗环境;与体系存在较强的交互;边界不明确
整体状态	容易根据组分的状态来预测	难以根据组分的状态预测
组成部分	数量较少的物理部件;可以是已定制好的商用部件(COTS)	数量较多的独立系统,包括人员、组织、装备等;可以是现有、开发中或待开发的系统

续表

考察方面	装备系统	装备体系
功能	比较单一	多样化
活动	任务数量少,活动过程比较明确	任务数量多,过程多变,存在较大的不确定性
结构	组分之间相互依赖,存在紧密且固定的控制关系结构相对稳定	组分具有一定独立性,但之间存在灵活的协作关系;具有自适应和开放的结构
演化	较少进行结构改进;注重系统自身功能的提高	体系处在不断变化之中;强调相关联统之间的互操作能力
开发方式	瀑布式、迭代/快速原型法等;强调开发过程的可控性	增量/演化/螺旋式;强调灵活的开发过程,重视风险管理
评价准则	侧重点依次为技术、使用、经济和政治因素	侧重点依次为政治、经济、使用和技术因素

　　武器装备体系的建设发展过程与单一型号武器装备的研制过程不同。首先,武器装备体系的建设具有整体性,要在规定的时间和有限的经费条件下尽可能实现体系的总体建设目标;其次,武器装备体系中各型装备的研制过程存在相关性,不同型号的装备单元在发展过程中可能会交互相关;最后,武器装备体系建设是渐进过程,对当前装备发展技术基础存在依赖性。因此,需要选择并建立新的面向武器装备体系的技术来开展研究。

　　武器装备体系技术是指导武器装备体系发展和运用的各类专门技术,主要包括武器装备体系的需求技术、设计技术、评估技术、实验技术、运筹技术等方面。目前,重点的研究方向包括体系需求工程、体系结构设计与优化、体系评估、体系发展与演化等方面。

　　武器装备体系工程及相关技术的应用范围包括:①武器装备关键技术发展战略研究;②武器装备体系发展、规划、设计与论证;③武器装备重大专项的论证与评估;④典型武器装备采办的论证与评估;⑤国防科技发展论证与评估;⑥其他重大决策和相关管理活动。

　　武器装备体系必须重视整体设计,并将武器装备体系放到联合作战的环境中加以检验,才能真正实现装备体系能力。转变过去重武器、轻系统,重局部、轻整体,重性能、轻效能的状况,把体系能力放到武器装备建设的第一位,把体系综合集成放到武器装备设计的第一位。特别地,面向一体化联合作战体系条件下研究武器装备体系,“联合”的对象是“能力”,特征是“平等”,关键是“融合”,目标是“一体”,而如何“组织”体系的组成系统的聚合只是其外在表现形式,从作战能力需求的角度出发来确定武器装备体系能力需求,才能真正将武器装备体系与一体化联合作战体系结合起来,才能实现最大的作战效能。

1.4.2　武器装备体系工程的研究框架

1. 基于能力的思想

能力,英文词 capability,在不同语境下存在不同的含义。在武器装备体系研究中,能力是其中的关键要素,在武器装备体系工程的研究中处于一个非常重要的地位,作为黏合不同利益所有者的需求,满足不同任务的度量方式,以及描述多个系统集成和组合后具备的综合度量描述,能力是体系工程中的核心要素。

一般地,在武器装备体系中,将能力定义为特定对象(包括个人、系统或组织)在规定条件下,使用相关资源要素执行一组任务并达到预定标准,实现使命目标的本领。其中,条件表示影响任务执行的环境因素;资源要素指对象所具备的资源,不仅包括装备、设施等"硬"资源,还有编制体制、训练、人员等"软"资源,资源要素也称为能力构造或实现要素、兵力要素等;标准表示任务执行的性能水平,由一组度量指标、刻度单位和水平值共同表示;使命目标是关于使命执行过程、效果的总体描述。

在武器装备论证领域,功能、效能、能力几个关键词具有突出的代表意义,一般的"功能"更多侧重标识系统某方面度量指标;"效能"作为衡量整个作战单元或作战群体在对抗条件下表现出来的效用;"能力"则体现的是一组装备在一定的配置和使用方式下能够发挥出来的效果,更多的是一种可变的效果,因为不同的组合和运用方式会产生不同的效果。因此,用它作为刻画武器装备体系的主要度量指标十分贴切。

从能力的各类不同用法和应用背景中,总结得到能力的基本特点。

(1) 针对性。能力是针对某个特定对象而言的,可以是特定的个人、系统或组织,也可以是某一类型的人、系统或组织。

(2) 内隐性。能力反映的是对象内在的本领或特征。

(3) 外显性。能力通过活动得以表现,离开了具体活动,能力就无法形成和观测。

(4) 目标性。能力对达成活动的客观或主观目标有直接作用。

(5) 代表性。能力是顺利完成某项活动有效的、必备的特征或本领,而不是所有本领。

(6) 变化性。能力在不断发生变化,并通过活动表现出来。

(7) 可评价性。根据能力的外显性和价值性,依据能力产生的客观效果和满足的主观目标来度量其大小。

(8) 可综合性。相关能力能够进行综合集成,成为更高层次的能力。该特点反过来也表明了能力具有可分解特性。

　　由图 1.4 可以看到,战略使命—能力需求—体系结构设计—体系结构是一个单向过程,如果没有体系能力建模过程,体系的构建就缺乏从能力属性到能力需求的反馈,就不能形成战略使命—能力需求—体系结构设计—体系结构—能力属性—能力需求的反馈回路,也使得体系结构优化缺乏依据。也就是说,如果不能明确体系能力属性的实现途径,不能清楚认识武器装备体系具备的能力状态,就不能有效利用体系需求开发结果实现体系结构的设计与优化,体系构建过程也不能形成迭代回路。因此,认识武器装备体系能力本质,探索体系能力建模过程,是武器装备体系研究中的一个基础而又关键的问题。

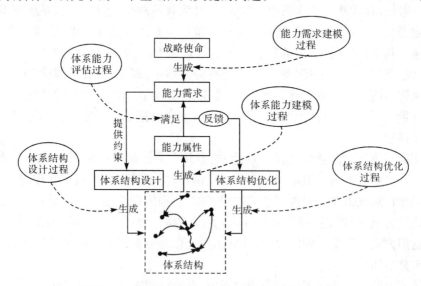

图 1.4　能力建模在武器装备体系工程研究的地位

2. 武器装备体系工程的主要研究方向

　　(1) 武器装备体系需求分析技术。武器装备体系需求分析技术是基于国家军事战略或特定联合作战任务、对武器装备体系需求进行获取、表示、评价、验证、管理的过程。武器装备体系需求分析技术具体可包括武器装备体系需求获取技术、武器装备体系需求表示技术、武器装备体系需求评价技术、武器装备体系需求验证技术、武器装备体系需求管理技术和武器装备体系能力规范技术等几个方面。

　　(2) 武器装备体系设计优化技术。武器装备体系设计优化技术是在武器装备体系结构描述的基础上,对武器装备体系的组成要素、要素间的关系等进行调整和优化,从而得到武器装备体系整体效能最大的武器装备体系方案。武器装备体系设计优化技术具体可以包括武器装备体系建模技术、武器装备体系结构方案生成技术、武器装备体系结构方案分析与优化技术等方面。对武器装备体系进行优化设计的研究方法主要有多方案优选方法、数学规划方法、仿真优化方法、探索性分析优化方法和多学科设计优化方法等。

（3）武器装备体系评估技术。武器装备体系评估技术是在武器装备体系结构描述的基础上，对武器装备体系的能力、费用、风险等方面行评价。武器装备体系评估技术具体可以包括器装备体系武器装备体系能力评估技术、武器装备体系技术评估、武器装备体系费用评估、武器装备体系风险评估等方面。

（4）武器装备体系发展与演化技术。武器装备体系发展与演化技术是研究武器装备体系随着时间、技术等因素的变化而发生的体系结构及体系整体能力的演化规律。武器装备体系发展与演化技术具体可以包括武器装备体系结构发展与演化技术、武器装备体系能力发展与演化技术、武器装备体系能力规划技术、武器装备体系发展的涌现技术等方面。

（5）武器装备体系基础技术。武器装备体系基础技术是研究武器装备体系需求、武器装备体系设计及武器装备体系评估等方面的基础方法和技术。武器装备体系基础技术具体可以包括武器装备体系网络技术、武器装备体系基础数据、基础模型技术、武器装备体系联合试验技术等方面。

第 2 章 体系需求工程

体系工程是指导如何开展体系研究的总体知识框架和技术手段的集成,其目的是为实现体系建设提供一整套技术方法和管理模式。体系开发中首先就要完成"明确需求"等相关方面的工作,因为它决定了体系应用的总体环境,明确了体系完成的使命,决定了未来体系建设需要实现的目标和达到的程度。而且,体系需求对于整个体系的建设具有决定性意义,在需求阶段基本上确定了未来整个体系 90% 以上的主要性能指标。为了解决体系开发过程中需求开发的问题,需求工程这个名词应运而生,它面向体系需求开发过程中主要的方法和手段,包括需求获取、需求建模(描述)、需求验证、需求评价和需求演化等,应用不同的理论、技术和工具来完成上述活动。本章重点介绍体系需求工程中的基本概念和主要特点,特别是建立了详细的体系需求开发基本过程模型,以基于能力的规划分析需求为大背景,简要介绍了美军的联合能力需求开发系统(JCIDS)。在后面的章节中,按照上述需求开发过程重点介绍了相关领域中的技术和方法。

2.1　体系需求工程的基本概念

2.1.1　需求与体系需求

1. 需求与军事需求

需求:系统或者体系为解决问题或完成目标所必须满足的条件或能力,具体包括功能、性能需求、技术、设计、业务约束等。

作战需求是指在一定时期,为完成可能担负的作战任务对武装力量建设的基本要求。"一定时期"是指未来的一个时间段;"完成可能负担的作战任务"是指为赢得未来作战而可能担负的各种作战任务;"武装力量建设"是指围绕作战而进行的,包括武器装备、作战理论、编制体制、作战训练、技术保障和指挥员素质等各方面的建设;"基本要求"是指完成可能任务的最低要求。

武器装备作战和需求,狭义上是指武器装备研制的作战需求,它定义为:武器装备系统添加硬件、软件或运用方法,可增加该武器装备系统和配置这一武器装备系统的兵力的能力,以满足新的作战任务需要,这些硬件、软件或运用方法及其隐含的新作战能力称为武器装备作战需求。广义上指在未来一定时期内,为完成所担负的作战任务对武器装备建设的基本要求,包括对武器装备质量的需求、数量的需求、体系的需求及对装备保障的需求等。

需求的概念最为常用是在软件工程领域,武器装备体系的开发具有以下特点。

(1) 用户的需求表述不清。由于利益相关者(顶层管理决策机构、军方、装备设计人员)自身的局限或对具体业务理解不同,而造成用户(军方)对于自身的需求表述模糊。

(2) 用户需求的多变性。随着装备论证开发进程的推进,用户对所要使用的装备理解的不断深入和具体化,对原来模糊的需求有了新的认识,并且很可能阐述新的需求。

(3) 需求变更较为频繁。由于用户对装备设计、开发中相关技术领域知识的缺乏,导致提出的需求不能实现或实现的代价极大,往往需要变更需求。

(4) 需要重要性认识不足。装备管理机构对需求分析阶段的重要性认识不足,通常把装备发展的重点放在技术和生产上,没有更多的关注需求变更的控制过程,常常导致项目进度大大滞后、成本远远超过预算、用户不满意等情况的发生。

(5) 缺乏需求开发的技术化手段。面向武器装备需求分析方法论和分析工具的缺乏及其应用范围的局限性也影响着需求的准确性和需求变更的可控性。

以上特点与软件需求开发中面临的问题极为相似,因此,可以借鉴软件工程中的需求工程的方法和技术来解决其中相关问题。

2. 体系需求研究中的能力需求

从不同的分析过程来看,武器装备体系需求中的能力包含两个层面的定义:一方面,"使命—能力—任务"分析过程中的能力是结合任务与使用原则、组织方式、训练、领导等综合在一起所表现出来的能力,是静态的潜能与按照一定原则动态使用的综合表现,是一种能力需求或能力目标。另一方面,"使命—任务—能力"分析过程中的能力是装备方案或非装备方案以静态方式表现出来的潜能,是一种需求解决方案。对于装备系统而言,这种能力主要由其技术特性所决定,因而称为技术能力。系统的技术能力可直接通过系统的功能来表示。有关能力的各种定义如下。

(1) 美国工业界武器装备系统咨询委员会将能力定义为:当已知系统处于执行任务过程中的状态时,对系统达到任务目标能力的度量,即能力是确定系统诸性能的依据。

(2) 作战能力。武器装备为执行一定作战任务所需的"本领"或应具有的潜力,武器装备体系的作战能力是体系的固有属性,由装备质量特性(性能参数/战技指标)、数量决定。

（3）美军 CJCSI 3170.01E 将装备的作战能力定义为：对装备在所处战役战术环境、作战对象等条件下完成所赋予的作战任务程度的一种度量或综合表述。

（4）每项能力的实现需要综合考虑到条令(条例)、组织、训练、军品、领导、人员和设备等元素,这是一种综合的作战能力的解释,包括了实现该能力的方方面面因素。

3. 能力的规范和描述

能力的描述一般需要涵盖下述内容。

（1）能力能够做什么,如"跟踪"或者"决定"。

（2）明确一个目标或者对象,如战场上的"人员"。

（3）对象的大小和范围,如一条"驱逐舰"。

（4）目标系统的领域,如"吸收空气的目标"。

（5）活动的区域。如"滩头阵地"。

（6）区域的范围,或者在这个距离上,确定能够获得效果或者动作能够得以实施,如"中心区域 20 公里"。

美军越来越重视"能力"在采办中的重要作用。2003 年颁布的采办文件规定,负责采办、技术与后勤的国防部副部长和负责指挥、控制、通信与情报的助理国防部长将同联合参谋部、各军种部及其他国防部机构密切合作,制定出联合一体化能力体系结构,每个联合一体化能力体系结构从作战、系统和技术三个方面进行描述。其中,作战体系用于描述用户所追求的"能力",由联合参谋部(或各业务领域的主管官员)主持制定;系统体系用于描述现有技术和系统能力的情况,确定作战能力所需要的武器系统及武器系统体系的支撑,由负责采办、技术与后勤的国防部副部长主持制定;技术体系用于阐明各个系统的技术需求,由军种部和国防部业务局主持制定。此外,要求负责采办、技术与后勤的国防部副部长主持制定一体化能力规划和实施能力的路线图,并把这项工作作为制定国防规划指南、项目目标备忘录的基础。

英国国防部定义的军事能力则更加广泛,指训练、条令条例、人员、结构和状态、装备和技术、保障等综合作用下体现出来的能力。认为能力开发是一种综合性方法,鼓励现有军事系统、作战要素之间的集成。

4. 能力、功能、效能的比较

美国国防部军事术语辞典中定义能力为"一种执行某项特定的作战行动的本领",在我军军语中解释为"战斗力",亦称"作战能力",是指武装力量遂行作战任务的能力。

　　本书中,将武器装备体系的能力定义为:武器装备体系执行或完成作战任务所具备的"本领"或应具有的"潜力",主要包括以下几种能力:战场感知能力、指挥控制能力、全维防护能力、快速反应能力、精确打击能力和综合保障能力。

　　能力分解能够得到能力要素,能力是通过完成任务的程度体现出来的,发挥作用的各种资源(DOTMLPF)才是能力的有效提供者。

　　功能是作用于输入得到预定输出之间的关系,可用来表示作用能力。

　　效能是用来体现军事装备或系统所具有的价值,而这个价值是指军事装备或系统能达到的某个或某些任务目标的能力大小。美国工业界武器效能咨询委员会的定义是:系统效能是预期一个系统满足一组特定任务要求的程度的度量,是系统可用性、可信性和固有能力的函数。我军军用标准 GJB451A—2005 规定系统效能为:系统在规定的条件下和规定的时间内,满足一组特定任务要求的度量,它与可用性、任务成功性和固有能力有关。而系统效能往往是一个相对的、定量的值,需要考虑特定的使用环境和特定的任务目标。

　　5. 各国(军队)关于能力的输入要素的描述

　　(1) 澳大利亚从组织、人员、综合训练、主要的系统、供应、设施、保障、指挥和管理八个方面对输入要素进行了描述。

　　(2) 加拿大的能力(PRICIE)描述衡量要素包括人员、试验、设计和制造研究、组织结构、概念、条令条例和综合训练、IT 基础、设备、供应链与服务。

　　(3) 美国考虑能力(DOTMLP)的 6 个要素有条令条例、组织、训练和教育、军品、领导力和人员。

　　6. 能力的分类方法

　　为了保证顺利开展基于能力的方法,需要进行能力定义、能力差距或冗余分析,主要的需求分析及能力分析建立在对能力的科学划分基础上,所以,必须建立能力分类方法。通过能力分类建立了一个公共的词典,可以作为标准在联合作战过程中,衡量和比较保障部门、作战部门等不同类型部门的贡献多少,并且支持跨部门的交互与协作。

　　能力分类可以遵循按照功能或者按照作战任务两种方式进行划分。

　　(1) 按照功能进行能力分类较为常见,因为功能分类方式相对较为普遍,容易被大家所接受。一般表现为这些活动或者过程,如指挥控制、后勤、战场空间感知等。目前,美军联合参谋部门建立了 5 项分类:作战运用、防护、后勤、指挥控制和战场空间感知。这样的分类关注于作战需要,侧重于国防部整体的效益,国防部可以根据需要增加分类,如作战管理和基础框架。功能能力分类方式更加适合于面向武器装备或者平台进行描述,具有边界明确、降低冗余的优点。

（2）依据作战活动进行分类，这些分类包括阻止敌军进入隐蔽场所，确保导航的通畅，防止敌方到达的空间等。

2.1.2　需求工程与体系需求工程

需求工程是随着计算机的不断发展而发展起来的。由于系统规模的扩大和系统复杂性的不断提升，人们逐渐认识到需求分析与定义在整个系统开发过程中的重要性。对需求工程进行具体和系统的研究是从软件领域开始的，随着计算机和软件工程的发展，到 20 世纪 80 年代中期形成了需求工程的概念。进入 20 世纪 90 年代，需求工程成为软件工程领域研究的热点之一，从 1993 年起每两年举办一次需求工程国际研讨会（ISRE），到 1994 年起每两年举办一次需求工程国际会议（ICRE），1996 年，Springer 发行了新的刊物 *Requirements Engineering*，需求工程在软件领域中占据了越来越重要的角色。同时，该项技术在军事领域也得到迅速推广和应用。

体系需求工程是在体系建设开始之前需要执行和完成的一个必经阶段，也是体系工程的首要阶段。体系需求工程是实施并完成体系需求分析的过程，而需求分析是指由非形式化的需求陈述转化为完整的需求定义，再由需求定义转化为相应的形式功能规范的过程。一般地，可以将体系需求工程分为需求开发和需求管理两个部分，而需求开发过程主要包括需求获取、需求建模（包括需求验证）、需求分析、需求评估等几项内容。

对比系统工程和体系工程下需求分析的特征，归纳为表 2.1。

表 2.1　体系工程与系统工程中的需求工程的比较

需求工程	系统	体系
需求获取	利益相关者少，环境因素相对明确，需求获取工作量较小	利益相关者众多，环境因素复杂，需求来源广泛，获取工作量大
需求分析	任务需求数量较少且比较确定 环境与原系统的约束明确 功能性能需求的探索空间较小 需求之间存在一定的冲突	存在较高层次的能力需求 任务需求多且关系灵活 体系背景和现状导致复杂的约束 体系的功能、性能需求存在庞大的探索空间 体系的互用性需求 需求之间存在不可避免的冲突
需求文档化	文字描述为主	多视图、多形式表示
需求验证	针对独立功能或性能的校验，偏向静态验证	面向多个系统间交互行为及其活动过程的验证，注重动态验证
需求演化管理	较少在需求上与其他相关系统协调 使用阶段的需求变更与管理	体系需求处于长期的逐步演化过程

体系需求分析的挑战有：①体系的利益相关者众多，体系需求的多视图描述；②不同视图之间需求的映射，包括冲突识别和解决方法；③需求变化频繁，演化式开发是必然要求。

需求工程：对问题域及需求作调查研究和描述，设计能满足那些需求的解系统的特性并使用文档或其他形式表示出来的过程，包括整个过程中的相关方法、手段和技术。

需求工程由需求开发与需求管理两部分组成。需求开发包括需求获取、需求分析、需求描述与需求验证。需求获取是确定用户需求是什么的信息收集过程；需求分析是对所获得的需求内容进行论证和分析，明确哪些需求是可行及可接受的，剔除一部分不必要或不可行的需求；需求描述是用适当的表示方法描述所获取的需求，建立需求模型，形成需求规格说明书；需求验证是检验需求规格说明书的合理性，判断满足该需求的军事系统是否能够达到最初的目标。需求管理是"建立并维护在需求工程中与用户达成的契约"，这种契约包含在编写的需求文档中。

以下是体系需求工程中的一些术语定义。

需求分析：通过对问题域的研究，获得对该领域特性及存在于其中（需要解决）的问题特性的透彻理解并用文档说明。

需求获取：指从用户（高级军事指挥人员）处得到建设新体系或者其他相关信息的过程，其结构是收集并整理得到任务清单和部分的能力约束和要求。

需求获取也称为需求收集、需求捕获或者需求获得。需求获取的来源是多样的，一般的信息从那些与系统开发有利益关系的群体获得，被称为 stakeholders，他们承担一定的开发风险，也有可能就是新系统的使用者。

需求描述（规格说明）：通过对问题域的研究，获得对该领域特性及存在于其中（需要解决）的问题特性的透彻理解并用文档说明。一般采用文字描述或者形式化描述。

需求建模：利用标准的图形化模型抽象描述用户所描述的结构化、流程化、规范化的需求内容。需求建模的目的是减少文字描述容易产生的二义性，提供直观、通用、标准的格式和图元，提高需求的使用效率。

需求验证：针对需求建模和需求描述产生的需求文档，进行内容完整性、正确性及格式标准、规范性的检验，确保需求规格说明（文档）具有良好特性，即完整性、一致性、无二义性、易修改性等特征。

不同利益相关者可能在需求描述和开发过程中由于个体原因犯错误，这种错误可能直接导致系统开发的完全失败。产生错误的原因可能是由于需求获取者与客户之间的误解，及需求文档表达中的含糊和二义性，为了避免和减少由于这方面带来的损失，使用需求建模和需求验证技术可以有效解决类似的问题。

需求验证是为了确保需求规格说明(文档)具有良好特性,即完整性、一致性、无二义性、易修改性、可验证性。目前,广泛使用的需求验证技术包括需求评审法和需求模型执行方法。

需求评审法实施的主要过程是:组织一个由分析人员、客户、设计人员、测试人员组成的评审小组,通过联席会议,对需求规格说明进行仔细检查,解决需求文档中的二义性,消除模糊性。需求评审技术简单易行,但它存在以下两个主要问题。

(1) 难以处理大型、复杂的需求文档。对于大型、复杂的系统需求,其需求规格说明可能是一份多达几百页的文档。面对这样庞大的文档,由于精力问题,极少有人能够认真地检查每一部分、每一细节,从而使得需求评审过程仅仅是一种形式,不能达到其原本目的。

(2) 审查过程需要相当长的时间。许多项目开发人员和各种阶层的用户都与需求有关系,所以,审查小组将是一个庞大的群体,这种庞大的审查小组将导致难以安排联席会议,并且在许多问题上也难以达成一致意见,而且地域上的分散性使需求评审更加困难。

需求模型执行方法又分为形式化验证和逻辑性验证两大类。形式化验证在软件需求工程中的应用较为成熟,并且也形成了一套理论和方法,可以有效地解决需求文档中的不一致性和二义性;而逻辑性验证往往依赖于可执行验证技术,类似于仿真的方法,将信息流、数据流等内容在用户描述并建立起来的需求模型中进行模拟运行,再通过从用户处得到的业务逻辑流程和规则来检验其模型的正确性,这类验证的针对领域要求各不相同,使用的方法也多种多样,通过逻辑性验证可以保证用户描述出的需求内容更加贴近完成其理想中的目标的程度。因此,使用需求验证的软件工具辅助开展需求验证是未来解决上述问题的有效途径。无论是形式化验证还是逻辑性验证,都要有使用标准需求建模规范所建立起来的需求模型,以此为对象,才能够开展相关的验证工作。

需求管理:主要指维护在体系需求开发过程中形成的各类需求规格文档、数据和模型,主要包括对需求内容的版本管理、需求跟踪、变更管理等工作。

需求基线(baseline):指在一个需求项目中列出的所有与本需求项目相关的某一指定版本中确定的使命、任务、能力及其属性的特征值和期望值的集合。

一个需求被定义为需求基线必须满足:对于"用户"而言,该版本的需求内容至少是可接受的,对于需求开发人员而言,该需求方案必须是可行的、合理的。一般而言,一个需求项目中的需求基线的数目不能超过 100 个,否则,将导致体系开发过程中因需求过于复杂、版本过于繁多而无法进行有效开发和管理。

需求工程的整个过程和所有内容都需要规范化管理才能保证最终产品的质

量。类似武器装备体系的这类体系中,要做到整个需求开发过程完全规范化,随着装备论证、设计、生成、部署工作的进行和用户需求的不断变更,其工作量已经相当惊人,所以,需求管理在其中起到的作用至关重要。

需求开发中的人员角色:在体系需求开发过程中承担责任和受领相应任务的人员,根据其工作性质不同,按照需求开发中的地位划分不同人员类别。

2.1.3　军事需求工程与装备体系需求工程

1. 军事需求工程

军事百科条目中给出的军事需求工程(military requirement engineering)的定义是:应用已证实有效的方法与技术,对待开发的军事系统进行需求分析,确定用户需求,帮助分析人员理解问题并定义军事系统的所有外部特征的一门工程技术,它通过合适的工具和记号,系统地描述待开发系统及其行为特征和相关约束,形成需求文档。

需求文档是军事需求工程的主要结果(产品),亦称为需求规格(requirement specification,RS)。需求规格定义系统所有必须具备的特性,同时留下很多特性不做限制。需求规格实现用户、分析设计人员之间的交流,为系统设计提供基础,并支持系统的演示验证,也可以作为开发者和用户之间协议的基础。需求规格的基本内容包括:①行为需求。定义目标系统需要“做什么”,完整地刻画系统功能,描述系统输入输出的映射及其关联信息,是整个系统需求的核心。②非行为需求。定义系统的属性,描述和行为无关的目标系统特性,包括系统的性能、有效性、可靠性、安全性、可维护性及适应性等。一个完善的需求规格应满足以下基本特性:完整性、明确性(无二义性)、正确性、一致性、可验证性、可修改性、可跟踪性和层次性。

由于现代军事系统往往是面向未来高技术战争的,因此,需求获取方法与技术是军事需求工程研究的核心。军事需求工程还致力于寻求以下支持:①需求规格的描述规范;②需求规格文档的品质保证机制;③需求规格的辅助描述工具;④需求规格的演示验证机制。

2. 武器装备体系需求工程

武器装备体系需求工程:武器装备体系需求工程是基于国家军事战略或特定联合作战任务、对武器装备体系的未来发展进行需求分析并明确用户需求的过程,旨在满足未来作战需求,帮助武器装备体系发展顶层设计人员理解支持未来各种形式的作战能力需求,并以此定义武器装备体系的外部特征。武器装备体系发展需求工程由需求开发和需求管理两部分组成。

需求变化频繁是其区别于一般需求开发的重要标志,特别地,武器装备体系的需求变化更加频繁,归其原因主要是以下几个方面。

(1) 装备的发展往往与环境,特别是国家之间的战略环境相关,因此,体系所处环境的不确定性直接决定了需求变更的频繁。一个有效的应对措施就是在想定空间下进行基于能力的规划。

(2) 利益相关者(不同利益群体)对于体系的认识有一个过程,特别是在没有对照体系和系统的情况下,有些需求,如人-机接口需求,难以导出。应对措施有:加强前期概念验证研究,采用演化的需求开发方式。

(3) 体系目标变化频繁。应对措施有:对军事反应和条件预测其趋势。

(4) 体系的实现技术变化快速。应对措施有:需求定义时避免指定实现技术,而是确定功能和服务。

在军事领域,虽然军事需求的概念在国内早已提出,但需求工程的概念是最近几年才逐渐兴起并被接受的。尽管如此,在过去的近十年时间里,国外的研究成果已经在我国得到了重视和研究,促进了我国需求工程相关理论和应用研究的发展。

2.2　体系需求开发

2.2.1　基于能力的体系需求分析

基于能力的概念最早出现于美国的国防采办改革中,主要是在面向联合作战条件下的装备体系采办模式中应运而生。根据基于能力的思想,分别产生了基于能力的需求分析、基于能力的规划和基于能力的采办等方法。其中,基于能力的规划是指为尽可能达成作战目标和效果,对能力及实现能力的各类项目进行规划,探索最优的能力方案和体系发展方案;基于能力的采办则以能力实现为准则,指导、跟踪武器装备的开发过程。

把基于能力的思想应用于武器装备体系的需求分析,其出发点在于以下几个方面。

(1) 从作战指挥人员角度来看,在未来复杂的军事背景下,通过特定威胁分析获取的作战需求在短期内是有效的,但随着对手情况等外部因素的变化,作战需求也会随之变更,在长期范围内,作战需求的频繁变更将难以有效地驱动武器装备体系的健康发展。而在能力层面考察作战需求时,能力需求作为使命任务的内在需求,具有相对稳定性;当使命任务需求发生变更时,能力需求可部分调整以适应变化,但能力结构在较长范围内仍保持稳定,能力结构的这种稳定性对于武器装备,尤其是装备体系的长远规划和发展至关重要。

（2）从装备设计与技术开发人员角度看，基于能力的需求定义为装备设计提供了更加广阔的方案探索空间，有利于获得优化的设计方案。对于武器装备体系来说，能力需求可指导设计人员进行更多途径的探索，不仅可以采用新系统开发或已有系统改进的"硬"途径，还能采用改革编制、过程和结构的"软"途径。能力需求在赋予开发工作更多灵活性的同时，可用来权衡底层的具体需求和评价体系的设计方案，对装备设计和开发也起到了必要的约束作用。

（3）从装备发展管理层的角度来看，能力为他们提供了良好的管理视角和平台。采用对作战概念及作战目标有直接价值的能力来分类管理装备，可以把装备的发展与作战概念关联起来，从而保证作战需求的牵引作用得到贯彻。另外，通过能力需求可对功能相近装备进行比较，便于从源头发现待开发装备的功能重叠、冗余问题。

（4）从装备需求开发人员角度来看，围绕能力需求，以能力需求的获取、定义和实现为主线，为进一步理清需求论证思路奠定了基础。在作战领域，通过获取作战指挥人员的作战概念和要求，定义相应的作战能力需求，并经过需求分解和分配，获得武器装备体系的能力需求。在方案领域，需求论证人员探索装备体系能力需求的实现方案，在充分考虑非装备实现方案前提下，提出装备体系的发展需求方案，比较后确定装备体系的需求。在装备体系需求的指导下，组成装备系统的需求得以开发。

基于能力的思想是体系区别于一般系统的一个非常突出的特点，而未来体系的需求描述和建模往往无法像系统那样给出一组确定的指标体系，往往使用能力来对其初步的需求进行刻画。

2.2.2　体系需求开发模型

体系需求开发有许多较为成熟的经典模型和模式，一般地，根据需求内容和特点的不同，采用的需求开发模型也有所区别，如表 2.2 所示。

表 2.2　不同类型需求适用的开发过程模型

需求特点	开发模型	模型的优点	模型的缺点
需求明确	瀑布模型或改进型瀑布模型	分阶段控制，简单明了；文档驱动；开发周期预测准确，准确跟踪进度；系统整体上的充分把握	产生大量文档，工作量较大；系统开发出来后才能测试，风险大；需求和设计中的问题很难在早期暴露出来，导致开发返工，增加成本；用户需求变更会带来最终系统不满足客户需求的严重后果；人力资源闲置

续表

需求特点	开发模型	模型的优点	模型的缺点
需求不确定（比较模糊），不稳定（容易变化）时间紧迫	迭代模型	关注客户需求，允许需求变更，并及时反馈，保证开发出来的产品是用户所需的 提高工作效率，降低集成的风险 关注系统总体结构	可能导致系统设计差、效率低、难于维护；开发过程可能难以控制
需求复杂、不稳定，演化周期长	增量模型	开发早期反馈及时，易于维护；允许资金分批到位	需要开放式体系结构，可能会设计差、效率低
需求复杂、不稳定、演化周期长	螺旋模型	覆盖整个生命周期，灵活，风险驱动；可结合其他模型；每一螺旋可以是迭代，也可以是增量	风险分析人员需要有经验且经过充分训练，每次迭代的目标和交付准则确定比较困难，随意性较大，难以控制，周期难以预计
背景过于复杂，用户无经验	快速原型	启发式方法，快速地获取用户需求，在利益相关者之间达成一致；能够与其他模型结合使用	

下面以一般的体系需求开发为背景，结合武器装备体系的具体特点，给出一个 4 阶段、12 个步骤的体系需求开发过程。

基于能力的体系需求分析方法以面向宏观的战略使命的思想，最大限度地发挥各类系统的集成效果，旨在通过战略目标来确定最佳效果，以此为依据来定义需求能力，并且最终决定所需要发展的武器装备。步骤是：首先从需求系统开始启动程序，然后规划体系能力，遵循"概念—战略使命（任务）—能力—系统—技术"的需求分析主线，最终给出指定系统在可能时间内能够产生的效果。

基于能力的体系需求开发过程如图 2.1 所示。

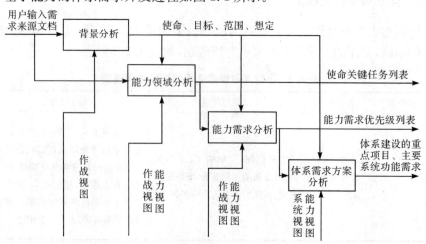

图 2.1　基于能力的体系需求开发过程

（1）根据指挥人员输入及其他需求来源文档，整理并预测未来时间节点上的军事战略、作战环境及主要对手相关装备建设情况，确定体系需求工程研究的范围、目标、工具、基本要素等。

（2）分析未来时间节点上的各种典型作战样式，通过使命分解得到作战任务列表。明确执行任务的作战单元的组织结构关系。综合各典型作战样式下的关键任务列表，明确作战能力领域。

（3）根据未来典型作战样式的具体要求，评估现有装备体系完成关键使命任务的能力，确定现有装备体系实现未来作战任务需求的能力差距。结合具体背景和我军装备发展情况，综合确定体系在未来时间节点前的作战能力需求，并建立能力需求优先级列表。

（4）探索满足作战能力需求的体系合理建设方案。评估并确定体系需求实现方案中较优的一个，并推荐采纳该方案。明确体系建设的重点项目、主要系统功能需求等，为后续的装备体系发展指明方向，同时也是对体系整体设计的一种约束。

1. 体系需求开发的背景分析

背景分析是需求开发过程的基础，是将所有有效的需求信息录入到格式规范的文档，以规范的视图描述未来时间节点上的战略使命（任务）、面临的作战环境及主要对手的相关装备建设情况，确定体系需求工程的使命、范围、目标、想定、基本工具等。

这　阶段的主要任务是：分解战略使命，识别现有体系的能力，以及对未来的能力进行调整；构建体系开发的综合概念体系；在此基础上修正现有的条令条例。

背景分析过程如图 2.2 所示。

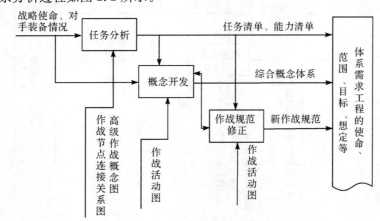

图 2.2　体系需求开发的背景分析过程

（1）任务分析。分解战略使命,并根据假想对手的武器装备建设情况对体系面临的任务进行分析,生成作战任务清单。在此基础上,识别现有体系的能力并对未来的能力作出相应调整,生成能力清单。

（2）概念开发。根据体系面临的战略使命、假想对手的武器装备建设情况及条令条例的要求,并在任务分析的基础上对体系进行概念开发。概念主要有三类:作战概念、装备概念、用户概念。对开发的概念进行应用,并根据应用情况构建体系的综合概念体系。

（3）作战规范修正。在作战任务清单和能力清单生成及综合概念体系构建后,原有的作战规范必然要进行相应的修正和调整。根据此前的分析,这一阶段将对各类相关的作战规范,尤其是联合作战下的作战规范进行修正和调整,生成满足新的任务和能力要求的作战规范。

2. 体系需求开发的能力领域分析过程

能力领域分析是根据战略使命、作战概念体系、体系的综合概念体系及假想对手的能力范围、目标等,对体系所必须完成的任务和相应必须开发的能力及相应的作战单元的组织结构关系进行分析,确定作战任务和相应环境与标准,确定任务和能力的优先顺序,生成能力领域计划。

这一阶段的主要任务是在背景分析的基础上,通过对未来时间节点上的各种典型作战样式综合分析,确定各典型作战样式下的关键任务列表,建立任务执行能力的度量指标,逐步明确实施相应任务的作战单元的组织结构关系,从而明确体系涉及的作战能力领域。

体系需求开发的能力领域分析过程如图2.3所示。

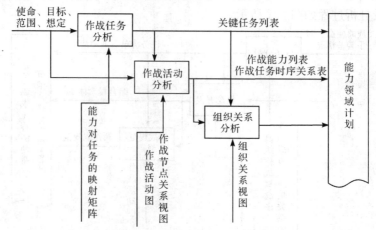

图2.3　体系需求开发的能力领域分析过程

（1）作战任务分析。根据战略使命、各类概念体系及假想对手的能力范围、目标等，分析未来时间节点上的各种典型作战样式，分析背景分析阶段生成的任务清单和能力清单，得到关键任务列表及影响任务性能的有关因素。

（2）作战活动分析。根据战略使命、各类概念体系及假想对手的能力范围、目标等，对未来时间点上的典型作战样式和关键任务列表进行分析，制定作战行动方案，描述作战任务活动之间的动态执行过程，建立作战任务与能力的优先顺序。

（3）组织关系分析。在进行作战任务和作战活动分析的同时，对作战任务之间的信息流关系进行分析，确定支持关键任务及活动的信息流的内容和属性，从而逐步明确实施相应任务的作战单元的组织结构关系。

3. 体系需求开发的能力需求分析过程

能力需求分析是根据能力领域计划，评估现有体系完成关键任务的能力，确定现有体系实现未来作战任务需求的能力不足及缺陷等能力差距，结合具体背景和装备发展情况，综合确定目标体系在未来时间节点前的作战能力需求，生成能力解决方案。

这一阶段的主要任务是：根据关键任务和能力列表，对体系的能力进行开发与集成，生成作战能力列表；对生成开发与集成的能力进行评估和认定，生成能力不足及缺陷列表，描述能力解决方案所必须给出的能力关键性能参数；进行能力差距分析，建立能力需求优先级列表。

能力需求分析过程如图 2.4 所示。

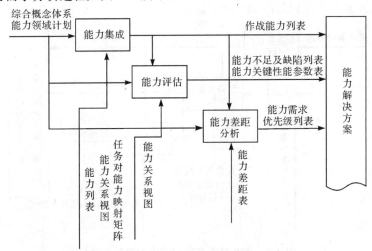

图 2.4　体系需求开发的能力需求分析过程

（1）能力集成。根据综合概念体系和未来典型作战样式的具体要求,结合体系发展涉及的各方面因素,如人员、训练、组织、概念、任务、信息、装备等,对能力领域计划给定的能力进行综合集成,消除完成任务的能力之间的重叠,提出体系的新能力,生成新的作战能力列表。

（2）能力评估。根据未来典型作战样式的具体要求,对现有装备体系在未来时间节点上完成关键使命任务的能力进行评估和认定,描述当前能力存在的不足、缺陷及在完成具体任务时可能出现的问题,并描述能力解决方案所必须给出的能力关键性能参数。

（3）能力差距分析。在能力评估与认定的基础上进一步分析能力存在的不足及缺陷,根据能力关键性能参数,确定现有装备体系实现未来作战任务需求的能力差距,对能力不足及缺陷进行排序,建立能力需求优先级列表,并明确消除不足及缺陷的时间进度安排。

4. 体系需求开发的需求方案分析

需求方案分析是在作战任务和目标的指导下,为消除能力需求分析得出的能力差距,对可能的装备发展方案和体制、政策改革方案进行分析与评估,得出体系功能、性能及其技术约束,最终给出可能方案的概要描述,为后来的装备体系设计指明方向,同时也是对体系设计的一种约束。

这一阶段的主要任务是:探索满足作战能力需求的体系合理建设方案,评估并确定体系需求实现方案中较优的一个,并推荐该方案,明确体系建设的重点项目、主要系统功能需求等。

需求方案分析过程如图 2.5 所示。

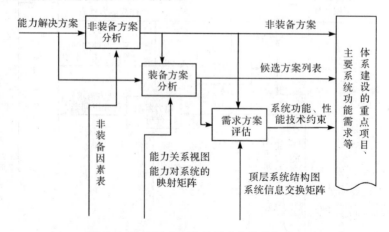

图 2.5　体系需求开发的需求方案分析过程

（1）非装备方案分析。分析和判断是否可以通过发展与装备无关的方案或改变人员、训练、组织、领导阶层、受教育的程度、编制体制及政策等与装备发展密切相关的非装备因素来消除能力需求分析得出的能力差距或部分弥补不足。

（2）装备方案分析。在背景分析、能力需求分析及非装备方案分析的基础上，充分考虑如何通过改进现有及规划中的装备项目来满足能力的需求，描述体系的功能及性能，并确定装备发展进程中的关键技术，得出体系的功能、性能及其技术约束，找出满足作战能力需求的体系合理建设的方案，生成候选方案列表。

（3）需求方案评估。根据体系的使命、范围、目标、想定及能力领域计划等，以满足体系作战能力需求为目标，从技术成熟度、发展的必要性、时间及经济要求的满足程度等方面对装备方案分析生成的候选方案列表进行评估，选定较优方案。综合非装备与装备方案分析以及需求方案评估的有关结果，明确体系建设的重点项目、主要系统功能需求等。

2.3　美军联合能力需求开发过程

为推进美军转型、加速发展一体化联合作战能力，美军参联会提出并建立JCIDS，以发展面向联合作战的全维军事能力为核心，以确保各军兵种完成现有军事作战任务及应对未来挑战所必需的能力开发的一致性。JCIDS 取代了 20 世纪60 年代以来美军采办过程中的需求生成系统（requirement generation system，RGS），已经成为美国国防部新采办决策支持和作战能力开发体系的一个重要组成部分。JCIDS 是美国国防部为支持国家军事战略实施和国防武装力量转型而开发的一种基于能力的联合需求分析系统，符合美国国防部新出版的 5000 系列文件规范标准，重新定义了国防部军事行动需求体系，并对国家安全战略方针制定流程及方法进行了修订，形成一整套成体系的军事能力需求分析方法和流程，有助于保证能力发展的正确性和有效性。

2.3.1　JCIDS 开发过程

为确保各军兵种的需求提案符合未来联合作战的需要，JCIDS 建立了一个严格的分析程序，该程序的设计避免了原有的主要参考某一军兵种装备需求开发过程的弊端，降低了单一军种在需求确定上的权力，同时提高了联合需求监督委员会（Joint Requirements Oversight Council，JROC）的地位。例如，在采办过程中依据联合作战概念、联合功能概念和一体化的体系结构，对联合能力的开发进行 3 次分析，并形成各阶段的能力需求文件，即初始能力文档（ICD）、能力开发文档（CDD）、能力生成文档（CPD）。这 3 个文档是对所采办装备系统的能力要求，也是采办过程中里程碑决策的依据。JCIDS 中，装备采办系统与 JROC 密切配合，实现了不仅在采办前期充分考虑联合能力,而且在采办过程中能因联合能力要求的变化而做出调整,使整个作战需求的形成与采办过程浑然一体。

JCIDS 分析过程的目标是明确现有能力的不足和能力重叠,确定弥补哪些能力的不足或多项能力组合,明确实现能力目标的综合解决方案,该方案中不仅包括装备本身直接相关的关键技术指标参数等,还包括装备的作战运用、维护、保障、人员配置等非装备因素,初步评估所确定方案的费用及其在联合作战中的效能。JCIDS 系统分析过程包括功能领域分析(FAA)、功能需求分析(FNA)、功能解决方案分析(FSA)和事后独立分析(PIA)组成的结构化 4 步流程,如图 2.6 所示。

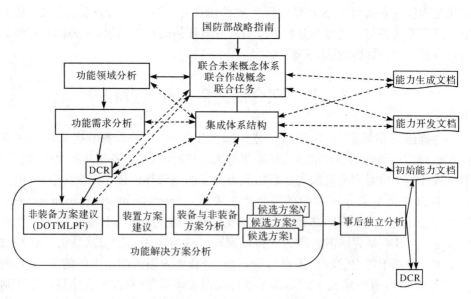

图 2.6　JCIDS 系统分析过程

1. 功能领域分析

功能领域分析由美军作战司令部、功能能力委员会(Functional Capabilities Board,FCB)或 JCIDS 分析发起者完成,旨在明确完成预期军事目标的作战任务、条件和标准。功能领域分析的步骤可以基于已经批准的联合作战概念,由发起者或者作战司令部来启动,也可以在联合需求审查委员会的监督下,基于联合未来概念体系启动。

功能领域分析步骤将国家战略、联合未来概念体系、联合作战概念、统一指挥计划分配的使命、作战概念、联合任务与能力清单(例如通用联合能力清单)、对手的能力范围和相关资源作为输入;同时,明确用于评估能力及其属性的想定,想定资源包括(但不局限于)国防部长办公室发布的国防规划想定;分析得出为完成军事目标所必须开发的全维功能领域能力,以及相应任务的优先开发顺序清单,这将在功能需求分析中进行评审。功能领域分析步骤所确定的作战任务和相应环境与标准,必须达到进行下一步功能需求分析所要求的水平。

2.　功能需求分析

功能需求分析同样是由美军作战司令部、FCB 或 JCIDS 分析发起者完成,旨在全维作战环境中及给定标准下,评估当前与计划中的方案完成功能领域分析步骤所确定使命任务的本领。功能需求分析步骤将功能领域分析所确定的全维功能领域能力与相应任务作为基本输入,完成下述工作。

(1) 描述当前能力存在的不足、重叠和在作战中出现的问题。

(2) 按照能力不足的程度进行优先排序,明确消除能力差距的时间进度安排。

(3) 描述隶属于不同功能领域的能力所对应的公共联合使命。

(4) 围绕目标、任务和条件,描述下一步分析得出的能力解决方案中所必须给出的能力关键属性,如时间、空间、效果和所要克服的障碍等。

(5) 确定功能领域矩阵。

(6) 由作战司令部和 FCB 将功能领域分析和功能需求分析分析结果写入联合能力文档。

经过功能领域分析分析,最终生成一个待解决的亟待能力差距清单,以及相应的时间节点要求。

3.　功能解决方案分析

功能解决方案分析是在 FCB 监督下由 JCIDS 分析发起者在作战司令部支持下完成,旨在基于作战任务和目标,对消除功能需求分析步骤得出能力差距的装备方案和全维 DOTMLPF 与政策方案进行分析、评估。功能解决方案分析由生成非装备(与装备无关)方案、生成装备方案、装备与非装备方案分析 3 部分内容组成。

(1) 生成非装备方案。功能解决方案分析步骤首先判断,能否通过发展与装备无关的方案或改革 DOTMLPF 与政策来弥补能力不足。如果能够部分弥补,则优先发展 DCR 文档作为能力开发文档或能力生成文档的附件;如果可以全面消除能力差距,则在完成初始能力文档的同时,生成 DCR 文档。

(2) 生成装备方案。消除能力差距的装备方案由来自整个国防部和军队相关部门的专家共同完成,同时,充分考虑政府机构和相关工业部门专家的意见,以明确所有可能的装备方案。生成装备方案必须充分考虑如何通过改进现有及规划中的装备项目来满足能力需求,避免重复建设并确定影响装备发展进程的关键技术。在整个装备方案生成过程中,必须考虑与装备发展密切相关的 DOTMLPF和政策因素。装备方案只落实到装备类型即可,不必具体到型号。

(3) 装备与非装备方案分析。装备与非装备方案分析同样采用基于效果评价的方法来选择能够提供未来作战所需能力的方案,同时,将现有集成体系结构规划中作战能力调整为与所选方案一致。装备与非装备方案分析主要包括以下 4部分内容。

① JCIDS 分析发起者对比来自功能领域分析,功能需求分析生成非装备方案和生成装备方案各自的信息,在美军参联会 J-8 委员会能力与采办部门和相关的 FCB 工作小组支持下,决定是否将这些信息提交给一个合适的研究机构进行第三方论证,以能否满足联合作战能力需求为标准,完成客观的评价。

② 充分考虑能力不足、特定的军事作战范围、环境条件、联合未来概念体系和作战概念的相关因素,遵照美国认可的国家标准,基于集成体系结构进行分析。

③ 分析所有的装备与非装备方案对未来作战能力需要的满足程度,是否有助于消除能力差距,能够在多大程度上弥补能力的不足,根据分析结果进行初步筛选。

④ 分析所选出的每一种方案的技术成熟度、技术风险、时间可承受度、发展必要性和经济可承受性,同时评估与每一种方案相关的作战风险。

装备与非装备方案分析的最终结果是一个按照优先顺序排列的装备与非装备方案及其相关 DOTMLPF 与政策的清单。

功能解决方案分析步骤根据消除能力差距需要,最终基于效果评价(MOE)得到根据优先级排序的潜在解决方案,包括(按先后顺序排列)改变现有装备能力的DOTMLPF 和政策、改进现有装备或设施,通过跨机构协作或与国外合作来发展装备、启动新的装备项目等。完整的功能解决方案分析将记录能力差距和待选的方案,并包括将方案与现存系统联系起来的一体化体系结构。

4. 事后独立分析

事后独立分析是 JCIDS 系统分析过程的最后一步,主要由完全没有参与功能解决方案分析分析的专家和相关人员,对功能解决方案分析步骤所确定的候选方案进行独立分析,以确保所选方案能够消除通过功能领域分析和功能需求分析步骤所确定的能力差距,同时进行方案选优。事后独立分析分析目标是独立评价功能解决方案分析步骤,确保功能解决方案分析分析的彻底性和所推荐方案的合理性与有效性,能够生成在功能领域分析或功能需求分析中确定的能力。事后独立分析分析的结果是生成初始能力文档,并将其作为国防采办过程中进行更为深入评估的基础。

　　JCIDS 是一个严格的分析程序,以确保需求提案符合美军未来联合作战需要,而不是单一军种的需要。如果军种的需求提案不能适度(或不能强力)支持未来联合作战所需要的作战能力,将会被拒绝或被打回所属军种再作补充。JCIDS 的运行使美国防采办进一步走向集中,军种在采办中的地位明显降低,今后将由国防部而不是军种决定美军的发展需求。

2.3.2　JCIDS 中的需求文档

　　在美军 JCIDS 需求分析与开发过程中,会产生一系列的需求文档,这些文档主要包括初始能力文档、能力开发文档、能力生成文档格式。

　　(1) 需求文档描述联合作战能力的差距,所描述的内容适用于联合功能和综合结构。需求文档主要考虑在功能区域定义能力方面的差距、相关的一系列军事行动,以及时间表。

　　(2) 需求文档是分析和确定 DOTMLPF 的结果。涉及改变美国或盟国的理论、思想、策略、组织和培训,并找出其中的差距。需求文档还将说明非装备改变在处理完善能力方面存在不足的原因。

　　(3) 需求文档评价 DOTMLPF 步骤的平衡和同步,建议提供必要的能力。它进一步提出了一个建议,在 DOTMLPF 基础上分析各种可能的方案。最后,说明为联合需求能力提供理想的合作能力的方法,以适应 JOC/或 JFC 。

　　(4) 当计划直接进入(2)或(3)步骤时将产生一个需求文档,并对其进行验证和批准,确定并审查在所考虑范围内新的能力组合,以确保所有的替代品已得到 DOTMLPF 充分的考虑。

第3章 体系需求获取与表示技术

体系需求获取是指采用需求工程方法,通过各种途径收集和征询使用对象原始需求(非形式化的陈述)的工作过程。体系需求的获取是体系建设的基础活动和关键内容,贯穿于体系工程的全过程,对体系的发展和建设具有举足轻重的作用。

需求获取是体系开发过程至关重要的一步,它相当于从用户到体系工程人员之间架设一道桥梁,体系工程人员通过需求获取得到用户的意图,形成体系设计的依据。需求获取的质量直接关系到体系设计的成功与否,是体系生命周期中的关键一环。随着体系规模的扩大,人们逐渐认识到需求获取活动不再仅限于体系开发的初期阶段,它贯穿于整个体系开发的生命周期。如何挖掘并描述真正的用户需求,并以适于用户、客户和开发人员的方式加以表示是体系需求获取阶段的两个主要目标。

3.1 体系需求获取的特点和面临的主要问题

3.1.1 体系需求获取的特点

体系作为一种特殊的复杂系统,其构成要素既包括软件,也包括硬件,涉及的技术涵盖面宽、结构复杂、功能要求多样,使得其与一般系统的需求相比更加复杂。

(1) 外部环境复杂易变,需求变化难以避免。体系开发过程总是运行在某一特定的环境之中。一方面,由于复杂的外部环境处于不稳定的均衡状态,在这种动态博弈的背景下,体系的需求会随着环境的变化而不断调整变化,需求的变化将直接引起用户需求和系统需求的变化;另一方面,信息技术变化日新月异,设计时是非常先进的系统,投入应用时可能已经落伍。在很多场合下,不是需求牵引技术,而是新技术出现后,如何用于满足使命目的,发挥其技术优势。综上所述,对于体系需求获取而言,必须对此有清楚的认识,采取必要的措施在开发过程中消除这种变化的影响。需求变化的不可避免并不应该影响需求分析工作中所要求的精确和详细。反过来,需求分析工作越详细、精确,需求变化所造成的影响就会越小。

(2) 需求范围涉及面宽,要求人员高效协作。体系需求获取从人员类型上划分,包括业务分析、系统分析、技术三方面人员,专业领域遍布各种领域,从技术层次来讲,涉及内外部接口需求、适应性需求、安全性需求、保密性和私密性需求等方面的要求,涉及面相当宽。由于体系的复杂性和需求的多样性,使得需求获取的队伍非常庞大,需求获取的任务量较大,容易出现在一个特定需求的搜索、抽取、判定、交流共享过程当中,特别是在判定是否正确的问题上不易达成一致意见,效率也难以保障。只有各类人员都能充分认清各自职责,密切协作,才能保障需求获取及分析的准确高效。

(3) 人机交互特点突出,共性需求提取困难。体系除了包含一般的软硬件构成之外,人员也是重要的组成部分。在体系完成使命的过程中,需要各类人员共同参与,人与机器紧密结合。此外,体系应用中涉及的各类人员,由于所处岗位不同、职责分工不同,对体系的要求也会因岗位而异、因人而异、因时而异、因地而异,一定程度上造成了使用需求的随意性、离散性、非连续性、难以量化。在体系需求开发阶段,特别是需求获取过程中,与一般系统相比,体系的人机交互特点突出,大量处于不同岗位、不同地域、不同层级的各类人员,多样化的软硬件构成,给体系的需求开发工作带来了巨大挑战。

3.1.2　体系需求获取面临的主要问题

需求获取是一个搜集信息的过程,开展需求获取工作一般需要解决以下三个主要问题:①应搜集什么信息;②从什么来源中搜集信息;③用什么机制或方法来搜集信息。

对体系需求而言,需求的获取来源于各个相关领域,他们从各自的角度出发,对体系的功能和效能提出各种需求,但这种直接表述的需求仅仅是一种初始需求,并非全部科学、合理,与“需求实现”阶段所需要的格式化需求相比,还相当肤浅,甚至有不少疏漏。同时,由于知识背景不同,在研究领域、考虑问题的方式和角度及专业知识水平等方面的差异,双方缺乏可以共用的交流“平台”,特别是一些与系统需求紧密相关的基础性领域,双方对基本概念的理解存在偏差,如各自领域内的专业术语或对同一术语概念理解的范围与程度不同等,使各类人员之间在传达与理解被研究对象方面一直存在着准确性和效率问题,使得需求获取成为一项较为困难的工作,概括起来主要容易出现以下五类问题。

(1) 范围问题。由于体系在开发初期还未定义好系统边界,即对体系必须完成的功能及其局限性还没有一个清晰的定义。因而,围绕范围可能出现的问题有:首先,用户对体系目标的描述不够简明、全面,描述过于繁杂,重点不够突出,对细节强调过多、过细,而对体系整体目标缺乏全面、准确的定义,造成体系本身与外界边际之间没有明确的界限,无法全面、完整、清楚地定义体系需求;其次,用户提出关于体系的需求在技术细节方面不够清晰,有些属于体系的范畴,有些可能根本没有必要,或者根本没有提及;第三,提出的需求似是而非,明显超出体系本身的定义范围,或者提出的需求远远超出了科技发展所能提供的技术与设备的能力范围,有时发生体系的边界违背良好定义的问题。

(2) 对需求的理解问题。对于体系的开发方来讲,不同体系的应用领域具有很强的专业性和特殊性,不同人员往往无法有一个全面的认识;另一方面,由于其所特有的专业性,使得专业人员对其功能无法有一个深入的了解。同时,由于各个用户知识背景不同,双方缺乏可以共用的交流"平台",使各类人员之间在传达与理解被研究对象方面存在着较大问题。

(3) 分析人员与用户的沟通问题。对于体系开发而言,由于分析人员与用户各自所处的角度不同,导致双方在沟通方面存在着较多的问题。一方面,由于分析人员不懂相关业务,需要通过用户的描述或自己的观察来了解和理解相关需求,容易产生理解方面的差异和不同;另一方面,用户从岗位及使用者的角度出发,按照自己的理解认识及他们对目标体系的要求,使用专业术语对应用问题进行叙述和概括,往往具有片面性、模糊性。同时,以往体系开发的经验表明,在很多情况下,用户往往不能正确表达他们的需求,他们所说的常常并不是他们想要的;加之用户需求的获取过程与描述形式的非形式特征,以及规范描述的困难性等,造成了分析人员获取精确需求的困难。因此,针对用户多考虑本身业务领域,而开发人员对问题的理解多倾向于从信息处理角度出发的实际,用户与分析人员两者之间的相互信任与有效沟通是需求获取的首要任务。

(4) 需求的可变性问题(易变问题)。体系开发处于一定的客观环境之中,其与外界环境之间存在多方面的联系,必然受到外界环境多方面的影响,导致系统的应用领域与用户需求具有多样性与可变性的特点。体系一般包含范围广,构成复杂,开发需要经历较长时间。在此过程中,随着政治、经济、技术手段和方法的不断创新发展,体系的职能任务不断拓展,使得用户对体系的需求不断发展演进。由于职能任务变化,可能需要新增一些功能需求,一些模块化的功能需求被扩大和强化,另一些则被弱化或取消。随着科学技术的发展,系统所涉及的软硬件设备的性能进一步提高,软件开发方面出现了新的技术改良及应用等,都会对体系需求产生方方面面的影响,客观上造成了需求的可变性问题,给需求获取工作带来了新的挑战。

(5) 用户意识的多层次性。大型系统开发的经验表明,用户在需求方面的意识具有多种层次,一般分为意识到的需求、无意识的需求及未意识到的需求三类。意识到的需求是指用户最先想到的需求,常常表现为用户希望改进的工作及业务,用户从实际使用中感到现有体系无法满足实际工作需要,迫切需要新体系予以解决;无意识的需求是指用户没有言明的情况,由于用户对它们太熟悉,以至于在潜意识中假定其他任何人员都具备同样的知识,这些方面的需求也需要分析人员重点关注；未意识到的需求是指那些一旦用户认识到它们可行时就会要求的事情，如用户受自身知识领域的限制，对一些技术上已经能够实现并且相当成熟的新方法、新功能不了解，一旦用户认识到这些技术所能带来的功能的提升时，就会迫切地要求加以改进和增加业务流程的改进、信息资源的重新整合、信息存储等方面。

3.2　体系需求获取过程

体系需求的获取需要深厚的知识和背景，仅仅依靠开发人员很难完成一个真正反映业务人员要求的需求。从需求工程的角度看，用户参与的必要性和重要性非常突出。

（1）用户对本领域的理解和分析是最深刻的，这是开发人员所难企及的，业务人员参与对确保需求分析的准确客观可行是极其重要的。

（2）用户学习并运用一种简单可行的分析方法（工具），无论是从时间还是从学习效果上看，都比开发人员成为领域专家容易得多。

（3）用户参与有助于成功地构造体系，同时可以极大地减少分析工作量和工作难度。

传统的需求获取与分析的基本过程可以表示为图 3.1，其主要实现思想是一种"问答"式机制。在需求获取阶段，主要采取问卷调查、用户访谈、资料查阅及现场实地调查等手段，需求开发的后几个阶段主要是由分析和技术人员完成，用户只是被动参与需求开发的很小一部分活动，因而，由于领域、学科知识的隔离，需求开发成果的质量最终取决于分析人员对用户领域知识的理解深度和正确程度。

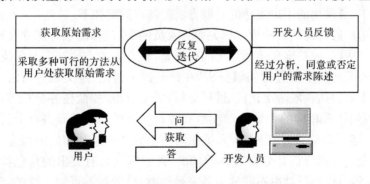

图 3.1　传统的需求获取与分析过程

同传统的需求开发方法相比，用户参与主导的需求开发方法基本实现思想是"用户主导，多视角讨论，分工负责，有效集成"，注重发挥需求工程各阶段人员的能动性，尤其是强调最终用户的有效参与并承担相应的工作，由用户采用领域术语等进行领域活动、过程、关系、功能、能力等分析，确定功能及信息交互等非功能需求，吸收他们基于不同知识背景和不同视角的观点，其需求分析质量是由多用户、多领域讨论所确保，这正是体系需求获取所需的。

用户主导的体系需求开发方法的主要实现思想有如下三点。

（1）强调业务人员的参与和主导。针对特定领域知识背景，在有效方法和工具支持下，使用户运用本领域的概念来建立领域活动模型，分析业务活动过程、业务实体与节点等之间的关系，讨论确定对目标体系的要求。这样，省略或部分省略了由业务和技术人员共同参与的调研阶段，并且多用户协同讨论有助于需求的正确、完整和一致。

（2）开发分析人员的全程导引、学习与统筹。作为需求开发的组织人员——开发人员，在用户参与主导的需求开发方法中，其任务并未减轻，主要有：对需求开发的全过程进行组织调控与跟踪，引领领域人员完成相应的工作；学习领域知识，并尽可能地参与用户的领域分析、领域建模等活动；统筹每一阶段的工作结果，通报或反馈给相应领域的人员，确保每一个正式的都是由多领域共同研究与认可的。

（3）需求开发是一个多领域互动的活动、前后相续可逆的过程。所谓互动，是指需求开发的每一步都是不同领域人员共同交互而得的，只是在不同的阶段，根据分析内容和目的不同，领域和人员侧重有所不同。过程的相继可逆是指需求开发的每一步骤之间都存在严密的逻辑关系，前者可推得后面的结果，而后面的结果的问题可在前一步的具体分析中找到原因，并可修改。

由于外界环境的复杂性，以及未来高技术条件下的不确定性因素，加上缺乏有效的需求分析理论和方法的指导，使得体系需求的获取十分艰难。在体系需求获取过程中，所采用的用户主导的获取方法的基本策略如下。

（1）用户进行的领域分析在相关业务人员的头脑中，需求是建立在相关活动概念上的。所以，成功定义体系需求的前提是：在有效的方法和工具的支持下，用户使用业务概念和术语进行领域分析，在此基础上讨论、定义和分析需求。用户领域分析主要包括领域活动建模、过程分析、关系分析、使命任务分析等内容。一般，我们利用体系相应的领域活动模型和过程分析模型为基础进行分析，明确活动概念，构建活动框架，使得所有人员在同一个概念框架和相同的概念理解下讨论需求问题。过程分析是分析实体活动的"舞台"，它具有突出的角色特色，也就是说，同样的事件和活动由不同的角色来操作时，过程是不可能一样的，甚至区别很大。总之，用户领域分析所得的结果是我们向技术领域"演变"的前提和基本资源，其中，某些数据资源可直接用于技术领域。

（2）多用户、多领域协同分析。由于体系是一个多用户、多功能的大型复杂系统，需求分析存在以下需要解决的问题：①某一类用户对系统的了解仅仅是局部的,所给出的是不完整的片段性需求描述,需要把多类用户的需求集成起来才能构成完整的系统需求;②对同一功能(或活动)模型,站在不同角度的不同类用户对它的功能需求是不一样的,所强调的重点也不尽相同,存在着"需求冲突",需要折中调和;③不同领域的人员对同一需求的认可度不一致,需要领域间的协调与商洽,这是非常重要的,甚至关系到工程能否完成。所以,为了确保需求的准确性和可行性,我们应该吸收多用户、多领域的人员协同进行需求分析,确立"需求集成"和"需求调和"的观念,采取会议或网络应用软件工具支持等方法,使需求分析多视角化。对需求集成,可以利用软件的组件思想,规范接口,划分模块,分工协作共同完成;对需求调和,可以采用对策论(game theory)等优化决策方法,由领域专家给出评估,确定取舍,最终得出均衡结果,解决冲突。

(3)自顶向下的需求获取过程。自顶向下的方法强调开发过程是由问题到解答、由总体到局部、由一般到具体。这类方法提供了从高层次到低层次的分层分解的决策策略和决策方式,并在具体的开发方法中给出相应的描述工具和设计步骤。自顶向下的方法体现了逐步求精和信息集成的原则。所谓逐步求精,即从最能直接反映问题的基本概念和总体结构出发,逐步精化、具体化、补足细节,直到成为可以在机器上执行的程序。逐步求精离不开信息隐藏,在精化的每一层上,把其组成部分的详细内容隐藏起来,给下层来设计。

在体系需求的获取过程,可借鉴美军 JCIDS 自顶向下的能力分析过程,从战略使命出发,不断细化,将整个体系的需求逐步具体地明确到具体的系统、设备上,从而明确体系构成的发展方向。

体系需求的获取是一个用户、分析人员、开发人员和客户合作做出决定的活动。一个获取方法的成功不仅依赖于这些实体的成熟度与差异,而且依赖于问题的复杂度及当前对该领域的理解程度。在需求获取中,不可能会仅有一种技巧成为分析人员和开发人员所有遇到的任务和情况的"正确"的解决方案,各种方法侧重的领域也有所不同。如大多数方法承认用户参与需求阶段的重要性,但一些方法是受用户驱动的,而其他的使用合作的方法由用户和分析人员共同完成;一些方法是综合性的并超出了需求获取和需求工程的范围,而另一些则专注于获取活动中的一小部分。各种方法的差别还在于其观点、表示符号和其他工具与技巧对其的支持程度,它们能在多大程度上解决分析人员和开发人员的问题。

3.3 体系需求获取方法

体系的需求作为一种客观存在,是其固有的属性。对需求而言,即使在获取与分析阶段未能发现,也会导致将来在体系的使用和维护阶段被发现,而那时要再将这些需求体现到体系中去,必将付出极大的代价。如何克服需求获取方面的问题,有效地获取尽可能全面、客观、准确的需求,必须要针对体系的具体情况,结合不同需求的实际特点,采用行之有效需求获取方法,确保需求获取的效益最大化。

需求获取面临的主要问题是领域专家(用户)和技术专家(体系开发人员)的沟通和交互。目前,常用的解决方法有以下几种。

3.3.1　访谈法

1) 访谈法的基本概念及思想

访谈法也叫会谈法或面谈法,是指体系的开发方和用户方召开若干次需求讨论会议,达到彻底弄清体系需求的一种需求获取方法。访谈法是最常用也是最基本的需求获取方法,至今仍然在各类系统或体系开发中发挥着重要作用。访谈法提供了一种分析人员与用户面对面交流的机会,能够帮助分析人员直接、简洁、准确获取用户对体系的需求意见,使用户与分析人员能够就系统的开发和使用问题达到广泛一致,最大限度地减少双方由于领域知识、职业背景不同所产生的概念、理解、交流上的差异,是一种需求获取的有效方法。

2) 访谈法过程及一般步骤

访谈法是一种获取驻留在人们头脑中信息的方法,是分析人员与用户采取面对面交流与沟通的形式,是进行事实发现和信息聚集的基本方法,通常采取召开会议(如需求研讨会、业务研讨会等)的形式进行座谈和调研等。访谈法需求获取方法与传统的软件工程中的需求获取访谈法过程类似。具体步骤如下。

步骤一:访谈法的准备。

在开展访谈前,开发人员应根据双方制定的《需求调研计划》召开相关需求主题沟通会,在此基础上,明确并做好以下准备。

(1) 确立访谈活动的主要目的、明确此次需求获取活动的目标及具体内容。

(2) 确定参加访谈的用户方人员。

(3) 确定参加访谈的体系需求分析组成员。

(4) 确定所要讨论的问题和要点列表。

(5) 确立访谈的时间及地点。

(6) 通知所有参加人员有关会议的目的、时间和地点。

步骤二:进行访谈(召开会议,进行讨论)。

(1) 准时到达会议地点。

(2) 针对需求调研目的进行主要问题的交流。

(3) 深入探讨和明晰相关细节,剔除不明确问题和混淆知识。

(4) 详细记录访谈的内容。

(5) 指出和记录未回答(或未得到足够答案)的条目及未解决的问题。

（6）商讨并约定下次访谈的具体事宜。

步骤三：访谈之后。

（1）复查记录的准确性、完整性和可理解性。

（2）整理出《需求调研记录》。

（3）确定需要进一步明确的问题及访谈后产生的新问题。

（4）确定是否需要就本轮主题与用户方再次反馈沟通，否则开始下一主题。

（5）所有需求都沟通清楚后，开发方根据历次《需求调研记录》整理出《需求说明书》，提交给用户方确认签字。

召开访谈会一般要经历计划（筹划会议，确定议题内容、时间、地点、参加人员）、实施（召开访谈会，收集用户需求）、整理（分析整理会议记录，形成会议纪要）、反馈（征求用户对会议纪要的意见和建议，进一步明确需求）4 个步骤，如图 3.2所示。

图 3.2　访谈法工作流程图

3）访谈法分类

访谈有两种基本形式，分别是正式访谈和非正式访谈，也叫结构化（形式化）面谈法和非结构化（非形式化）面谈法，如图 3.3 所示。正式访谈需要提前准备，对问题进行事先设计，有明确日程，许多问题都是事先确定的。其中，有些问题可以是无确定答案的（这些问题的答案无法预计），其他问题可以是有确定答案的（回答从提供的答案中选取）。

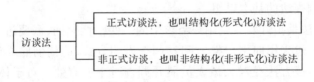

图 3.3　访谈法分类

非正式访谈是正式访谈的有效补充。非正式访谈类似于非正式会议，没有预定的问题或预计的目的。非正式访谈中，分析人员可提出一些用户可以自由回答的开放性问题，询问一个开放的、可扩充的问题将有助于更好地理解用户目前的过程，并且确定在新体系中应如何解决目前体系的问题。分析人员通过用户对问题的回答，获取有关问题及环境的知识，逐步理解用户对目标体系的要求。

4）访谈法的优缺点

访谈法的优点是可以面对面地和用户进行直接交流，直接、清晰、高效地获取体系的需求。特别是在特定的时间段内,营造一个用户方与开发方面对面进行交流的良好氛围,可以有效地引导用户方人员就特定的问题广泛深入地阐述观点,同时,开发方还可以就一些特殊情况(如异常与错误),灵活地与用户方进行深入探讨,有助于发现具体问题,获取真实需求。

但访谈法的缺点也很明显,需要集中大量的时间与人员,特别是体系需求获取有其特殊性,因为体系访谈的对象——用户及利益相关群体一方面较多,如武器装备体系需求开发过程中可能涉及用户方(包括装备使用人员(基层部队)、装备维护人员(部队装备部分和部分军工维修厂家)、装备的论证人员、装备设计人员、装备审批与经费管理人员等),这些人员隶属不同单位,从体系开发的角度而言,代表各自的利益群体,因此,获取需求时往往较难在短时间就体系的开发形成统一的需求文档;另一方面,体系较为庞大,开发时间和使用周期很长,这样,在短时间内通过访谈获得的需求往往只能反映一定时间段内对于体系的期望,而随着时间的推移和环境的变化,体系的需求往往会发生较大变化。因此,通过访谈法进行需求获取时对于一些无法准备判断甚至用户没有明确答案的问题可以较为宽泛地进行记录,随着体系开发的深入和用户对于体系问题了解的进一步明确,再进行需求的拓展和深化。

在访谈法中,如果由于访谈时间较短而达不到效果,用户方就一个特定问题的被访谈相关人员无法全部到场,都会影响需求获取的效果。同时,如果开发方不清楚项目的某一特定需求,就需要花费较多的时间和精力反复进行需求调研和需求整理工作,耗时费力。

3.3.2　问卷调查法

1) 问卷调查法的基本思想

问卷调查法是指开发方就用户需求中的一些个性化的、需要进一步明确的需求(或问题),通过采用向用户发放问卷调查表的方式,达到彻底弄清项目需求的需求获取方法,该方法在对大量人员展开调查时十分有效。对于体系而言,需求获取需要涉及大量不同的岗位和专业人员,通过采取问卷调查的方法,就相关需求下发调查问卷,可以有效地获得专业领域内的需求。同时,用于问卷调查收到时间、地域的限制较小,对于体系这样庞大的需求调查而言,往往是一种初期需求获取的最为有效和便利的手段,能够帮助需求开发人员快速地对待开发体系的总体有一个全面了解,有助于进一步针对专项和具体细节问题展开研究。

问卷调查法适于开发方和用户方都清楚需要开发的体系的基本情况,因为他们都清楚体系的需求,则需要双方进一步沟通和明确的总体方面的问题比较少,分析人员仔细阅读收回的调查表,然后再有针对性地问一些用户,在使问题得到较好解决的同时,还可以发现新的需求和问题。

2) 问卷调查法的一般步骤

步骤一：分析人员事先根据《需求调研计划》和以往类似项目的经验，整理出一份《用户需求说明书》和待澄清需求（或问题）的《问卷调查表》提交给用户。

步骤二：用户阅读《用户需求说明书》，并回答《问卷调查表》中提出的问题，如果《用户需求说明书》中有描述不正确或未包括的需求，用户可一并修改或补充。

步骤三：分析人员拿到用户返回的《用户需求说明书》和《问卷调查表》进行分析，如仍然有问题，则重复步骤二，否则执行步骤四。

步骤四：分析人员整理出《用户需求说明书》，提交给用户方确认签字。

3) 问卷调查法中问题的分类

问卷应该设计成便于问题的回答，特别要注意避免开放式问题，大多数问题都应当设计成封闭式的。封闭式问题可以采用如下三种形式。

（1）多项选择问题。回答者必须从提供的答案集中选取一个或多个答案，可以允许回答者附加注释。

（2）评分问题。回答者需要表达其对一段陈述的观点，可能的分值可以是强烈同意、同意、中立、不同意、强烈不同意和不知道。

（3）排序问题。所提供的答案应该是用序数、百分比或相似的排序方式给出。

4) 问卷调查法的优缺点

问卷调查法的优点是：对于用户来讲，有较为宽裕的考虑时间和回答时间，通过仔细考虑写出的回答可能比被访者对问题的口头回答更加准确、全面，从而可以得到对提出的问题较为准确细致的回答。对于分析人员来讲，由于这种方法比较简单，侧重点明确，因此，能大大缩短需求获取的时间、减少需求获取的成本、提高工作效率。

与访谈法相比，这种方法的缺点是调查的灵活性不够，问卷是事先做好的，不能够临时改变，被调查人员往往只能够被动地回答所提出的问题，而对于他们自身想要重点强调和突出的问题，则无法涉及。

3.3.3　资料收集法（背景资料阅读法）

1) 资料收集法的基本思想

对于体系开发人员来讲，如何快速地对体系相关领域有一个总体的了解和认识，是接下来深入进行系统需求及分析的基础和前提。资料收集法即可解决这一问题。体系相关业务部门使用的文件资料（包括条令规章、规划计划、技术手册等）是发现系统需求的重要方法。

2) 资料收集法的一般过程

步骤一：根据《需求调研计划》制定相应的《资料收集计划》，并列出资料清单，在此基础上提交给业务部门。

步骤二：待批准后，根据批准的许可程度收集相应的文档资料。

步骤三：组织对所获取的文档资料进行检索阅读、整理归纳及复印备份，仔细研究并获取相关的军事需求信息。

步骤四：归还文档资料，如有需要，则重复步骤一。

3）资料收集法的优缺点

在需求获取中采取资料收集法，其优点是可以使开发人员通过对领域内的相关文档资料的学习理解，尽快地对系统有一个初步的直观认识，以便更好地进行系统的需求开发工作。开发人员通过对领域内有关文档的研究，有助于从整体上加深对整个体系的理解，更好地搭建体系的需求框架体系。

此方法的缺点是针对性不强，需要的阅读工作量很大，有时可能无法获取到所需的专业资料，有时得到的资料数量较大，无法在短时间内阅读处理完毕。另外，对于开发人员来讲，看懂并理解领域内的专业资料需要具备一定的业务基础知识，而这正是开发人员一开始所不具备的，初始阶段所需时间较长。

现代需求获取方法提供了对需求更深刻的理解，需要较高的开销和较大的努力，但适合于体系开发这类复杂并且风险高的项目。主要的方法有以下几种。

3.3.4　基于用例、场景(情景)的方法

用例是系统与外界交互时行为的直接描述，被用来描述一个系统外在可见的需求情况，代表系统中各个项目相关人员之间就系统的行为所达成的契约。一个用例是对一个执行者使用系统一项功能时所进行的交互过程的文字描述序列，描述了当执行者给系统特定的刺激时系统的活动。采用用例的方法进行需求获取，克服了以往人们使用自然语言描述系统需求时所带的缺点，如没有统一的格式、缺乏描述的形式化、随意性较大、常常容易产生理解上的含混和不准确性等。

用例描述执行者操作体系所要实现的行为，但它不涉及具体的实现细节，强调的是能做什么，而不是怎么去做。通过对体系用户按角色进行划分，明确各类角色的目标，使用户可以清楚地了解体系可以帮助他们完成什么任务及是否满足他们的真正需求。而图形化的表达方法和场景技术的运用方便了分析人员与用户进行需求获取和验证，从而有效地消除了期望差异。

3.3.5　基于原型的方法

原型是指更大、更复杂实体的最初的、可以运转的模型。任何大型复杂系统，在开发的初始阶段，人们一般对系统需求认识不够清晰，因而导致开发项目难于做到一次开发成功，出现返工在所难免。为避免这种情况，在体系开发的初始阶段，可先从试验开发入手，探索可行性并弄清软件需求，在此基础上获得较为满意

的软件产品。通常,把第一次开发得到的试验产品称为"原型(prototype)",即把体系主要功能和接口快速开发制作为"软件样机",以可视化的形式展现给用户,及时征求意见和建议,从而明确无误地确定用户需求,同时,也可用于征求内容意见,帮助开发人员减少需求获取过程中漏掉信息的机会,从而减少与不知道某种信息有关的风险。因此,在体系的需求获取阶段,原型可以用来测试系统的可行性并帮助其确定过程需求。

3.3.6　需求获取方法的使用原则

1) 要以需求获取工作的目标为中心

不论是任何体系的开发还是需求的获取工作,都有一个科学合理的目标。为此,使用需求获取方法,必须要以需求获取工作的目标为中心。需求获取的目标在于准确地获取体系各方面的需求信息,包括功能及限制等。

对于体系的开发设计而言,需求获取阶段工作的目标不仅仅是对现有体系和需求的简单描述和模仿,而是要从提高体系整体能力的角度出发,选择和运用恰当的需求获取方法,获得一组完备、正确的需求。因此,在使用需求获取方法时,要侧重于对现有体系的观察和理解,不仅仅是要调查理解、模仿复制现有体系的功能、流程,更重要的是要发现现有体系运行中的问题与不足,找到将来可以进行改进、优化、重组的体系功能内容。

在需求获取过程中,要始终坚持正确的目的,即对现有体系的观察和分析的目的是为了更好地了解体系,而不是为了原封不动地复制体系功能,为了达到目的,必须使用多种方法,进行反复沟通、反复调查。

2) 针对不同的需求获取对象选取不同方法

不同的需求获取方法各有其不同的特点及适用范围,不可能用一种需求获取方法获取到体系的全部需求。因此,就要区分不同的对象,使用不同的需求获取方法。体系是一个复杂的系统,涉及不同层次的岗位及人员,各有其职责和任务,只有各职各类人员共同发挥作用,才能确保体系功能的有效发挥,确保体系目标的达到。

3) 针对不同的需求选取不同方法

体系是不同类型系统的组合,包括了硬件系统、软件系统以及人员系统。针对不同的系统及其特点,应该采取不同的需求获取方法。

3.4　体系需求表示技术

体系需求表示技术是通过一定的方法、手段将体系需求描述出来。体系需求的良好表示对开发体系的需求建模与验证工具将起到关键的支撑作用,同时,为开展体系结构的设计提供统一的底层模型、数据规范。

体系需求描述方法按照不同的标准可划分为不同的种类,其分类主要有以下几种。

(1) 按照开发的方式,可分为结构化描述法、面向对象描述法、形式化描述法、混合描述法。

① 结构化描述法。指采用自顶向下、逐步求精的结构化思想来描述需求的方法,如 IDEF0 方法,它是最常用、影响最广泛的一种方法。

② 面向对象描述法。指利用面向对象的概念,如类、属性、操作等,同时运用封装、继承、多态等机制来描述需求的方法,如 UML 语言。

③ 形式化描述法。指基于数学的方法来描述需求的方法,如 VDM 系统、Z 系统、Albert 方法、KAOS 方法等。

④ 混合描述法。指综合上述几种描述方法特点而产生的混合描述方法,如扩展面向对象方法使其具有形式化特征,较为典型的是 UML 语言的形式化,或者扩展形式化描述方法使其具有面向对象特征,典型的是 Object-z 语言系统。

(2) 按照采用的数学描述方法程度,可分为非形式化方法、半形式化方法、形式化方法。

① 非形式化方法。指采用自然语言描述需求的方法。

② 半形式化方法。指用图形并辅助以自然语言描述需求的方法,UML 语言、数据流图或实体-联系图(ER 图)等都是典型的半形式化方法。

③ 形式化方法。指描述需求是基于数学的技术,具有坚实的数学基础的描述方法,如 VDM 系统、Z 系统、Albert 方法、KAOS 方法等。

(3) 按照语言描述采用的形式,可分为自然语言描述法、图形描述方法、符号化描述法。

① 自然语言描述法。指采用自然语言描述需求的方法,大多数的需求文档是以自然语言为描述主体。

② 图形描述方法。指采用图形、图表等形式描述需求的方法,该方法一般作为自然语言描述的补充。

③ 符号化描述法。指采用具有特定意义的规范化的符号集合描述需求的方法,该方法一般在精确性要求很高的需求文档中采用。

3.4.1 结构化需求描述方法

结构化方法的基本思想起源于 1966 年提出的结构化程序设计,即紧紧围绕待解决问题的主要内容,忽略与目标无关的次要内容,采用从总体到局部、自顶向下及分层解决的方法进行分析、描述和构造系统模型,该方法强调功能抽象和模块性,将问题求解看作是一个过程。在结构化分析与设计中,由于采用了模块分解和功能分解,从而可以有效地将一个较复杂的系统分解成更小的子任务,最后的子任务都可以独立编写成子程序模块。结构化程序的模块是高度功能性的,有很强的内聚力,但各模块的数据处于实现功能的从属地位,因此,各模块与数据间的相关性比较差,无论把数据分放在单个模块里还是作为全局变量放在总控模块中,模块之间都有很强的耦合性。

在利用结构化方法对系统结构进行描述时,首先将系统按照特定功能划分成不同功能模块,然后对每个不同的功能模块进行相应的功能描述,从而实现对系统的整体描述。结构化描述方法具有较严密的逻辑性及较高的精确性,并且可实现部分自动化。比较常用的结构化描述工具除流程图(DFD)外,还有 IDEF0 方法。IDEF0 方法是结构化分析设计技术(SADT)方法发展出来的一种结构化方法,它利用模型来理解一个系统,比较适用于研究大而复杂的系统。

结构化方法主要有以下优点:①符合人们从简单到复杂来认识客观世界的过程,其过程比较简单;②能有效地将一个较复杂系统逐层分解为更小的系统,方便系统的描述与实现;③使用结构化设计的程序具有良好的可读性,一定程度上提高了系统可靠性;④采用基于数据流程图的描述方法直观易懂,便于用户交流。

同时,它也存在以下缺点:①由于被分解成的系统模块体系结构依赖于系统功能划分,任何功能变化都可能导致系统体系结构的再次重新设计,重用性较差;②系统功能模块的描述和分解没有统一的衡量尺度,描述的正确性无法得到保证;③由于结构化描述的系统对功能需求的变化具有高度的敏感性,因此,需求变更与追踪管理工作量很大。

3.4.2　面向对象描述方法

面向对象概念的提出基本与结构化概念同步。20 世纪 60 年代,Simula 第一次使用了类的概念,并将其作为一种新型语言机制来封装数据与操作。进入 80 年代中期,面向对象方法(object-oriented,OO)在程序开发领域蓬勃发展,并逐渐发展到软件设计、分析领域,进而应用于整个软件生命周期,几乎覆盖了计算机软件领域的所有分支。到了 90 年代,面向对象分析(object-oriented analysis,OOA)和面向对象设计(object-oriented design,OOD)方法的实用化使得面向对象方法进入了新的快速发展期,成为一种普遍接受的重要的软件开发方法。目前,面向对象方法除在计算机软件开发领域得到充分发展,也已被广泛应用在信息系统开发、系统仿真设计、地理信息系统(GIS)应用、数据库设计等领域。面向对象思想的影响已经大大超出了人们的想象。

面向对象的基本方法学认为,客观世界是由多种多样的对象组成,每种对象都有各自的内部状态和运动规律,不同对象间的相互作用和联系构成了各种不同的系统,构成了我们所面对的客观世界。当我们设计和实现一个客观系统时,如能在满足需求的条件下把系统设计成是由一些不可变的部分所组成的最小集合,这个设计就是最优秀的,而这些不可变的部分就被看成是一些不同的对象。因此,利用面向对象方法设计和实现一个客观系统的过程和人类的抽象思维过程是一致的,如图 3.4 所示。

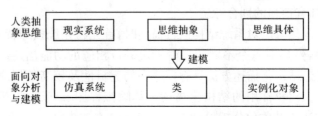

图 3.4　人类抽象思维与面向对象分析与建模过程的相应关系

在面向对象方法中,对象和类是基本的组成。对象是系统的基本单位,每个对象都是对应类的一个具体实例,对象中不仅包含各种资源,还包含对资源的操作方法,是对客观事物的直观反映;类则是具有相同属性和操作的对象集合的抽象描述,一般包括类名、类继承集、属性集、操作集和接口消息集五部分内容。继承性、多态性和封装性是面向对象方法的本质特征。继承性是指子类可以继承父类的所有属性,同时也可以有自己的新特性;多态性表示不同操作在不同类中可以有不同实现方法和特性;封装性指对象隐藏了内部资源和操作过程,保护模块内部信息,能有效防止非法访问,而且当模块功能发生改变时,结构接口保持不变。

面向对象方法主要具有以下优点:①以自然方式描述客观世界,容易把握分析重点;②系统功能和定义的操作实现简便;③采用继承的思想提高了资源的可重用率,能够加快开发速度;④作为自然世界抽象的类相对固定,系统稳定性较高。

它的缺点是:①使用面向对象开发的软件冗余较多,开发效率不高;②实例化的对象依据客观边界划分,但由于边界模糊,很难保证描述的准确性。

UML 是一种定义良好、易于表达、功能强大且普遍适用的建模语言,它溶入了软件工程领域的新思想、新方法和新技术,其作用域已经不再限于支持面向对象的分析与设计,还支持从需求分析开始的软件开发的全过程。由于在 20 世纪 90 年代出现了一系列面向对象方法的模型,使用户很难根据自身应用的特点选择合适的建模方法,极大地妨碍了用户的使用与交流。在此背景下,Rational 公司倡导建立统一的面向对象建模方法,并在融合 Booch 方法、OMT 方法和 Coad/Yourdon 方法的基础上,创建了 UML 语言。新的 UML 语言继承了各种面向对象和一些结构化建模语言的优点,并把它们有机地融为一体,很快成为面向对象建模方法的标准。

3.4.3　形式化描述方法

软件工程百科全书给出的形式化方法的定义如下:用于开发计算机系统的形式化方法是基于数学的技术描述系统的性质。这样的形式化方法提供了一个框架,人们可以在框架中以系统的而不是特别的方式刻画、开发和验证系统。

在实际应用中,如果一个方法有良好的数学基础,那么,它就是形式化的。这个方法基础提供一系列精确定义的概念,如一致性和完整性,以及定义规约、实现和正确性。

形式化方法的本质是基于数学的方法来描述目标软件系统属性的一种技术。不同形式化方法的数学基础是不同的,有的以集合论和一阶谓词演算为基础(如 Z 和 VDM),有的则以时序逻辑为基础。根据说明目标软件系统的方式,形式化方法可以分为以下两类。

(1) 面向模型的形式化方法。面向模型的形式化方法通过构造一个数学模型来说明系统的行为。

(2) 面向属性的形式化方法。面向属性的形式化方法通过描述目标软件系统的各种属性来间接地定义系统行为。

形式化方法的研究内容可以分为形式化描述和形式化验证两类。形式化描述是形式化验证的基础,主要用于说明系统特性或行为,通过明确定义的数学语言准确表达所描述的内容。由于不同描述语言依据的数学理论基础不同,各种描述方法差别较大,可把它们分为三种类型:操作类、描述类和双重类。形式化验证是建立在描述的基础上,对描述内容的正确性进行分析和验证。根据验证方式不同,可分为模型验证和定理证明。前者以状态搜索为基础,检验模型是否满足某一特性,是一种对有穷状态系统的形式化确认方法;后者则使用数学逻辑公式证明系统特性,证明依据为系统公理,它可以对无限状态空间进行验证。

形式化方法通常还需要形式规约说明语言的支持。形式规约说明语言由语法、语义和一组关系组成。语法定义了形式规约语言的特定符号,语法通常是基于标准集合论和谓词演算或时序逻辑(temporal logic),它通常是符号化的,也可以包括没有二义性的图符。语义定义了用于描述系统的"对象的全域"。

目前,形式化方法在理论上已经取得了长足的发展,但由于其需要消耗大量的资源才能达到系统设计要求,大多数形式化方法仍然限制在学术界使用,只有少数已在工业界获得了广泛的使用,如 Z、VDM、CSP 等。

使用形式化方法的主要优点体现在以下方面。

(1) 形式化方法具有严格的语法与语义,形式规约语言书写的规范精确、无二义,避免了非形式规约的模糊性和二义性。

(2) 使用形式化方法能够更深刻地描述系统需求,更好地理解问题,方便系统开发。

（3）能在设计开发阶段及时发现系统错误，降低开发成本，提高软件系统可信度。

（4）对于实时和安全系统而言，形式化方法是确保系统质量的重要途径，它能从各个不同方面验证系统性能，保证系统的完备和正确。

（5）采用形式化方法进行的需求描述可以进行严格的分析与检查，并支持对系统规格说明的自动化处理。

但是，形式化方法仍然存在一些明显的缺点。

（1）形式化方法和现实世界很难直接对应，所以，模型的获取比较困难。

（2）方法和技术掌握较困难，缺乏相应基础的人很难理解。

（3）无法将形式化描述推广至系统开发全过程，否则，成本与复杂度的提高可能导致系统开发失败。

（4）形式化验证需求规格说明的完整性与一致性需要耗费巨大的资源。

目前，支持形式化方法的形式化语言有很多，常见的有 Z 语言、VDM 方法、LOTOS 语言、RSL 语言、AlbertII 语言等。

3.4.4　三种典型需求描述方法的比较

前面分别介绍了结构化描述方法、面向对象描述方法、形式化描述方法的主要内容与思想，本节从模拟客观世界的逼真程度、所构造的模型的紧凑程度及所描述的软件规格说明的可读性等几个方面对三种方法进行了分析比较（如表 3.1 所示）。

（1）结构化描述方法是基于功能分解方法来分析与设计系统结构的，它从外部功能上模拟客观世界。所采用的主要工具是数据流图（DFD）。通过不断将数据流程图中复杂的处理分解成子数据流图来简化问题，结构化描述方法能够增加规格说明的可读性和系统的可靠性，且数据流图容易理解，有利于开发人员与客户的交流。其缺点是系统结构对功能的变化十分敏感，功能的变化往往意味着重新设计，设计出的系统难以重用，延缓了开发的进程。

（2）面向对象描述方法从内部结构上模拟客观世界，它根据用户对现实世界的理解来组织系统。面向的对象是客观世界对象的直接映象，对象不仅包含数据，还包含对数据操作的方法，对象之间的通信是通过发送消息完成的。由于方法采用了继承的概念，有利于模块的重用，所建模型的稳定性比结构化方法所建模型要高。但是，其所开发出的系统冗余部分多，就效率而言，比结构化方法低，且由于其封装性，使得系统内部的控制不清晰，增加了以后的维护工作的难度。

（3）形式化描述方法是用数学表示法描述的目标软件，该方法将客观世界抽象化、符号化，通过建立精确的数学模型描述系统最本质的东西，所建模型没有冗余部分。但是,该方法要求开发人员具备较高的数学素养,而且用形式规格说明语言书写的规格说明可读性和可理解性较差,构建形式化系统所消耗资源大。因此,形式化描述方法在应用上受到了一定的限制。

表 3.1　结构化描述方法、面向对象描述方法、形式化描述方法比较

	结构化描述方法	面向对象描述方法	形式化描述方法
基本思想	紧紧围绕待解决问题的主要内容,忽略与目标无关的次要内容,采用从总体到局部、自顶向下、逐步求精的方法进行分析、描述和构造系统模型	客观世界是由多种多样的对象组成,每种对象都有各自的内部状态和运动规律,不同对象间的相互作用和联系就构成了各种不同的系统,构成了我们所面对的客观世界	依靠数学模型和计算来描述和验证一个目标系统的行为和特性,包括需求规格、设计和实现等
基本概念	模块、过程	类、对象、方法、继承、封装、重用	基于不同数学逻辑的形式化描述方法具有不同的基本概念
基本描述单位	模块	对象	基于不同数学逻辑的形式化描述方法具有不同的描述单位
逻辑工具	数据流图、系统结构图、数据辞典状态转移图、实体关系图	对象模型图、数据字典动态模型图、功能模型图	数学逻辑如集合论、代数逻辑、谓词逻辑、时序逻辑
代表语言	DFD、IDEF0	UML	Z、VDM、LOTOS、RSL、KAOS、AlbertII 等
对本研究支持	借鉴其思想,完成需求的结构分解	需求描述方法主要采用面向对象方式	是需求描述扩展的方向
主要优势	简单易读,方便交流	能够抓住重点,可重用率高,方法灵活	精确、无二义型,方便验证
主要缺点	可重用性差,验证困难,对变化敏感	系统开发效率低、可验证性差	可读性与可理解性差

3.5　体系需求描述方法

3.5.1　体系应用中典型结构化描述方法——IDEF0 方法

1. IDEF0 方法

IDEF0 方法是 IDEF 方法族中最为成熟的方法之一,它最初用来在 ICAM 中建立加工制造业的体系结构模型。IDEF0 方法的基本思想是结构化分析方法,来源于结构化分析设计技术(structured analysis and design technique,SADT)方法。

一般地说,一个系统可以被认为是由对象物体和活动及它们之间的联系组成。IDEF0 能同时表达系统的活动和数据流及它们之间的联系,因此,IDEF0 模型能全面描述系统。并且,IDEF0 通过建立以图 3.5 为基本模块的 IDEF0 模型来实现对系统的描述。

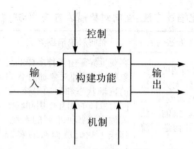

图 3.5　IDEF0 功能模型及其接口箭头

IDEF0 模型由一系列的图形组成。按照结构化描述方法自顶向下、逐步求精的分析原则,IDEF0 的初始图形首先描述了系统的最一般、最抽象的特征,确定了系统的边界和功能概貌。然后,对初始图形中所包含的各个部分按照 IDEF0 方法进行逐步分解,形成对系统较为详细的描述,并得到较为细化的图形表示。这样,经过多次分解,最终得到的图形细致到足以描述整个系统的功能为止。在 IDEF0 图形中,同时考虑活动、信息及接口条件,并用盒子作为活动,用箭头表示数据及接口。

2. IDEF0 方法描述实例

图 3.6 采用 IDEF0 方法描述了某系统的突袭活动和相关的数据流与控制流。图 3.7 采用 IDEF0 的描述方法描述了某系统的活动模型。

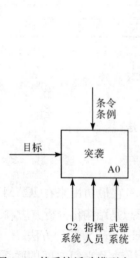

图 3.6　某系统活动模型之一

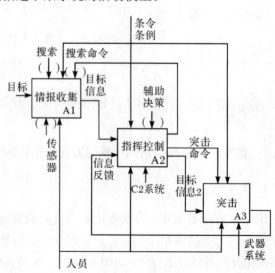

图 3.7　某系统的 IDEF0 描述的结构图

3.5.2　典型面向对象描述方法——UML 语言

UML 语言的发展历程可以通过图 3.8 表示。

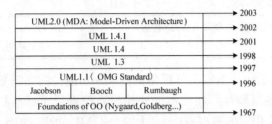

图 3.8　UML 发展过程

UML 是由单一元模型支持的一组图示法，这些图示法适用于各种软件开发方法、从需求规格描述直至系统完成后的测试和维护的软件生命周期的各个阶段、各种应用领域及各种开发工具。UML 包括概念的语义、表示法和说明，提供静态、动态、系统环境及组织结构的模型。目前，有众多重量级可视化建模工具支持，如 Rational Rose，Borland Together 等。虽然 UML 不是一门程序设计语言，但可以使用代码生成器工具将 UML 模型转换为多种程序设计语言代码，或使用反向生成工具将程序源代码转换成 UML。

作为一种语言，UML 主要包括两部分内容：UML 语义和 UML 表示法。

（1）UML 语义。指描述基于 UML 的精确元模型定义。元模型定义了使用表示的对象模型的完整语义，它能够为模型的语法和语义提供简单、通用的描述，为 UML 的语法和语义做出简单一致的说明，它本身采用元递归方式定义，即用 UML 的表示符号和语义的一个子集作自我说明。UML 元模型的概念框架基于一个四层的体系结构（如表 3.2 所示）：用户对象、模型、元模型和元-元模型。这种定义方式为 UML 元模型的扩展提供了体系结构基础。与其他建模语言相比，UML 加强了建模语言语义的严格描述。另外，它继承了形式规范说明语言的研究成果，用元模型描述建模元素的抽象语法，用形式化语言 OCL 和自然语言定义模型应满足的准则和上下文条件，用自然语言描述相关的新概念和动态语义。

表 3.2　UML 四层体系结构（OMG 1.4）

层	描述	范围	示例
M3：元-元模型	元模型体系结构的基础结构，定义了规定元模型的语言	通用的元建模基础设施	meta-class、meta-attribute、meta-operation
M2：元模型	元-元模型的实例，定义了规定模型的语言	UML 规范	class、operation、component

层	描述	范围	示例
M1:模型	元模型的实例,定义了描述某一信息域的语言	使用 UML 的项目	StockShare(一个模型)
M0:用户对象	模型的实例,定义了特定领域的值	运行的系统	〈Acme_SW_Share_98789〉(定义明确的用户数据)

（2）UML 表示法。指定义可视化描述 UML 语义的图符集。它为开发者或开发工具使用这些图形符号和文本语法建模系统提供了标准。这些图形符号和文字所表达的是应用级的模型,在语义上它是 UML 元模型的实例,主要分类两大类:一类是支持开发不同阶段的模型,另一类是通用的表示。

UML 中包含的主要实体与关系元模型有以下几种,如图 3.9 所示。

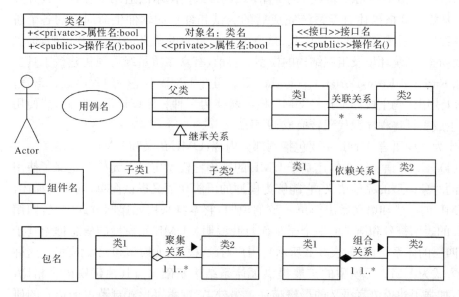

图 3.9　UML 中的实体与关系元模型图示(摘自 MS VisIo 中的 UML 模型)

（1）类。类是对一组具有相同属性和方法的对象的抽象。

（2）对象。对象是类的实例,具有状态和行为。在 UML 中,表示法与类同,只是在对象名下面需要画一道线。

（3）接口。接口是刻画行为特征的操作命名集。在 UML 中,表示为以〈〈interface〉〉为模版化的类。

（4）包。包是一种聚组构造,即将一种类型的类或能相互协作共同完成一个功能的类聚组一起成为一个包。当系统比较复制时,包把类从逻辑上进行了分组,使整个系统具有层次结构。

（5）用例。用例可以描述系统能为用户提供的某一个功能。用例由一组动作序列组成,系统执行这些动作将产生对用户有价值且可以观察到的结果。

（6）组件。组件表示具有定义接口的软件模型。在系统运行时,各个部署好的组件相互合作提供系统的功能。

（7）继承关系。继承是一般事物（即类或父类）与特殊事物（即子类）之间的关系。

（8）实现关系。实现是一个事物描述了另一个事物保证实现的契约。对于类来说,就是一个类实现了一个接口。

（9）关联关系。指关联关系时对象之间的一种结构关系。当两个对象之间存在关联关系时,一个对象保持对另一个对象的引用,并在需要的时候调用另一个对象的方法。关联可以是单向的,也可以是双向的。一般,关联又分为聚合与组合。聚合描述一个整体和组成部分之间的关系（类似"has a"关系）,是对象之间的一种弱耦合,即若 A 聚合了 B,那么,在 A、B 整个生命期间中,A 和 B 是独立的,A 的消亡并不会引起 B 的消亡。组合也是描述一个整体和组成部分间的关系（类似"is a"关系）,但它是对象间的一种强耦合,即若 A 组合了 B,那么,A 控制了B 的生命期,一旦 A 消亡,必然引起 B 的消亡。

（10）依赖关系。当一个独立事物发生变化时,会影响到另一事物,称另一个事物依赖于该事物,两个事物构成依赖关系。依赖是事物之间比较弱且短期的一种关系。在 UML 中,继承、实现、关联都可以算作某种依赖关系,只是他们由于比较强的语义和重要的作用而被单独划分出来。一般,对类关系建模时,先对继承、实现、关联关系建模,剩下的关系可以看作依赖关系。

在 UML1.X 版本中,共定义了 9 种模型描述图形,按其内容可以分成 5 类图形,根据其实现的功能又可以分为动态建模机制和静态建模机制两大类,它们的功能和划分如表 3.3 所示。

表 3.3　UML 表示法概述

图形分类	图形名	功能描述	静态/动态
用例图	用例图	从用户角度描述系统功能,并指出各功能的操作者	静态建模
静态图	类图	描述系统种类的静态结构,表示类间的联系和类的内部结构,在整个生命周期有效	静态建模
	对象图	对象图是类图的实例,显示类的多个对象实例,只在系统某一时间段存在	静态建模
	包图	包或类组成,表示包与包之间的关系,包图用于描述系统的分层结构	静态建模

图形分类	图形名	功能描述	静态/动态
行为图	状态机图	描述类对象所有可能状态及事件发生时状态的转移	动态建模
	活动图	描述满足用例要求所进行的活动及活动间的约束关系	动态建模
交互图	顺序图	表示对象间的动态合作关系,强调消息发送顺序	动态建模
	协作图	描述对象间的协作关系,强调上下级关系	动态建模
实现图	构件图	描述代码部件的物理结构及各部件间的依赖关系	静态建模
	配置图	定义系统中软硬件的物理体系结构	静态建模

使用一般 UML 语言描述具体需求内容时存在以下问题:①UML 是通用一般化语言,不容易被需求利益相关者所容易理解和接受;②UML 中的元模型定义并不能完全满足具体需求内容描述的需要。因此,需要对 UML 进行扩展。所谓 UML 扩展,就是在 UML 元模型和图形表示法的基础上,利用 UML 的扩展机制定义出用户需要的元模型和图形表示法。UML 提供了三种扩展机制:约束、标记值、衍型。这种机制允许建模者在不改变基本建模语言的情况下做一些通用的扩展,它提供了新的模型元素及可以附加在模型元素上的各种信息。这些扩展机制已经被设计好,以便在不需理解全部语义的情况下就可以存储和使用。下面分别介绍。

(1) 约束。约束是用文字表达式表示的语义限制。通常,约束可以附属于任何一个或者一列模型元素上(如类、关系等),表示附属于模型元素上的语义信息。每个约束包含约束体和解释语言。约束体是约束语言中关于条件的布尔表达式的字符串。解释语言是对约束内容的解释,使用的语言可以是形式化语言,也可以是自然语言。

UML 提供了一种约束语言——OCL。OCL 表达一些限制条件的文本,规定某些条件必须为真,否则,该模型表示的系统无效。每个表达式有一种隐含的解释,这种语言可以是正式的数学符号,或是一种基于计算机的时序语言,或是一种编程语言,如 C++,或是伪代码或非正式的自然语言。约束可以表示不能用 UML 表示法来表示的约束和关系。当陈述全局条件或影响许多元素的条件时,约束特别有用。

约束用大括号中(〈〉)的文本字符串表示。文本字符串是用约束语言写的代码体。对于简单图形符号(如类或关联),约束字符串可以标在图形符号旁边,如果图形符号有名称,则标在名称旁边。对于两个图形符号(如两个类或两个关联),约束用虚线箭头表示。箭头从一个元素指向另一个,并带有约束字符串(在大括号内)。箭头的方向与约束的信息有关。

图 3.10 中显示了约束的表示法。在图中,银行账户(BankAccount)可以是公司(Corporation)或个人(Person)。Person 和 Corporation 与 BankAccount 之间都是关联关系,而两个关联关系的约束是{OR}限制。Person 类中包含 gender 属性,且此属性被限制在 female 和 male 两个值。每个 Person 可以有一个 husband 或一个 wife,这种关系又被一个用形式化的 OCL 约束所限制:self. wife. gender＝female and self. husband. gender＝male。

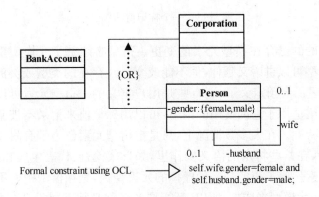

图 3.10　约束的例子

(2) 标记值。标记值由一对字符串组成,即一个标记字符串和一个值字符串,它用于为某个模型元素赋予新的特征,而且这个特征不包含在元模型已经定义的特征中。标记值可以依附于任何一种模型元素上,包括模型元素和表元素,它提供了一种方式将独立于实现的附加信息与元素联系起来。在 UML 中,标记字符串叫做标记。每一个标记表示可以用于一种或多种元素的特性。在模型中的任何元素上,标记名最多只能出现一次。标记和值可能是各种类型的,但都被编码为字符串。对值的解释是建模者和建模工具之间的约定。可以把标记值实现为由标记进行索引的查询表以提高访问效率。UML 中预定义了一些标记,其他的可以是用户定义的。标记值是允许把任何信息附加到模型上的扩展机制。

标记值用如下方式表示:tag＝value,其中,tag 是标记的名称,而 value 是一个字面值。标记值可以和其他的特性关键字一起被包含在一个由括弧包含、逗号分隔的特性列表中。可以声明一个关键字代表一个带有特定值的标记,在这种情况下,关键字可以单独使用。很多情况下,标记值和其他的特性关键字一起被包含在一个由括弧包含、逗号分隔的特性列表中,放置在要依附的元素下,标记值用字符串表示,字符串有标记名、等号和值,规则地放置在大括弧{}内,如图 3.11 所示的标记值。

(3) 衍型。衍型用于分类或标记模型元素,代表了具有相同形式(如属性和

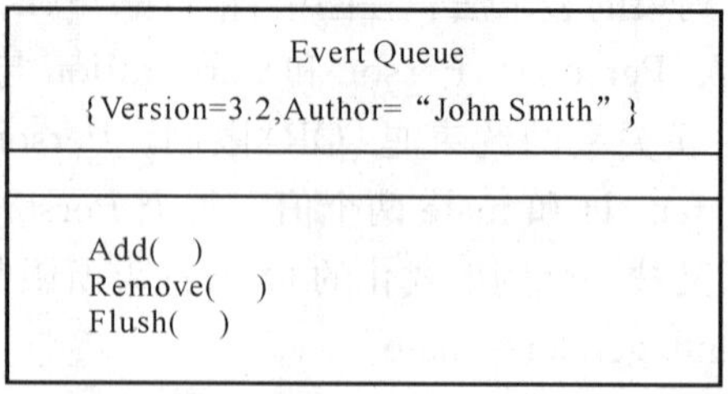

```
                Evert Queue
       {Version=3.2,Author= "John Smith"}


       Add(   )
       Remove(    )
       Flush(   )
```

图 3.11　一个标记值的例子

关系)、不同目的的已存在模型元素的变更。衍型必须基于元模型里已经存在的
类型或类。衍型可以讲语义延伸,但不能改变已经存在的类型或类的结构。有的
衍型在 UML 里已经预定义了,还有些是用户定义的。衍型元素可以有它自己的
区别符号和一组适用于它的使用的约束,可以用标记值来记录不被基本模型元素
所支持的附加特性。在大多数情况下,只是把衍型元素作为带有附加文本消息的
普通元素看待,在某些特定的语义操作里,如形式检查、代码生成和报表编写,才
区分不同的元素。由于衍型是一种虚拟的元模型类,是在模型中而不是通过修改
UML 的预定义元模型来增加,所以,新衍型的名称必须不同于已存在的 UML 元
类名称或者其他衍型或者关键字。

　　衍型元素并没有额外的图符表示,只是在基类的名字上加上带有尖括号
"<< >>"的关键字,如<< mapping >>、<< control >>、<< cells >>等(如图 3.12所示)。

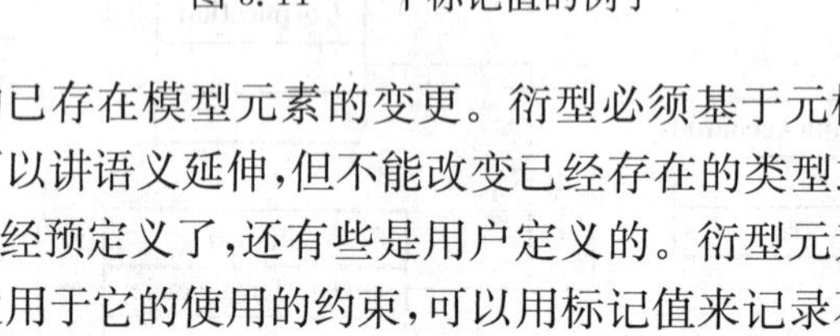

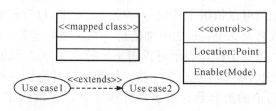

图 3.12　衍型的例子

　　在利用以上三种机制对 UML 进行扩展后,可以将定义的衍型、标记值、约
束三者集合到一起,由这三者集合形成的文件成为特征文件。特征文件扩展了
UML 的元模型,利用它可以建模各种开发平台(如 J2EE 和. NET)、纵向领域
(如银行业、电信业和航空业)、建模领域(如系统工程、实时分析与设计、测试)
的特征。通常,特征文件是一个图标化的文件,这方便了 UML 建模工具对它的
支持。理论上讲,任何建模人员可以创建自己的特征文件(即根据自己的需要
对 UML 元模型进行扩展)。因此,特征文件的数目可以是无限的。OMG 组织
为了方便重要建模领域的需要,采纳了一些特征文件作为该领域的标准特征
文件。

3.5.3　形式化描述语言

目前,支持形式化描述方法的形式化语言有很多,常见的有 Z 语言、VDM 方法、LOTOS 语言、RSL 语言、AlbertII 语言等。本节简要介绍在体系需求建模中具有重要参考价值的一种形式化规约语言。

1.　AlbertII 语言

AlbertII 是支持需求工程的一种形式化规约说明语言,于 1992 年由比利时 Namur 大学的开发小组在开发 EspritII 项目 Icarus 时提出,其语言构成已经被很好地验证。

AlbertII 主要用于捕获实时系统、分布式系统和复合系统的功能需求,其底层的形式化框架基于 Albert-Core。Albert-Core 是一种实时时序逻辑的面向对象的变体,同时在三个方面进行了扩展。

(1) 动作的引入。动作与可能改变历史状态的变化相联系。动作的引入解决了由于使用声明规约说明语言带来的框架问题。

(2) Agent 及其属性(对动作的责任,对提供感知的责任)的引入。Agent 可以看成是面向对象概念中"对象"的特殊化,通过三个方面来刻画:记录关于环境的 Agent 知识的内部状态;对环境中正在发生事情的感知;与其状态上或其他 Agent状态上起作用的动作有关的责任。

(3) 典型的约束模式的标识。逻辑的和形式化的语言可以被比作汇编程序设计语言,它有一组基本构造,但缺乏对分析员书写复杂的和一致的陈述的支持。为了克服这一问题,AlbertII 语言预定义了许多典型的规则模式,这些模式将指导分析员对复杂系统的动态进行说明。

AlbertII 的抽象语法用类 BNF 描述。为了提高其可读性,语法规则中加入了一些文字作为一种标记,另外还做了一些约定。

- 尖括号表示非终结,如⟨a⟩
- "⟨a⟩|⟨b⟩"表示⟨a⟩或⟨b⟩
- "[⟨a⟩]"表示⟨a⟩是任选的
- "{⟨a⟩} * "表示⟨a⟩重复 n 次($n \geqslant 0$)
- "{⟨a⟩}＋"表示⟨a⟩重复 n 次($n > 0$)
- "⟨a-LIST⟩"是"⟨a⟩{,⟨a⟩} * "的简写

AlbertII 的需求规约说明模型由 Agent 与 Society 构成。一个规约说明模型可以看成两个基本层次。

(1) Agent 层。每个 Agent 都有一组可能的行为,这些行为与其他 Agent 的行为无关。

(2) Society 层。考虑 Agents 间的相互作用及由此产生的附加在每个 Agent

上的约束。

　　规约说明通过定义一组系统容许行为来描述一个 Agent。其中一个规约说明至少有一个社会，即"根社会"，且不包括子社会的每个社会至少有一个 Agent。也就是说，一个 Albert 规约说明可以看成一棵非空树，其深度至少为 2，社会是节点，Agents 是叶子。

　　由于 AlbertII 语言本身具有可扩展的层次结构（即 Society 层与 Agent 层），非常符合体系需求的层次性特点，它还可以用于描述一个复合系统（即由软件、硬件、人及设备等庞杂构件组成的系统）的可容许行为。另外，AlbertII 具有高度的表现力与自然力，所采用的 Albert-Core 核心是被验证了的有效的形式化需求描述框架，因此，在武器装备体系中具有重要的参考价值。

2. 其他形式化描述语言

1）Z 语言

　　Z 语言是 20 世纪 80 年代初由英国牛津大学程序研究组开发的基于集合论和一阶谓词逻辑的形式化规约说明语言。Z 语言具有精确、简洁、无二义等优点，有利于保证程序的正确性，尤其适于无法进行现场调试的高安全性系统的开发。它的另一个主要特点是可以对 Z 规格说明进行推理和证明，这种特点使得软件开发人员或用户能够很快找出规格说明的不一致、不完整之处，提高软件开发的效率。Z 语言自诞生之日起就被应用到现实世界中，成功的例子是 IBM Hursley 子公司利用 Z 语言对他们的用户信息控制系统（custom information and control system, CICS）进行规格说明的重写获得了成功，并使软件开发费用降低了 9%，这对 Z 语言的发展产生了极大的影响。

　　在 Z 语言中，最主要的结构是模式，即 schema。一个 Z 系统由若干个模式组成，每个模式由变量说明和谓词两部分组成。模式的表示方式类似字母 E，在中间水平线上部为变量说明，下部为谓词。模式又可以分为状态模式和操作模式。状态模式是对系统的状态空间及其约束特性的描述，是系统最基本的模式，它定义了一个系统的本质特征。例如，一个用来记录单位内部电话情况的小型管理系统可以用下面的模式来描述系统的状态：

```
┌─ PhoneSYS ──────────────
  members:P Person
  telephones:Person ⟶ Phone
├────────────────────────
  dom telephones ⊆ members
```

　　模式上方是系统的成分说明部分，Person 是单位内部人的集合，Phone 是电话号码的集合，变量 telephones 的类型是一个从 Person 到 Phone 的关系映射。模式下方为系统的不变式，dom telephones⊆members 的含义是：在这个电话管理系统中拥有电话的人是该单位的员工。操作模式定义了系统在状态空间上的操

作特性,它描述了系统操作前后状态变换的关系。以电话号码查询为例,操作模式如下:

```
┌─────────FindPhone─────────┐
│ ΘPhone DB                  │
│  name?:Person              │
│  numbers!:P  Phone         │
├────────────────────────────┤
│ name?∈dom   telephones     │
│ numbers!=telephones(|{name?}|) │
└────────────────────────────┘
```

中间水平线的上部,即变量说明部分中的 ΘPhoneDB 表示系统成分不发生改变。name? 表示 name 为输入变量,numbers! 表示 numbers 为输出变量。中间水平线的下部,即谓词说明部分中的 name? ∈dom telephones 表示输入变量要满足的条件,即前置条件。下一个式子 numbers! ＝telephones(|{name?}|)反映了输入、输出变量之间的约束关系。

2) VDM

VDM 是 1973 年由奥地利的 IBM 维也纳实验室提出的一系列形式化说明和开发技术的总称,包括规约语言(VDM-SL)、数据和操作细化规则及证明理论。VDM 同 Z 语言一样是面向模型的形式化描述方法:它广泛地借用了 20 世纪 60 年代在欧洲和美国发展的形式的和基于数学的技术。VDM 的基本思想是运用抽象数据类型、数学概念和符号来规定运算和函数的功能,这种功能描述完全摆脱了实现细节,为软件实现者提供了很大的灵活性,并且,VDM 证明理论可以推导目标软件系统的属性和设计决策的正确性。

VDM 的数学符号系统和证明规则基于谓词逻辑和集合理论,其形式规约是由形式规约语言 VDM-SL 描述的,包括下面几部分:①一系列状态的定义,通常包括不变式;②状态的初始值定义;③一系列作用在这组状态上的操作。

在 VDM 中,存储数据构成了系统的状态。状态声明由几个部分组成,各组成部分由关键词标识。

```
┌────────────────────────┐
│ Types                  │
│     类型声明列表         │
│ State                  │
│     变量声明列表         │
│ Inv                    │
│      状态不变式          │
│ Init                   │
│     初始变量值声明       │
│ End                    │
└────────────────────────┘
```

VDM 只有 4 种非常抽象的数据类型:集合、序列、复合结构(类似于记录)、映射(用于表示关联)。VDM 把这 4 种结构结合起来定义任意复杂的数据类型。

一个 VDM 操作可以根据其输入和输出之间的关系来定义,与常规程序设计语言非常相似,它允许使用算法(过程)定义,即通过可能的计算方式来定义函数的效果。每一个操作由一对谓词描述:前置条件和后置条件。前置条件描述了这个操作能够有效执行的状态,后置条件描述了在此操作执行前后状态间的关系,它们描述了这个操作的功能,对操作而言,其功能的有效性由可满足性规则来保证。操作的一般定义形式如下:

> 操作名(输入参数表) 输出参数表
> Pre
> 　　　　任何前置条件(无则用"true"表示)
> Post
> 　　　　后置条件

VDM 方法支持大型软件开发,并将其过程规范为三个阶段:提出要求、形式定义、开发步骤。该过程虽然具有自顶向下逐步求精的结构化开发方法的特征,但 VDM 的主要特点是表现中间的形式定义阶段,体现了用形式语义来刻画语言的思想,并且 VDM 方法不仅能被用于规范,而且能被用于设计和对应的实现中。

目前,VDM 也许是使用最广泛的形式化描述方法,被广泛应用于程序设计语言、数据库、操作系统等应用领域中。人们也对 VDM-SL 进行了多方面的扩展,如 RSL、V SL 和 VDM++等。VDM 也已是英国国家标准。

3) LOTOS

LOTOS 是国际标准化组织(ISO)为开放分布式系统,特别是开放互连(open system interconnection,OSI)计算机网络结构的形式描述而建立的两种形式描述技术之一,它由 ISO 的形式描述技术小组经过 8 年多时间的努力于 1988 年 8 月完成。LOTOS 的基本思想是:外部可观察到的系统行为由一系列的交互作用组成,通过对这些交互作用的时间关系进行定义,从而描述整个系统。在定义这些交互作用的时间关系时,不是采用时序逻辑的方式,而是基于进程代数的方法。因此,LOTOS 是一种代数说明语言,由数据部分和控制部分组成。前者建立在抽象数据类型的形式表示理论基础上描述数据结构和数值表示,其表示方法是基于柏林技术大学研制的抽象数据类型语言 ACTONE。后者以进程代数方法为基础描述进程行为和交互作用。LOTOS 语言的形式化数学模型首先采用的是基于爱丁堡大学研制的通信演算系统(calculus of communication system,CCS)模型的一种变通型。CCS 是一种用于描述并发系统的,具有较强分析能力的系统模型。后来,LOTOS 加入了 CSP 的一些符号,再加上 ACTONE 数据类型定义语言,使其可以描述形式化的抽象数据类型。

LOTOS 中的基本概念有三个：Process、Events、Behaviour Expression。

（1）Process。在 LOTOS 中，一个分布式互连系统被视为一个 Process，它可能是由好几个 Sub-Process 组成，因此，一个 LOTOS 规范所描述的系统一般是经由一阶层式的过程定义来表达。

对 LOTOS 规范而言，Processes 为其组成元件，若就整体而言，一个 Process 表示某一序列被允许的可观察活动对其互动环境所表达出的可观察行为，也就是说，它代表一个实体用以执行各种内部、不可观察活动，或是和其他 Processes 作互动以形成其系统与环境间的关系。一个 Process 常以一个黑箱来表示其在环境中的角色，对环境而言，它并不知道 Processes 内的结构与机制，不管是 Processes 间的沟通或是 Processes 与环境间的沟通，皆是通过门来实现。

在 LOTOS 中，Process 描述如下：

> Process〈过程标识符〉〈参数表〉：＝〈特性标识〉
> Endproc

（2）Events。互动是 LOTOS 模型的基本概念，Processes 间的互动主要是经由同步基本单元所建立，而这些基本单元称之为 Events，或 Atomic/Interactions，或 Actions，其代表着最基本、立即且同步的互动实例。

LOTOS 规范用以描述系统可观察行为，而可观察行为是由一序列系统所允许的可能互动所形成的集合，因此，LOTOS 的规范定义即是系统中各 Processes 互动的表述。Events 表示在同一时间参与 Events 的 Processes 间的同步执行，因此，一个 Event 只能在所有参与此 Event 的 Processes 都准备好互动后才能启动。一个 Event 发生于互动点，称之为 Gate。因而，一个 Event 对应于一个 Gate，当 Events 发生后，所有被包含的 Processes 对 Events 都将有共同的观点，也就是其沟通的同步性与各 Processes 皆可存取到共同的参数值。

（3）Behaviour Expression。在 LOTOS 中，系统的可观察行为是由一系列的可允许事件以语言结构来定义，而此语言结构称之为 Behaviour Expression，其中，节点表示状态，而弧线则表示两状态间的转换。

在 LOTOS 描述中，一个系统被看做是一系列 Process 的集合，每个 Process 与别的 Process 及它们的环境相互作用并交换信息。每个 Process 的行为可以用一个行为表达式来描述，故一个 LOTOS 规范主要包括两个部分：数据类型的定义和 Process 的定义。其整体结构大致如下：

```
Specification 规范名
        全局类型定义
        进程定义
Endspec
```

欧洲和加拿大的 LOTOS 语言专家共同开发了一套支持 LOTOS 语言开发的一体化工具集——EUCALYPTUS(European/Canadian LOTOS Protocol Tool Set)，该工具集由 APERO、ELUDO、CAESAR 和 CAESAR. ADT、ALDEBA-RAN、BCG_Draw 和 BCG_Edit、VISCOPE、TETRA 等一些工具构成，这些工具以一种用户友好的界面整合在一起，可以支持 LOTOS 扩展、LOTOS 静态分析、LOTOS 模型生成与校验、模型显示、跟踪分析、测试生成等功能。

4) RSL

RSL 是 RAISE 规范语言的缩写。RAISE 是在规范语言 RSL 的基础上提供一系列工具和转换技术形成的一种开发软件的严格方法，包括一个规范语言 RSL、一种开发方法及一套工具。RAISE 方法的目标是按预定的步骤，使用一种形式化的方法来产生符合需求的、可靠的、可维护的和可重用的软件，它涵盖了从需求分析到代码生成及维护、增强等软件的生存期问题。

RSL 是一种功能强大的、广谱的形式化描述语言，除了适合对于一般问题的抽象描述外，它还提供了一套完整的语法用于产生具体的实现。RSL 既可用于书写非常抽象的、初级的规范，也可用于书写易于甚至能自动转换为程序开发语言的具体规范。广谱的特性使得在系统开发各个阶段都可以使用 RSL，从而使整个开发过程处于同一语义框架之下。

RSL 规范描述是基于模块性的。一个模块一般是被命名的一组说明，是唯一可以定义在规范的最外层的实体。采用 RSL 描述的规范由一组层次分明、结构清晰的模块组成，通过模块可以将规范分解为易于理解和可重用的单元。模块主要有两类：对象和方案，类表达式是定义对象和方案的基础。一个基本类表达式就是一组说明，这些说明由关键字 class 和 end 括起。简单的模块定义有如下形式：

```
Id=
        Extend id₁ ,id₂ ,… ,idₙ with
Class
        Declarations
end
```

在上述表述中，扩展子句用于刻画多个模块间的层次依赖关系，能够突出相关性并且屏蔽细节。

说明部分可以定义为一个 5 元组 $D=(T,V,C,W,A)$。其中, T 为一组类型说明,以 type 为其时关键字,主要有三种类型:固有类型、抽象类型和复合类型; V 为一组变量说明,以 variable 为起始关键字; C 为一组信道说明,以 channel 为其实关键字,in 是从信道中输入值,out 是向信道中输出值; W 为一组值的定义,每个定义都给出了值的名字及其类型,以 value 为起始关键字; A 为一组公理的说明,公理可以用来刻画值的名字所代表的属性,也可以用来表述约束规则,以 axiom 为起始关键字,每条公理的一般形式为右部可带条件的恒等式。为了证明中引用方便,公理可以被命名,其名字由方括号括起并置于公理的前面。

RSL 中的模块对应着程序设计语言中的模块、包或是类。

另外,RSL 的规范描述支持并发性,这种并发性则是基于进程代数的。与 VDM 类似,在 RSL 中,通过进程的概念来描述并发的动作。这里的一个进程可以理解成是一个实体,它能够通过信道与其他进程进行通信,或有可能会改变一个状态。这里所说的通信是同步的通信。RSL 提供了连接符来描述并发计算的表达式,这些连接符主要有并发连接符"‖"、内部选择连接符"Π"、外部选择连接符"□"、内锁连接符"╫"。另外,RSL 还提供了输入、输出通信原语,使并发计算的表达式之间可以通过信道进行通信。

下面给出了一个比较基础的 RSL 规范,这个规范描述了某协会登记的数据库,它可以允许某人登记为会员,或者检查某人是否已经登记。规范直观地显示了一个 RSL 模块定义。规范如下:

```
DATABASE
    class
        type
            Person,
            Database=person-set
        value
            Empty:DataBase,
            Register:Person * Database→Database
            Check:Person * Database→Bool
        axiom
            empty:{},
            ∀ p:Person,db:DataBase * register(p,db)≡{p}∪db,
            ∀ p:Person,db:DataBase * check(p,db)≡p∈db,
    end
```

5) KAOS

KAOS 方法最早由 van Lamsweerde 等提出,目的是为需求工程的整个过程提供一个有效的需求分解、精化、建模的分析方法。KAOS 方法支持基于目标驱动的需求描述全过程,有益于软件需求的精确定义,有益于需求文档的规范化和可重用,并且有益于程序开发人员理解最终的需求规格说明。该方法大体上包括以下几个方面:①逐步引出和提炼出目标,直到每个目标都可分配给单个代理;②从目标中逐步识别出对象和操作;③从目标中的对象和操作上获取需求以满足目标;④分配需求和操作给各个代理。

KAOS 方法提供了一门需求规格说明语言——KAOS 语言。KAOS 语言是一种基于目标驱动的软件需求模型和有关的元知识,它不仅能捕捉一般语言可以捕捉的 What 需求,而且可以捕捉 Why、Who 和 When 三类需求,是一种具有两级结构的多范例规格说明语言。KAOS 的两级结构的多范例规格说明语言包括语义网外层和形式化的内层定义。①语义网外层描述概念、概念的属性和概念与概念之间的连接用于概念模型化、需求跟踪、需求规模说明的重用。②形式化的内层定义描述形式化定义概念,用形式化推理规则来检测需求是否一致或存在冲突。KAOS 语言包括三个方面:①目标、需求或约束、对象、操作、代理等的实时时序逻辑的规范化说明;②操作或行为的前置/后置条件;③为确保需求或约束加强的规范化说明。其中,相关基本概念描述如下。

(1) 对象。对象指的是复合系统中一些关系密切的事物集合,其实例可从一个状态演变成另一个状态。通常来说,对象又可细分为三大类:实体、关系和事件。实体是指对象能自行管理,关系是表示上下从属关系的对象,而事件是指即时对象。对象用属性和不变断言描述,当然也支持继承性。

(2) 操作。操作是经由对象的一种输入/输出关系。操作应用定义状态转移,操作用前置、后置和触发条件描述。

(3) 代理。代理是充当一些操作的处理器的又一种对象。如果一个操作有效地分配给一个代理,那这个代理会按照一定的规则自动执行这个操作。如果对象的状态对代理来说是可观察的/可控制的,那代理可存取/操作对象。代理可以是人、设备、程序等。

(4) 目标。目标是复合系统应该满足的目的。“与”求精链使一个父目标与一系列子目标相关联,意指满足父目标的充分条件是必须满足所有与之关联的子目标。“或”求精链连接一个目标与可供选择的一系列目标(或称求精),意指满足目标的充分条件是只需满足一个可供选择的求精。一个给定系统的目标求精结构可用“与”/“或”求精链连接的无环图表示。

(5) 需求。需求是可实现的目标,即根据单个代理可控制的状态来表示的目标。目标最终必须通过“与”/“或”求精得到需求。轮流通过操作和对象的前置、后置、触发条件和不变量的加强来实现需求。

图 3.13 中描述了结合冲突管理和情形分析的基于目标驱动的改进的软件需求模型。其中,虚框①中描述的是原来 KAOS 方法提供的需求模型。由于在目标驱动的需求工程过程中会产生很大范围内的不一致性,在需求分析过程中解决这些不一致性成为软件实现需求的成功开发的必要条件。虚框③的引入就是为了检测和解决需求工程中产生的各种各样的不一致性。此外,在目标驱动的需求工程中,一些隐含目标和需求很难获取,虚框②的引入是为了从情形描述中推导出这些隐含目标和需求以使系统需求更完善。

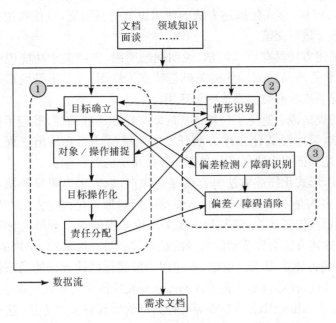

图 3.13　基于 KAOS 方法得目标驱动的需求模型

目前,KAOS 方法已经由专门的软件开发环境支持,典型代表是 GRAIL。到目前为止,GRAIL 开发环境已用于获取和详细规定了几个大规模工业项目的需求,并取得成功。实践证明,KAOS 方法是一种比较成功的获取需求、检测需求冲突、规范化需求文档的需求分析方法。

6) 几种形式化描述方法的比较

目前,不管在软件工程领域还是在其他形式化方法的应用领域,形式化描述方法仍然是最富有争议的问题之一。反对形式化描述方法的人们认为其不可能从根本上推动软件技术的进步,并举出形式化描述方法的种种缺点。支持者们则认为形式化描述方法是软件工程的一场革命,并且继续热衷于形式化描述方法的研究。那么,如何认识形式化描述方法?

　　形式化描述方法的主要价值可能体现在它迫使对系统需求的分析在软件开发的早期阶段完成。由于形式化描述方法可以用来精化非形式化的详细的系统需求描述，可以帮助系统开发人员跨越需求和设计之间的鸿沟，因此，形式化描述方法可以作为非形式化描述技术的补充。但是，形式化描述的前提是要对系统有充分的认识与理解，而这种认识和理解在系统开发早期是不可想象的。

　　形式化描述具有严格的语法与语义，形式规约语言书写的规约是精确和无二义的，可以消除或降低描述中的疑问，避免由于语言误解而产生一些问题。然而，由于形式化描述方法采用的数学思想十分专业，使得未受过形式化专门训练的人可能对此望而却步，形式化描述方法的使用也就受到限制，也使得用户与系统开发人员之间难于进行交流。

　　形式化描述方法具有形式简洁、说明问题明确、支持关于功能说明的形式化推理、提供对软件产品结果确认的基础等特点。然而，这并不是说形式化描述方法在所有情况下或所有类型系统中都适用。

　　形式化的规格说明避免了自然语言的歧义性和不准确性，奠定了保证程序的正确性的基础，采用形式化描述方法开发的系统描述不容易出现程序缺陷。然而，形式化描述和证明无法保证软件在实际使用中的可靠性。

　　综上所述，形式化描述方法具有明显的优点，也表现出明显的缺点。有成功的例子，但更多的是不成功的教训，这使得人们对形式化描述方法产生了截然不同的态度。但是，作者认为，随着数学相关理论知识的进步和形式化理论的不断完善，形式化描述方法会逐步消除自身的缺点，向着标准、简单、实用的方法发展。因此，在武器装备体系需求建模中，不能因为形式化描述方法的局限性而完全放弃它，相反地，应该在适合形式化描述的需求开发阶段采用形式化描述方法。

　　前面介绍了 AlbertII、Z、VDM 等 6 种典型的形式化描述方法，这些形式化描述方法的提出与实践基本集中在软件开发领域。但是，各种形式化描述方法面向的问题域不同，所定义的描述规格也各具特色。在实践中，应该根据各自的特点和所要解决的问题域来选择适合的形式化描述方法。表 3.4 从面向的问题域、数学基础等 14 个方面进行了进一步的分析与比较。

表 3.4　典型形式化方法比较表

	Z	VDM	RSL	AlbertII	LOTOS	KAOS
面向的问题域	无法进行现场调试的高安全性系统	软件系统	软件系统	实时系统、分布式系统和复合系统	分布式系统、并发系统	软件需求工程中的需求分解、精化、建模
数学基础	集合论、一阶谓词逻辑	集合论、谓词逻辑	集合论、一阶谓词逻辑	实时时序逻辑	代数方法	基于目标驱动

续表

	Z	VDM	RSL	AlbertII	LOTOS	KAOS
所属分类	基于模型	基于模型	基于模型	基于模型	基于模型	基于模型
逻辑基础	二值逻辑	二值逻辑	三值逻辑	时序逻辑	进程代数	形式化内层基于实时时序逻辑
可说明的系统特性	系统功能；顺序程序设计	顺序程序设计；并发程序	系统功能；顺序程序设计；并发程序	系统功能；系统行为	系统结构	系统需求
不支持的系统设计方面	用户界面；并发程序；系统时间限制；空间限制	用户界面；系统时间限制；空间限制	用户界面；系统时间限制；空间限制	用户界面；空间限制	用户界面；空间限制	用户界面
规格说明风格	基于模型的应用式风格	运用抽象数据类型、数学概念和符号来规定运算和函数	基于模型的应用式风格；基于代数的风格；并发式规格说明；显式规格说明	类 BNF 描述；同时支持文本描述和图形描述	整体的风格；面向状态的风格；面向约束的风格；面向资源的风格	两级结构的多范例规格说明；基于模型的应用式风格；基于代数的风格
规格说明基本构造单元	模块	状态	模式	代理	进程	目标
文档外观的不同	E 型框架和模式	使用大量的关键词	使用大量的关键词	使用关键词和图形	使用大量的关键词	使用大量的关键词
状态变化的规格说明	前状态：不加修改时的变量；后状态：带撇的变量	没有明确的表示方法	没有明确的表示方法	没有明确的表示方法	提供一个转换策略，根据策略规范进程转换	在操作应用中定义状态转移条件
输入和输出变量的辨别	输入：变量后以？结尾输出：变量后以！结尾	用输入/输出参数列表表示输入/输出变量	用 write 表示可读写；用 read 表示只能读	在 Agent 的声明中描述输入变量和输出变量	在进程声明中定义输入变量和输出变量	在操作中定义输入、输出及输入/输出间的关系
前置条件和后置条件的表示	没有明确给出前置条件和后置条件	用 pre 表示前置条件；用 post 表示后置条件	用 pre 表示前置条件；用 post 表示后置条件	没有明确给出前置条件和后置条件	没有明确给出前置条件和后置条件	用 pre 表示前置条件；用 post 表示后置条件
生命周期的覆盖	仅适合于规格说明阶段	支持整个软件开发过程，并有规范的软件开发过程	支持从需求分析到代码生成以及维护、增强等软件生存期	仅适合于规格说明阶段	仅适合于规格说明阶段	需求工程全过程
支持工具	Z/Eves 等	Mural 等	无成熟的	无	EUCA-LYPTS 等	GRAIL 等

3.5.4　基于语义模型的需求表示技术

　　体系需求必须通过大量的各个领域的概念术语进行表达,但由于需求描述利益相关者的知识层次、所在领域等的不同,造成了他们对这些概念术语的描述和理解的不一致。首先,对于同一个体系需求进行描述时,可能采用不同的概念和术语进行表达;其次,对于同一个概念和术语,即使参考并使用公认的标准,也可能得到不一致的理解;再次,在一个体系的需求描述中,总存在一些特殊的人为界定的新概念和术语,它们的含义有别于人们对它的字面理解,一般都是在原有内涵之上的延伸,或者是人为的对某些概念的重新定义。因此,有必要建立需求描述的公共语义基础,对需求描述涉及的概念术语从表现形式和语义内涵两个角度进行统一和规范,进而保证需求描述的规范性和准确性。

　　体系需求的现实世界是指现实世界中体系需求的相关事物;体系需求的概念世界是对体系需求的现实世界的抽取,是事物的概念化,概念世界的存在依赖于现实世界的存在;体系需求描述的空间世界是对概念世界中概念的符号表达,但这些符号到体系需求的现实世界之间不是直接联系的,两者以"体系需求的概念世界"作为桥梁。三者之间的关系可以用"体系需求空间语义三角"来表示出来,如图 3.14 所示。

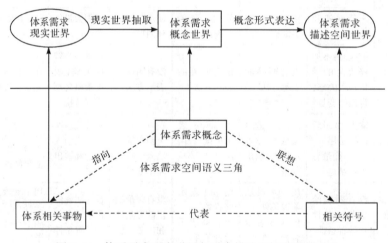

图 3.14　体系需求现实世界与需求描述空间世界的联系

　　体系需求描述就是借助形式化描述手段,对体系所反映的现实世界的真实需求进行描述,这种描述的规范性和一致性的关键就是对概念世界概念的一致、无歧义的描述和理解。因此,需要建立概念世界中概念的公共语义,这个公共语义将为体系的需求描述提供语义共享的基础。

　　体系需求的语义共享建立在三个统一的基础上:数据符号表示的统一、概念术语描述的统一及语义内容描述的统一。其关系可用图 3.15 表示。

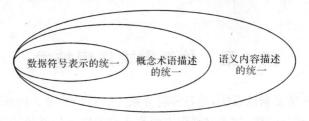

图 3.15　语义共享的基础

（1）数据符号表示的统一。最内层是数据符号表示的统一，它为语义共享系统提供了载体。

（2）概念术语描述的统一。指形成统一共识的概念术语集和约束规范，包括两个部分：①建立满足语义共享要求的概念模型；②建立满足语义共享要求的描述系统，即形式化描述方法。

（3）语义内容描述的统一。语义内容描述的统一是在统一语义的基础上，利用统一规范的概念术语，对语义内容进行描述，以获取对语义理解的共识。

体系需求描述的语义模型就是对体系需求领域实体概念及相互关系、领域活动及该领域所具有的特性和规律的一种形式化描述，它不仅可以为一个体系需求描述涉及的不同主体（人、机器、软件系统等）之间进行交流（对话、互操作、共享等）提供一种语义基础，即提供一种共识，而且为不同体系需求之间的集成奠定了基础。只要这些体系需求描述所使用的概念知识的定义是一致的或者能够形成一一映射，那么，它们的集成就具备了语义基础，并且，在体系需求领域中，只要对基本的概念、术语都达成了广泛的共识，那么，在以后的体系需求开发中就可以重用以前定义和描述的概念知识，而不必每次进行重复的工作。

具体来讲，基于语义模型的体系需求描述具有如下优势。

（1）为体系的需求描述的规范化提供了保证。语义模型对体系需求领域的概念及概念之间联系用精确的形式语言进行定义，达到了对概念知识的完整、明确、无二义性的描述，避免了各个体系需求描述的利益相关者对同一个概念知识的描述方式的不同。基于这些规范化的概念知识建立的体系需求描述也具有相应的规范性。

（2）为体系需求描述的一致性奠定了基础。体系需求涉及各个方面，可以从不同角度进行理解和展现。语义模型是对整个体系领域的共同知识的描述，是领域中公认的概念集和关系集，为体系需求描述提供了一套统一的概念，减少了体系需求描述的歧义，保持了语义上的一致性。

第4章 体系需求建模技术

体系作为一种复杂巨系统,是各种组分系统的有机结合。构成体系的各种要素在规模结构、配比结构、技术水平等方面都影响着体系的整体功能和外部能力。传统的需求分析方法和描述手段难以处理体系的复杂需求,只有通过体系需求建模方法、手段和工具才能真实准确地获取、描述、分析和验证体系需求。体系需求建模是体系需求工程的核心支撑技术之一,它采用规范化的方式描述体系发展构成要素、相互关系及其对体系外在能力的影响,建立体系中各要素之间复杂的影响关系模型及联合作战能力需求与体系需求的逻辑关系模型,从而实现从未来体系建设要求到体系发展需求的转换,准确评价现有体系能力对特定体系能力需求的满足程度,正确把握和合理规划各类体系发展方向,为未来体系发展提供决策支持。

4.1 体系需求建模内容

体系需求建模技术包含以下几个方面的主要研究内容:①体系需求规范化描述方法研究;②体系需求分析方法与技术研究;③体系需求建模验证方法与技术研究;④体系需求建模与验证集成环境研究。

体系需求规范化描述是将体系需求的利益相关者对体系发展的各种要求、期望和理解,按照一定的规范和标准进行表达,产生需求规格文档的活动,它主要回答"如何清晰准确地、全面地描述利益相关者对体系发展的需求"这一问题。体系需求规范化描述方法研究是开展其他需求建模研究的基础,它所产生的需求描述文档也是进行体系需求分析活动的基础输入。体系需求分析方法与技术是通过体系能力需求分析、需求方案分析、需求对使命任务满足度分析等过程,挖掘现有体系能力和重点组分系统在完成使命任务方面的不足,发现体系存在的薄弱环节,明确重点组分系统的发展方向,以克服体系发展的盲目性和无序性。体系需求验证是对获得的需求进行一致性、正确性、可跟踪性等特性检查的过程和技术。目前,体系需求验证可以等价为需求模型的验证,也就是对需求规范化描述获得的需求模型进行一致性、正确性、可跟踪性等特性的验证。体系需求建模与验证集成环境为利用先进的计算技术与系统建模技术开展体系需求描述、需求分析、需求验证提供集成开发环境,提高体系需求建模的自动化水平和建模质量。

在开展体系需求规范化描述研究中,考虑到体系的特点,体系需求描述方法以多视图建模方法为指导,从多个视角来描述装备体系需求。借鉴美国 DoDAF 相关思想,建立体系的需求视图,这些视图包括全视图、作战需求视图、体系需求视图与能力需求视图。根据不同体系需求类型的特点,定义不同作战需求、能力需求、体系需求视图,建立能力、作战视图下的需求产品模型,并完成需求规格文档标准规范的定义。其中,三类视图之间的关系可用图 4.1 来表示。

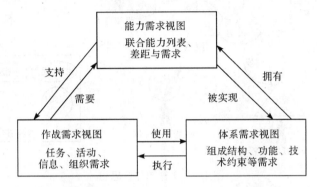

图 4.1　能力需求视图、作战需求视图、体系需求视图之间的关系

4.2　基于多视图的体系需求建模方法

系统建模的目的是描述某一方面的本质属性,以方便人们认识与理解系统结构和解决系统面临的各种问题。对于简单系统的建模,一般采用数学模型,而对于复杂系统,需要从不同的角度使用不同的机制去描述它,形成系统的全貌后才能很好地描述系统中各方面的信息及其关联关系,这就需要运用多视图建模方法。

一方面,复杂系统内部结构及其关联关系的复杂性是复杂系统建模必须面对的挑战。另一方面,人们的认知水平和具备的领域知识有限,难以形成对事物的全面认识,只能从自己所掌握的领域来认识和理解系统。如图 4.2 所示,每类领域人员从他们所处领域角度出发,对系统实体的建模结果也不同。然而,这些模型结果都是描述同一系统实体,且建模的过程正确无误,模型都是对系统实体在不同领域的功能映射,即每一类视图下的模型都是某一类领域人员视角下对系统实体功能和结构的理解。因此,在对系统实体进行建模时,需要综合不同视角下的系统模型才能很好地描述系统各方面的信息及其关联关系,这就是多视图建模方法的基本思想。

在软件工程领域,国内的一些学者在吸收国外企业建模方法的精华基础上,提出了五视图的集成化企业建模方法。后来,通过进一步研究发现,企业特别需

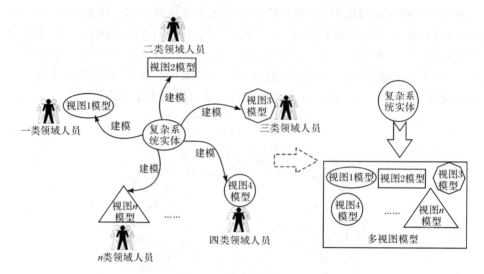

图 4.2　多视图建模思想

要从产品的角度来观察和分析整个企业的行为特征,因此,增加了产品视图。在当前的集成化企业建模体系结构中,企业模型被划分为以下 6 个视图。

(1) 过程视图。定义企业业务过程的过程模型。过程模型描述了组成过程的各个活动(或子过程)及它们之间的逻辑关系(如激活的前后次序和彼此间的制约条件等),对每个活动还定义了与资源、组织、功能、信息和产品这些要素相关的一些属性。

(2) 资源视图。通过一个资源模型将企业所有资源的层次结构表现出来。资源模型一方面包括企业资源的分类结构,另一方面还包括根据企业业务过程的需要而形成的不同资源之间的组合关系。

(3) 组织视图。将企业的组织结构模型化,通过树状的组织模型描述企业组织的层次关系,以及不同组织部门之间的业务联系。

(4) 功能视图。应用 IDEF0 方法建立功能模型,映射企业生产经营诸环节的各种功能,并将它们联系起来,将企业描述成相互关联的功能集合。

(5) 信息视图。应用 IDEF1X 方法建立信息模型,描述联系企业功能或生产经营诸环节的各种信息实体及它们之间的联系。

(6) 产品视图。用树状结构的产品模型表示整个企业的产品类型、产品结构及与它们相关的过程信息。产品结构树的每一个节点代表一个部件或零件,并对应一系列过程,如设计过程、制造过程、维护过程和管理过程等。

从目前对实施企业信息化工程的需求来看,6 个视图基本上能满足对企业的完整描述。

UML 是一种支撑软件系统甚至非软件系统设计过程的可视化描述工具,包括用例图、类图、行为图(状态转换图、活动图、顺序图、合作图)和实施图(组件图、部署图)。用例图描述角色与使用用例之间的关系,使用用例代表了系统、子系统的功能,角色是与系统、子系统相互作用的对象;类图描述了系统的静态结构,特别是类的属性与方法及类之间的继承关系;状态转换图描述具有动态行为的实体在接收到事件时的响应和行为;活动图描述了过程的变化;顺序图描述了类或者对象之间交互的时间顺序;合作图描述了类或者对象之间的相互作用;组件图描述了软件模块之间的依赖关系,这些模块包括源代码模块、二进制代码模块和可执行模块;部署图描述运行处理单元的物理布局,以及分布在这些布局中相应的组件、处理器和对象。UML 应结合文字说明、公式、图表才能描述系统设计的全部细节。

在军事领域中,美军在 C4ISR 系统结构框架的基础上建立和发布了 DoDAF,定义了体系结构发展、体系结构描述和体系结构集成的通用方法和规范,强调面向联合作战,按照作战、系统、技术标准三类视图开展相关研究和开发。2009 年,最新版的 DoDAF V2.0 标准中定义了 8 个视图产品,分别是全视图、项目视图、能力视图、作战视图、服务视图、系统视图、标准视图、数据和信息视图(如图 4.3 所示)。

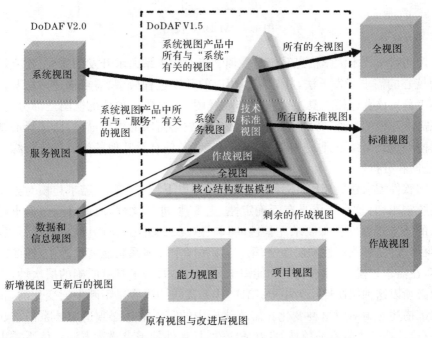

图 4.3　DoDAF V2.0 相对 DoDAF V1.5 的主要改进

DoDAF V2.0 是以数据为中心,引进了 DoDAF 元模型的概念,元模型由概念数据模型、逻辑数据模型和物理交换规范组成,是构成 DoDAF 整体的重要组成部分。元模型取代了 DoDAF 以前版本中的核心体系结构数据模型 DADM。

英国在借鉴 DoDAF 主要成果的基础上,考虑自身的作战任务和经济基础,出台了适应其需要的体系结构框架(MoDAF),增加了战略能力视图、采办视图,用38 种产品来描述,并对美军作战视图、系统视图和技术视图作了 6 处修改。MoDAF 视图集如图 4.4 所示。由此可见,多视图建模方法适合进行体系需求描述,它将在军事,尤其是体系需求工程领域取得广泛的应用和良好的效果。

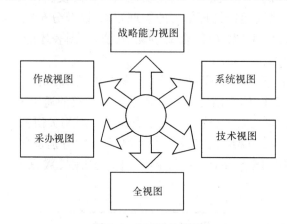

图 4.4　MoDAF 视图

国防科学技术大学信息系统与管理学院面向体系需求开发的需要,建立以能力为核心的需求开发方法,并建立了相应的开发过程模型、需求描述方法和需求建模工具。该套建模工具主要包括作战视图、能力视图和系统视图三部分,面向体系需求建模的特点,特别是面向顶层、宏观战略需求的建模描述,所选择的视图工具模型重点对体系开发中的指挥、组织、装备、信息及其他各类要素进行综合描述、建模和分析。

同软件需求建模相比,体系需求建模具有以下特点:第一,需求建模对象是复杂系统需求,且这种需求具有不确定性、主观性、非结构性,而最终通过需求建模获取的需求规格文档却要求完整性、明确性(无二义性)、正确性、一致性、可验证性、可修改性、可跟踪性和层次性;第二,体系需求以体系功能需求为主,性能需求不多,在需求建模时,主要面向功能需求;第三,体系需求具有明确的层次性,需求建模必须以这种层次性作为指导;第四,体系需求的内容是不断发展变化的,相应的需求描述必须适应这种变化。需求建模中的需求描述必须适应体系需求建模的特点,选择一个具有简单性、良好适应性、扩展性的需求描述方法对体系需求建模有着举足轻重的作用。

因此,在选择体系需求建模的需求描述方法时,如果单一考虑某一描述方法的选择原则,我们也许能够比较容易地从三种描述方法中选择一个比较适合的方法。但是,综合这些原则并不能确定一个唯一的方法作为体系需求建模中的描述方法,否则,采取单一的描述方法将大大约束需求建模的空间,不利于体系需求的建模。体系作为特殊的复杂系统,其复杂性和不确定性是一般系统难以比拟的,简单单一的视图描述体系是无法将其结构和关联关系描述清楚的,因而必须借助于多视图策略,采用多视图的混合需求描述方法。

多视图混合需求描述方法的主要思路是从体系建设的利益相关者角度出发,从多个侧面、多个角度(视图)描述体系的构成和关系,在每一个视图中采用不同的需求描述方法。DoDAF 从作战人员、系统顶层设计人员、系统开发人员三个角度完整描述信息系统,MoDAF 从作战人员、系统顶层设计人员、需求开发人员、采办人员、系统开发人员等五个角度完整描述体系,这都是多视图混合需求描述方法应用的典型代表。

基于多视图的混合需求描述方法具有以下特点与优势:①描述灵活;②真正体现了扩展空间广的原则;③符合体系需求建模的特点与实际过程;④为体系建模提供了可扩展的描述平台;⑤给体系需求分析中的利益相关者提供了方法选择的机会。

基于多视图的混合描述方法是一种利用多视图建模思想综合各种描述方法的系统建模过程。在应用中,实现对不同描述方法的统一集成关系到需求描述平台的质量,进而也影响着需求建模的成败。

4.3　体系需求建模支撑工具

4.3.1　System Architect

Telelogic 的总部位于瑞典 Malmö,并在美国加利福尼亚州的 Irvine 设立了美国总公司,此外,还在全球 20 个国家/地区设有运营机构,客户包括 Airbus、Alcatel、BAE SYSTEMS、BMW、Boeing、DaimlerChrysler、Deutsche Bank、Ericsson、General Electric、General Motors、Lockheed Martin、Motorola、NEC、Philips、Samsung、Siemens、Sprint、Thales 和 Vodafone。Telelogic 是全球领先的解决方案提供商,其解决方案用于在企业范围内自动实施和支持最佳做法——从强大的业务流程管理、企业级系统架构到需求驱动的高级系统和软件的开发。Telelogic 解决方案使组织能够将产品、系统和软件开发生命周期同业务目标和客户需求保持一致,从而在明显缩短将产品推向市场的时间和显著降低成本的同时,大幅度提高了质量和可预见性。

Telelogic 功能强大的决策产品可以帮助用户评估和选择用于开发的最佳产

品和项目,从而确保用户优化资源并充分利用投资,能够用来开发所需的 DODA
产品。Telelogic 的业务流程管理和企业级系统架构解决方案可帮助用户理解、定
义并传达业务的运行方式,从而用户就能够对市场变化做出有效的响应,并通过
确保用户的流程与业务目标一致来提高整个组织的效率。

　　Telelogic 提供用于应用系统生命周期各个阶段(从需求管理到变更管理,再
到模型驱动开发)的软件开发和系统工程工具。Telelogic 的解决方案可帮助用户
定义、设计、开发并在费用预算范围内按时交付合格的产品、系统或软件。为了更
好地促进客户采纳自动化生命周期流程,Telelogic 支持开放系统架构和标准化语
言的使用。作为业界领袖和技术先驱,Telelogic 参与了 INCOSE、OMG、The
Open Group、Eclipse、ETSI、ITU-T 和 TeleManagement Forum 等行业组织,积极
致力于打造企业级系统架构、应用系统生命周期管理和客户需求管理的未来
标准。

　　Telelogic 的企业生命周期管理软件系列包括 DOORS、Tau、Synergy、Focal
Point、System Architect。

　　(1) DOORS——需求管理。和其他产品一样,DOORS 是全球领先的需求管
理工具,拥有先进的功能。DOORS 可以在整个开发项目中帮助客户捕捉、分类、
通信和跟踪企业内和企业之间的需求,可提供主要灵活性,从而组织用户信息来
以最佳状态支持用户的工作流程。DOORS 集成到 Synergy 之中,这是公司的变
更和配置管理工具。DOORS 和 Synergy 共同创建了可用于管理整个应用程序生
命周期的解决方案。Telelogic 还提供 DOORS 与 Tau 之间的集成,从而提供了轻
松跟踪具体需求的能力,从概念一直到相应的软件特性。为了遵守 Telelogic 的开
放性政策,DOORS 可以与各种第三方工具进行广泛集成。

　　(2) Tau——加速软件开发。Tau 是一个用于分析、设计、实施和测试先进软
件的开发环境,是全球领先的实时开发工具。Tau 的独特之处在于可提供软件的
完整可视化建模,这是一种有效而且可增强质量的软件设计方法。Tau 还可以自
动生成可执行代码(使用 C、C++、Ada 和 Java 等语言),从而为用户节约大量时
间,其他强项包括用于软件测试和质量控制的集成特性。此工具基于用于软件开
发和测试的标准化语言,即 UML、SDL 和 TTCN。

　　(3) Synergy——有效的管理变化。Synergy 是该公司用于管理开发项目的
变化、配置和版本的工具系列。Synergy 支持用户随后以易于理解的方式了解为
何要做出变化、什么人做出的变化,以及变化的后果,如果愿意的话,Synergy 还可
以支持他们在发生变化前重建自己的条件。例如,在大型项目中,几个小组通常
并行处理相同的程序并提供不同语言的版本,Synergy 可以使这些版本的管理实
现自动化。Telelogic DocExpress 也是 Synergy 家族的成员,这种文档工具可支
持客户为正在开发的系统自动创建各种格式的文档。与 DOORS 和 Tau 一样,

Synergy 和 DocExpress 也可以与各种第三方工具相互集成。

（4）Focal Point——为产品管理和项目组合管理提供的决策制定软件。Focal Point 是目前市场上用于进行项目组合管理和产品管理的最全面的决策制定解决方案。作为唯一完全基于 Web 的决策支持系统，Focal Point 可帮助组织根据商业目标、客户需求、成本和可用资源来准确判断、管理和监视最佳产品或项目组合，这种决策制定软件将独特的"假设"方案分析功能与可视化技术结合在一起，加强了利益相关者协作、优先级排序、决策制定、竞争对手情报、方案规划、信息可视化、产品组合优化、客户简档创建和其他商务智能活动，从而改进了产品管理和项目组合管理。

（5）System Architect——企业架构。System Architect 支持用户构建企业架构——一整套模型和文件涉及架构的 4 个主要领域：业务、信息、系统和技术。System Architect 的完整企业架构解决方案可为所有管理人员提供共享工作空间，帮助他们了解如何改进企业的架构并使用业务流程改进来支持：①提高组织灵活性；②调整业务流程和 IT 系统以实现业务目标；③业务流程的规划、建模和执行（BPM）；④快速、高效、积极地响应业务变化。

4.3.2　UML 建模工具

（1）Rational Rose。Rational Rose 是目前基于 UML 的最为流行的 CASE 工具，它将 UML 和谐地集成进面向对象的软件开发过程中，不论是在系统需求阶段，还是在对象的分析与设计、软件的实现与测试阶段，它都提供了清晰的 UML 表达方法和完善的工具，方便建立起相应的软件模型，并支持 RUP（Rational 统一过程）。Rational Rose 有良好的界面，可通过编辑 *.MNU 纯文本文件修改和定义主菜单，添加运行模块，还支持多种平台，且可以与多种开发环境无缝集成，可以支持关系型数据库逻辑模型的生成，其结果可用于数据库建模工具生成逻辑模型和概念模型。

（2）Borland Together Architect。Borland Together Architect 是一款 UML 模型设计解决方案，支持开发生命周期的所有阶段，它的前身是 Borland Together ControlCenter。作为一个企业开发平台，Borland Together Architect 是一种集成化的设计解决方案，被设计用来简化并加速复杂企业应用的分析、设计、开发与部署。Borland Together Architect 将这些能力综合到一个单一的解决方案，有助于开发小组快速且高效地构建高质量的系统。另外，Borland Together Architect 通过其集成化、直观化开发环境，有助于整个软件开发小组集中精力于手头的工作，使用公共语言、图及构建部件，让开发小组在一个单一的环境中开展协同工作。这样，购置、学习多种产品并在多种产品之间切换的需要被降低到最低程度。Borland Together Architect 平台支持 UML2.0 标准，Borland 指出，"（UML2.0）

提供了一个结构化的 Schema,基于这个 Schema 构建的模型将可以被用于程序代码的自动化生成。"Borland 公司 Together 产品业务单元的主管 Gullion 指出,这三个产品相互之间可以互操作,另外,也可以和 StarTeam 及 CaliberRM 之间进行互操作。

(3) 其他语言。除了 Rational Rose、Borland Together Architect 比较流行的 UML 的 CASE 工具外,还有以下几种:①PowerDesigner。这是 Sybase 公司的产品,PowerDesigner 是一个功能强大且使用简单的工具集,它提供了一个复杂的交互环境,支持开发生命周期的所有阶段,从处理流程建模到对象和组件的生成,且所产生的模型和应用可以不断地迭代式增长,能适应并随着不同需求的变化而变化。②Visio。该软件从 Visio2000 开始引入软件分析设计功能。Visio2003 是 Visio2000 的升级版本,在其企业版里具备了更先进的建模功能,包括自动生成数据库结构,并支持 UML1. X 规范所定义的 9 种类型的图。在 Visual Studio. NET 的企业级架构中,则不仅包含了 Visio 所具有的特征,同时还支持微软 Visio Studio 生成项目的逆向工程,以及相应的代码生成功能。可以说,它是目前最能够用图形方式表达形式来表达各种商业用途的工具。

4.3.3　体系需求建模工具

针对体系需求开发的特点,使用多视图的建模思路,按照体系需求开发过程模式为指导,国防科学技术大学体系需求课题组开发了面向装备体系需求建模的工具集,该工具集已经在多个项目中进行了应用,并可以根据不同的具体要求自由地组合与定制,该体系需求建模工具虽然是面向装备体系需求设计和开发的,但同样也可以应用到一般的体系需求建模中。

1. 体系需求建模工具产品列表

目前,已经完成原型系统的需求建模工具共包括以下 11 个视图产品工具,如表 4.1 所示。

表 4.1　体系需求建模产品列表

视图	序号	视图产品名称	功能简要说明
作战视图	1	WSOS_OV_1 高级作战概念视图	提供描述顶层作战模式和主要装备运用形式的抽象描述
	2	WSOS_OV_2 作战节点连接视图	表现作战节点的活动、节点之间的连接线路及交换信息的内容与特征
	3	WSOS_OV_3 组织结构视图	构建完成任务的主要作用的作战人员、组织或装备配置之间的指挥结构或指挥关系
	4	WSOS_OV_4 作战任务视图	作战使命过程中的作战任务列表、属性,及作战任务之间输入和输出的信息流

续表

视图	序号	视图产品名称	功能简要说明
能力视图	5	WSOS_CV_1 能力列表视图	提供一种描述能力和能力分类的工具,支持进行能力的层次化分解和描述,为体系需求提供高层次的能力抽象描述
	6	WSOS_CV_2 能力关系视图	描述能力列表视图中获得的能力之间相互关系,是能力列表得出的能力结构的进一步分析
	7	WSOS_CV_3 能力-任务关系视图	能力对与任务映射矩阵描述了作战任务到能力元素的映射关系
	8	WSOS_CV_4 能力-系统关系视图	描述了能力到装备体系以及体系内的主要装备系统之间的映射关系
系统视图	9	WSOS_SV_1 系统顶层结构图	对系统的顶层架构进行描述,支持类图等形式
	10	WSOS_SV_2 系统功能视图	完成作战任务所需要的系统功能的描述
	11	WSOS_SV_3 系统信息交换矩阵	描述一个节点内系统之间及与其他节点系统之间的信息交换,支持矩阵形式描述的系统间信息交换

注:由于技术标准视图主要确定用于系统建设的标准及它们的演化,本研究重点面向顶层的需求的开发而不是体系结构的构建,因此,不设置技术视图及相关视图产品工具,如果根据用户需要,可以进行相应的增减。

2. 开发流程

为保证体系需求开发中的数据一致性和逻辑合理性,基于工具各视图产品的体系需求开发需要遵循一定的开发顺序,该开发顺序作为指导一般性的体系需求开发过程,在某些时候可以根据具体的实际情况进行产品的裁剪和取舍,并可根据需要进行开发顺序的调整。

(1) 需求开发前的工作。在进行体系需求模型的开发前,需要进行前期的准备工作,主要包括对于所建模的体系系统的开发背景、服务对象、基本情况概述、适用范围,从而明确本需求项目开发的目的、范围、背景,并直接决定本项目中所涉及的视图产品模型。首先,确定项目开发的目的、范围和背景,进而指导后续三类视图产品的开发,并且随着需求项目的进行和各个模型的完成而完善,由此得到的结果和信息也会最终保存到最终的需求报告文档中。

(2) 开发作战视图产品。首先,建立本次体系开发的具体想定(作战背景)及相关的高层概念,该作战概念反映了此次需求开发对应系统的基本使命、任务,以及完成任务占用的主要资源和关键过程。这个层次的作战概念是高层次的,以此为基础,形成高级作战概念视图(WSOS_OV_1)。

在完成 WSOS_OV_1 后,进一步明确上述作战概念图中的各种组织、关系和指挥控制等内容,需要开发组织结构视图(WSOS_OV_3)和作战任务视图(WSOS_OV_OV4)。首先,明确使用该体系的各主要部门及相互关系,在分析完成作战任务的基础上,建立作战活动图(包括在作战任务视图 WSOS_OV_OV4

中),并抽取出需要完成的各类任务列表,得到任务列表(WSOS_OV_OV4)。对高层作战概念进行分析,用一系列相互关联的活动来描述这个概念,并构造作战过程或活动模型,该模型反映作战过程、支持各过程的活动及活动的组成关系。在进行活动动态特征分析时,作战活动模型还可能需要修改和完善,但在开发其他作战视图产品之前,必须形成较完整的活动模型,以支持后续产品的开发,确定涉及的组织单元及其指挥控制关系。根据高级作战概念图,确定执行所指派任务的作战力量及其指挥结构。指挥结构的关键元素是组织之间必须存在的指挥与协同关系,这就是开发组织结构视图(WSOS_OV_3)所需要的数据。在完成WSOS_OV_4后,可以进一步开发作战节点连接关系(WSOS_OV_2)等产品。

将作战活动分配到完成活动的单元,建立作战节点,同时建立作战节点与指挥组织之间的对应关系。根据作战活动中明确的信息交换关系,建立作战节点连接关系,即需求线。需求线表示两个作战节点之间的信息流集合,这些聚合的信息交换都有类似的信息类型或共同的特征,根据这些信息生成WSOS_OV_2。

WSOS_OV_2开发完成后,确定信息交换需求。根据WSOS_OV_4中描述的信息交换关系、WSOS_OV_2中定义的需求线,定义产生和消耗信息交换的活动、组织信息交换的作战节点,以及它们所交换的信息元素,建立系统信息交换矩阵(WSOS_SV_3)。

(3)开发能力视图产品。能力视图产品的主要模型开发与作战视图可以是并行的,但一般必须在WSOS_OV_1(高级作战概念视图)完成以后,根据高层战略规划和目标,抽取完成这些目标所需的各项能力,并对能力进行分析和分解,得到能力列表(WSOS_CV_1),并根据分析的结果,在分析各项能力的具体内容、属性、要求和约束的同时,逐步完善和完成WSOS_CV_1,形成树形结构的能力列表,进一步根据能力列表中相互独立的能力之间的其他逻辑关系,如补充、递进、互操作等,深入分析能力之间的内在关系,通过得到的能力列表清单和能力关系视图WSOS_CV_2,可以更加清楚地表示顶层的能力需求,作为指导和牵引系统视图中系统顶层结构图(WSOS_SV_1)开发的目标。

在完成能力列表和能力关系图的基础上,综合分析作战任务列表WSOS_OV_4和能力列表WSOS_CV_1中的任务清单和能力清单,建立能力-任务关系视图WSOS_CV_3,表现能力对于任务的满足程度,也可以分析所列出的任务是否均被满足,并分析欠缺、不足和冗余情况,根据分析结果反过来可以进一步调整能力列表WSOS_CV_1产品中的相关要素,丰富和满足任务清单的要求。同时,对应于任务清单中的相关任务的紧急程度,针对每一项重要能力明确其优先发展的级别和时间节点要求。

能力-系统关系视图WSOS_CV_4需要在系统功能图开发完成以后才能进行开发。

（4）开发系统视图产品。作战视图产品开发后，就可以开发系统视图产品。系统视图产品设计首先要进行系统顶层结构图 WSOS_SV_1 的开发，该结构图可以视为高级概念图的"系统"级建模表示，主要描述完成高级概念图中所规定任务的所有系统级要素（在体系需求开发中主要是各类典型装备和系统）。顶层结构图中，WSOS_SV_1 的系统即是体系需求开发的重要结果，也是完成能力-系统关系视图 WSOS_CV_4 中系统列表的来源，在完成 WSOS_SV_1 后，进行 WSOS_CV_4 的构建，并且在分析"能力-系统映射"关系过程中，根据能力需求，鉴别 WSOS_SV_1 中的系统及系统组合能否完成 WSOS_CV_1 中能力需求，如果存在差距、冗余和缺陷，则需要返回来完善 WSOS_SV_1 中的系统配置和组合。

根据建成的 WSOS_SV_1，绘制更为具体的系统功能视图 WSOS_SV_2，根据 WSOS_SV_1 中的系统列表，抽取其中主要的需求新开发或升级的系统进行详细功能分析，以满足能力需求。

根据信息交换矩阵中对于信息的要求，及支持相应节点完成功能的系统要求，进一步完成系统功能视图，使其具备完成所需的信息交换的要求。

3. 基于 Native XML 的体系需求建模数据管理

1）应用体系需求建模工具生成的模型数据

（1）第一类是定义需求开发过程、存储项目信息的数据，包含需求开发过程步骤顺序要求和注释等信息，该数据"以文档为中心"，具有不规则的文档结构、混合类型的文档内容、文档内部各个元素之间存在顺序性等特性。

（2）第二类是各视图产品的底层数据，由建模工具中的图形引擎产生，它包含了视图产品所展现的所有信息，包括各元模型的属性信息及潜在的相互关联关系、繁杂的图元信息、辅助的说明信息等，是视图展现及最终需求文档生成的数据来源，反映了"以文档为中心"的特征。

（3）第三类是各视图产品核心数据，由第二类数据文件经过各元模型关联规则提取和数据清洗，去除图元等辅助信息，形成"以数据为中心"，结构规范明确，只反映视图产品元模型相互关联规则等本质内容的数据文件。

2）体系需求建模数据的特点

（1）需求建模数据信息成分复杂，既有项目相关的复杂文本说明，也有简洁的结构化数据信息，对数据结构及内容模式定义的灵活性要求很高。

（2）体系需求的利益相关者多，分布范围广，需求模型数据标准必须具有平台无关性，能够在多异质系统中方便地流通，要具有很强的互操作性。底层数据的标准要便于发布成各种输出形式，如需求规格 word 或 pdf 文档、Web 浏览页面等。

（3）体系需求描述工具要求各视图中各元模型可扩展，因此，要求底层数据标准的可扩展性。视图中,各元模型的属性等关键数据及各元模型之间的关联关系需要以良好的数据结构进行保存,便于管理。

综合上述特点,体系需求建模数据采用了基于模型文件和数据集成的存储策略,即将模型以原文件格式进行存储,同时以需求项目为主线,可以在纯 XML 数据库中定位和索引到相关模型信息。

体系需求的特点对需求管理工具提出了新的要求,主要表现在以下几个方面。

(1) 需求模型数据结构复杂。需求模型数据结构复杂,内容迥异,既有结构规范的视图产品核心数据,又有结构紊乱的图元信息。从格式上看,既有 word 文档,又有 XML 文档,还有备份数据库的压缩文件,以及视频讲解文件。因此,要求体系需求管理工具数据存储格式设计合理,能够实现对各种数据进行合理存储和有效管理。

(2) 对底层数据的一致性管理提出了更高的要求。体系需求的各类相关文档并不是独立存在的,而是相互联系,构成一个文档体系。当一个需求模型的数据发生变化时,与其相关的模型都要发生相应的改变才能保证底层数据的一致性。要求体系需求管理工具必须能够建立一定的保证底层数据一致性的机制,保证每个用户拿到的数据是一致的。

(3) 能够分层次分阶段地管理需求版本。体系需求具有层次性和阶段性,需要有效地创建、维护、更新和分发不同层次和不同阶段的需求版本。

基于上述体系需求对管理工具的特殊要求,本书中的需求管理工具原型系统的开发是在 Ipedo XIP 基础上,以其面向对象的后台数据库为支持,利用脚本语言开发适合于体系需求管理的组件,通过 Ipedo XIP 的扩展功能以插件的形式嵌入到原有的运行环境中,并对 Ipedo XIP 进行适当地裁减,使之更好地支持体系需求管理。

3) 数据存储结构设计

根据需求分析,体系需求建模工具数据为便于管理、提高管理效率,以项目为单位进行存储,对应到 NXD 则以文档集进行组织,依据项目的特点,项目在 NXD 中结构存储如图 4.5 所示。

在数据库下,顶层文档集为各个项目文档集,每个项目文档集中存储该项目的所有文档(模型数据、分析数据、需求文档等)数据及项目信息数据,此外,项目文档集下建立各个视图工具数据的文档集,存储各视图工具生成的视图产品数据,具体存储形式如图 4.6 所示。

从图 4.6 可以看出,每个项目级的文档集中包括各类视图产品存储文档集及"项目相关信息"等多个文档集,数据库建有一个"公共知识库"文档集用以存储所有项目的能力知识、任务知识等公共信息,有一个"数据备份"文档集来存储项目

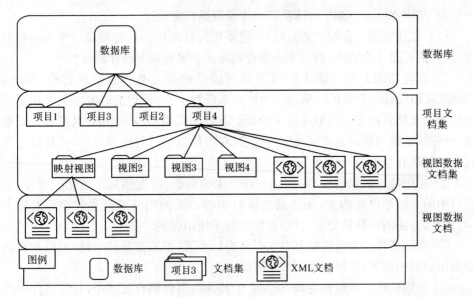

图 4.5　数据库结构设计

的备份数据,还有一个"项目相关资料"文档集来存储所有项目的索引,以方便对数据库中的各种文档进行有效地检索。

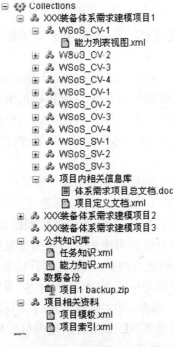

图 4.6　需求模型在数据库中的存储形式

4）基于 Native XML 的体系需求建模数据管理设计

（1）设计原则。在设计的时候，一定要把握好原则。只有在设计原则的指导下，设计的思路才会清晰，内容才会切合实际。主要有如下设计原则。

① 切合需求。能力需求元模型管理组件的开发是体系需求建模工具包（SoSRMT）设计与开发的一项前期的底层基础性工作，所得的研究成果将作为底层的数据文档管理方式充分应用于建模工具各个功能模块。因此，组件首先要根据 SoSRMT 中对能力需求元模型的要求，对组件进行针对性地开发，并且使之要具有很好的共享性与开放性。

② 可用性。如果组件有上百个方法，无论对谁，都会感觉不好用。所以，使接口中的方法尽可能的少，而且要在接口中的方法使用具有自我解释意思的名字，另外，方法的参数设定要合理，这样会易于使用得多。

③ 可部署性。该组件要可以实时地进行部署，当不需要的时候，可以根据用户的需要撤销部署，这样有利于节省资源。

④ 可维护性。该组件与 SoSRMT 中其他的组件耦合度要小，并且组件内的方法尽可能地相互独立。如果组件中的一部分代码隐蔽的或非正式的影响其他组件或该组件本身另一部分代码，这部分代码就会比较难于维护和修改。

⑤ 灵活性。尤其是目前需求演化迅速，系统的升级更新使组件重用、修改的频率十分得高，耦合度小的小组件易于重用和修改，构建的系统更易于理解，将更加具有优势。

（2）设计思路。体系需求建模工具采用了基于组件技术的软件开发方法（CBSD），图 4.7 为基于组件的集成开发环境。

从图 4.7 可见，组件在 CBSD 过程中始终处于核心地位。而元模型管理组件作为底层的共享组件，不仅可以作为集成环境核心层的数据操作组件，为核心层中的大多数以 XML 为数据格式的组件提供支持，而且可以对描述能力视图产品的核心要素——元模型进行管理。另外，对元模型进行的管理操作封装成组件，更能节省资源，方便好用。

能力需求元模型在图形引擎中表现为 UML 描述的类图或用其他方式进行的图形表示方式，但元模型的实质为采用 XML 标准格式设计的数据文档。元模型管理组件实现对能力元模型的数据管理、元模型模型修改、元模型扩展等功能，满足能力需求工具与能力元模型管理模块之间的数据交互操作，实际上就是对元模型的 XML 的文档及文档内容进行操作，从而达到管理元模型的目的。

由于需求工具需要对元模型进行创建、编辑、扩展等管理工作，即需要对元模型 XML 文档结构进行创建、编辑，对文档内容进行读写、更新、删除，并要求随机访问文档中的数据，因此，根据 XML 文档对象模型（DOM）的特点，利用 DOM 对 XML 文档操作是比较合理的选择。

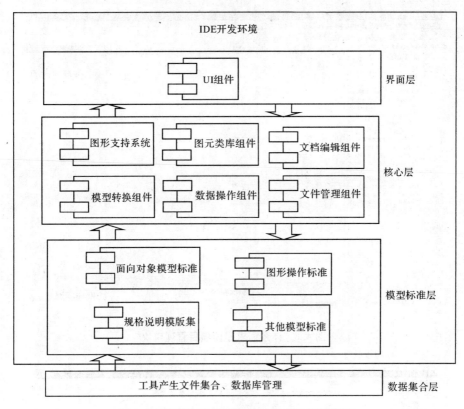

图 4.7 SoSRMT 基于组件的集成开发环境图

5) 体系需求建模工具功能及界面

体系需求建模工具由体系需求建模项目管理模块及体系需求视图产品建模模块两部分构成。体系需求建模项目管理模块实现对体系需求建模过程中产生的所有数据的集成管理,集成了需求开发过程管理、需求文档生成、需求获取模板管理等功能。体系需求视图产品建模模块实现对各类视图产品的建模与描述,包括全视图产品建模与描述、作战视图产品建模与描述、能力视图产品建模与描述、系统视图产品建模与描述等功能。工具支持需求开发人员为主导的由各利益相关者全程参与的基于能力的规范化的武器装备体系发展需求开发过程。

运行体系需求建模工具,进入体系需求建模项目管理模块主界面,如图 4.8 所示。

图 4.9~图 4.12 展示了体系需求视图产品建模模块中高级作战概念视图、作战节点连接视图、能力列表视图、能力-系统关系视图等 4 类视图产品的开发界面。

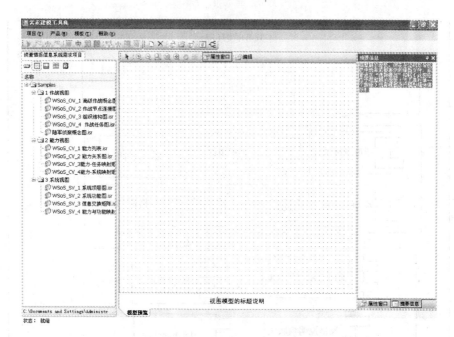

图 4.8　体系需求建模项目管理模块

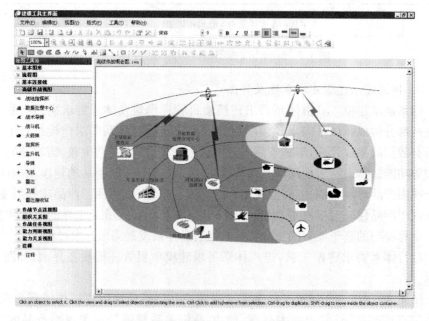

图 4.9　高级作战概念视图开发界面

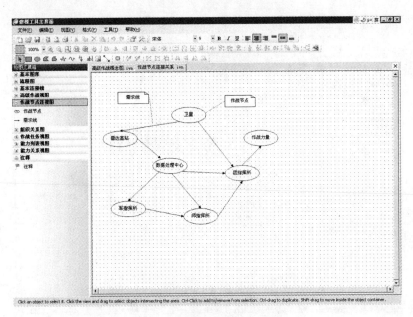

图 4.10　作战节点连接视图开发界面

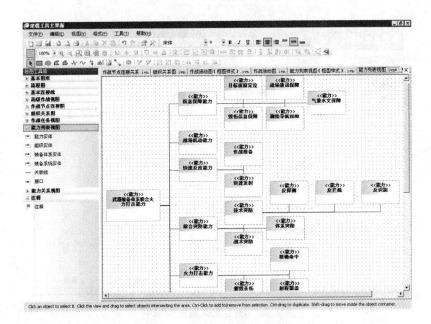

图 4.11　能力列表视图开发界面

在体系需求视图产品建模中,各类实体属性的编辑风格一致,可根据不同需要进行灵活定制。一个典型的实体属性编辑框如图 4.13 所示。

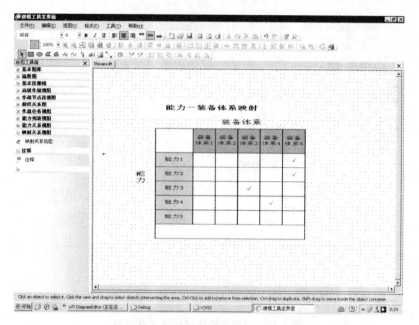

图 4.12　能力-系统关系视图开发界面

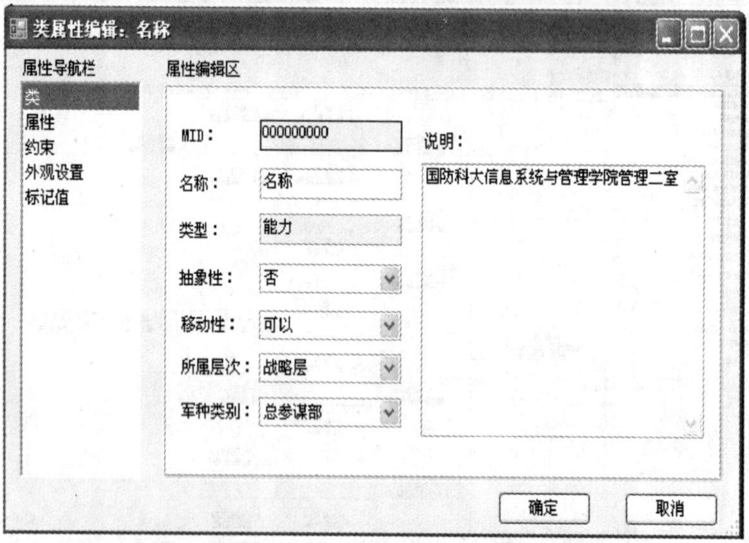

图 4.13　能力实体属性编辑框

4.4　体系需求建模验证技术

体系需求的描述目前大多采用框、线和表格的形式，对设计内容和形式并没有严格的规范。不同的利益相关者根据自己的理解，选用不同的方法和手段描述出不同的内容，使得内容和形式等都存在差别，增加了随意性和不确定性。此外，在需求描述过程中，没有有效的辅助分析手段支持，不能对描述过程和结果进行有效地检查与分析，使得需求描述的质量难以保证。

4.4.1　体系需求规范化描述验证框架模型

体系需求规范化描述验证可以从两个维度进行：按照层次划分和按照内容划分。

（1）从层次维度可以将体系需求规范化描述验证分为视图产品内部的验证和视图产品间的验证。

（2）从内容维度可以将体系需求规范化描述验证分为语法验证、一致性验证、逻辑合理性验证、完备性验证和描述过程验证。

体系需求规范化描述验证的过程包括映射、提取、翻译、识别、修正和合成等 6 个步骤，如图 4.14 所示。

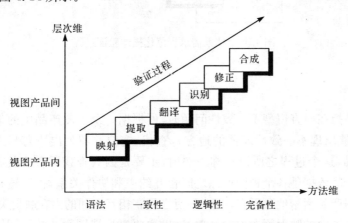

图 4.14　体系需求规范化描述验证框架模型

4.4.2　体系需求规范化描述验证过程模型

体系需求规范化描述验证过程每个步骤的具体内涵如下，如图 4.15 所示。

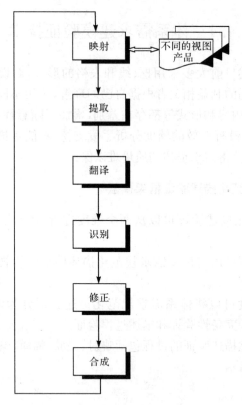

图 4.15　体系需求规范化描述验证过程

1. 映射

映射是指在检查模型不一致性问题时,可根据一个视图产品中的某待查信息片段(有可能出现不一致性现象的地方),查找、定位并罗列出所有与之相关的其他视图产品,这个过程之所以被称为映射,主要是因为查找所有涉及需要验证问题的视图产品依据是各个视图产品之间相互约束和协作关系,正是这种耦合关系将每个视图产品紧密地联系在一起,并使之具有相互之间的内在映射关系。

由于视图内的映射问题比较简单,这里主要讨论视图间的映射问题。视图的关联由节点之间的关系与节点上的信息两者构成。因此,从视图的数据层次和结构层次对它们之间的映射关系进行描述。

(1)视图间的结构映射。视图间的结构关系主要指节点间的关系。根据集合论和线性代数理论,视图产品空间可用 n 维矢量空间描述,其中,n 代表矢量空间中相互独立矢量的最大个数。视图产品是基本矢量的线性组合。本书根据视图的空间形状关系,可将其分为如下三种:①重叠空间。不同描述视角的两个视图产品会出现视图产品的属性重叠,在重叠区域,视图产品属性具有相同语义。②投影空间。一个视图产品空间是另一视图产品空间的投影空间。③组合空间。组合空间是指一个视图产品空间由另外若干个视图产品空间组合而成。

不同的视图产品在需求描述中不断地进行相互映射,从而形成各种不同功能和用途的需求描述多视图产品。

(2) 视图间的数据映射。根据映射前后数据的变化关系,将映射划分为以下4 种:①数据遗传映射。是指在映射前后,视图属性数据没有发生变化,如资源视图映射到活动视图时,资源的名称等属性数据不会发生改变。②数据变异映射。是指由于应用领域的不同,视图属性数据通过视图映射重新确定。③数据衍生映射。是指映射后的视图数据,在原有数据的基础上衍生出新的属性数据。④数据聚合映射。视图数据聚合映射是指映射后的视图数据项,是由多个其他视图经过协同数据处理而获得。

2. 提取

提取就是将与验证问题有关的内容或信息(相关构件及关系)从这些视图产品中独立或提取出来,并暂时舍弃其他与问题无关的内容,以进一步缩小范围并最终确定问题实质所在。提取类似于抽象,是对视图产品的进一步精练,其目的就是为了突出重点,缩小问题范围,使对多个(整个)视图产品的处理简化为对多个视图产品中的某信息片段的处理。提取的关键在于问题界限划分,即如何将需要判断的内容从复杂的视图产品中正确地独立并脱离出来,为下一步工作奠定基础。

3. 翻译

从复杂视图产品中提取出来的与验证问题相关的信息片段仍然保持着原先各自视图产品的特点,依然采用不同的表达方式和不同的模型符号与元素,依然有其不同的侧重点。于是,需要进行翻译工作以跨越各信息片段之间的不同特点,转换并解释各信息片段的内容。因此,翻译就是将各视图产品中的这些信息片段进行相互之间的转换、解释和对比,以保证它们在基本内容及基本构件和基本关系上的一致性、可互换性和可对比性。并且,翻译不仅是对已有信息的处理,而且也可以产生一些新的有用信息。所以,在翻译阶段,有些不一致性问题就已经暴露出来了。

4. 识别

识别就是在前 3 个步骤的基础上指出视图产品的信息片段中出现不一致的地方。识别的关键在于约束和规则。约束是指各视图产品之间相互关联与协作的关系,而规则是指为判断所规定的一些基本原则。

5. 修正

修正就是将识别出的问题进行改正。

6. 合成

经过映射、提取、翻译、识别和修正,视图产品的某些问题得到了解决,这时,需将这些处理过的正确的信息片段回代至它们原先的视图产品中,然后再重复第1步,进行其他验证问题的判断、识别和修正。

由此可见,解决方法是一个迭代递减的过程。在回代过程中,可将已处理过的信息片段视为(简化为)一个独立的构件回代至它们原先的视图或范图中,以进一步简化问题范围,并保证对今后其他验证问题的修正不会影响原先的成果。

4.4.3 面向内容的体系需求规范化描述验证

从内容维度可以将体系需求规范化描述验证分为语法验证、一致性验证、逻辑合理性验证、完备性验证和设计过程的规范性验证。

1. 语法验证

基于产品语法规则的语法验证主要是根据体系需求描述视图的语法规则。基于产品语法规则的语法验证主要保证每个产品设计规范化,它是描述内容可交流、易理解的基础,也是进行完备性、一致性检验的基本保障。

由于视图产品设计可选用不同的方法和建模语言,不同的建模语言有自身的语法规则,因此,在产品设计时,要针对具体的建模语言进行语法检查。例如,选择 UML 建模语言,则在视图产品描述时,不仅要遵循视图产品的语法规则,还要遵循 UML 建模语言的语法规则。

2. 一致性验证

一致性验证包括实体一致性和关系一致性两个方面。

(1) 实体一致性。多视图产品结构是不同风险承担者从不同侧面的描述,这样,使得视图之间存在一定程度的重叠,因此,相同的实体常常会出现在不同的产品中。实体一致性就是保证视图产品中的相关实体不存在相互冲突和矛盾。

(2) 关系一致性。关系一致性分析就是分析在不同视图产品中描述的关系之间是否存在冲突和矛盾,以保持一致性。

3．逻辑合理性验证

语法验证主要描述视图产品的外在表现，一致性分析了分布在各视图产品中的实体及实体关系的一致性。但是，仅仅这些是不够的，体系要完成一定的使命任务，实体之间还必须满足一定的逻辑关系，在逻辑上是合理的，且该逻辑符合设计者所希望的逻辑关系。因此，在语法和一致性的基础上，还必须进行逻辑合理性分析。

4．完备性验证

完备性验证就是在不考虑实体及关系具体含义的条件下，验证在种类和数量上能否满足描述的要求，是否缺少描述和构建所必需的相关内容。

5．设计过程的规范性

除了对单个和若干个视图产品设计进行验证外，需求描述作为一个整体，也要遵循一定的过程和规则，如为保证描述满足需要，应该遵循怎样的顺序，以此来指导整个需求描述顺利进行。

4.5　体系需求建模技术的发展

4.5.1　面向 Agent 的需求建模方法

Agent 的研究起源于 20 世纪 60 年代分布式人工智能。当时，它只是该领域中的一个基本术语，人们用它作为信息载体，来研究信息和知识描述所具有的特性和用物理符号系统假设思想的推理过程来解决问题。当时，普遍认为智能任务可以通过对符号的内部表示进行操作而实现推理过程。推理过程及内部表示构成了 Agent 的雏形。由于受当时条件的限制，Agent 的最初设计者们对之并未抱太高的奢望。但随着硬件水平的提高和计算机科学理论的进一步完善，Agent 能力不断加强，能模拟人类越来越多的思维和行为。70 年代，AI 研究者又开始了对合作的、分布的多 Agent 系统的研究。到了 80 年代末，Agent 理论、技术的研究从 DAI 领域拓展开来，与许多其他领域相互借鉴和融合，在许多最初非 DAI 应用的领域得到了更广泛的应用。面向 Agent 技术作为一门设计和开发软件系统的新方法，已经得到了学术界和企业界的广泛关注。

面向 Agent 的分析不同于传统分析的方法，它是从行为主体入手，通过理解问题域的结构，建立一个抽象的具有信息处理和推理能力的模型，它既不是对现实世界的简单映射，也不是对目标软件系统的具体描述，而是从信息处理的角度，尽可能地映射现实问题的结构特征,并以此为基础建立解决问题的多种规划方案,以供 Agent 在处理实际问题时做出最佳选择,这些规划方案的产生、聚集、消亡是一个动态的变化过程,可以由 Agent 在运行时通过学习、总结而自发的产生。可以看出,面向 Agent 的分析方法是一种独立于计算域的分析建模方法,它的目的并不像传统需求分析那样,而是为了获得某一类问题的求解模式。因此,这种需求分析的结果具有更大的稳定性和可复用性。面向 Agent 分析建模尤其适合于复杂系统和人机混合系统的分析与建模。

4.5.2　形式化需求建模方法

体系需求是不确定性、主观性、非结构性的集合。体系需求描述的目的是最大限度地消除需求不确定因素,将各利益相关者对需求的理解进行规范化,生成具有低二义性、良好组织性、完整性、一致性、可修改性、可验证性及可追踪性等特点的需求规格说明。当前,体系需求描述多采用集成了面向过程、面向对象方法的多视图建模方法,该方法对于解决需求的非结构性问题上具有一定的优势,但其最终的建模结果还远未达到需求描述与建模的目标。

形式化方法是一种基于数学方法来描述目标系统属性的技术,它将客观世界抽象化、符号化,以建立精确的数学模型为目标,描述了系统中最本质的东西。形式化方法具有严格的语法与语义,可以避免非形式规约的模糊性和二义性,而且能够更深刻地描述系统需求,方便用户更好地理解问题。采用形式化方法进行的需求描述可以进行严格的分析与检查,支持对系统规格说明的自动化处理。因此,形式化方法一直是需求工程发展的一个重要方向,也是彻底实现需求描述与建模目标的可行途径之一。但是,由于形式化方法模型的获取比较困难,且技术水平比较高,需要专业人员的支持才能够有效使用。另外,形式化方法的大面积应用可能会带来系统的复杂度提高,因此,形式化方法的应用受到了极大的限制。尽管如此,在过去的二十多年里,经过人们的不懈努力,形式化方法取得了巨大进步,并在实践上取得了一定进展。相信随着数学等相关基础理论知识的进步、计算机科学的进一步发展,及大规模工程实践的应用,形式化方法会逐步消除自身的缺点,向着标准、简单、实用的方法发展。形式化方法也必将成为一种被普遍采用的需求描述方法。

4.5.3　面向目标的需求建模方法

结构化方法和面向对象方法都强调系统功能需求的分解,非功能需求只是简单关联到功能需求,但考虑到有些非功能需求是项目成败的关键因素,专门针对非功能需求的分析方法也逐渐引起重视,其中,以面向目标类方法最有代表性。

面向目标类方法主要有非功能需求框架(NFR-Frame)、I* 框架、KAOS 方法

等,这类方法中的一个重要概念是目标,在需求工程活动中,目标具有多种作用:
①目标描述了需求的来源和产生依据;②通过目标把需求与组织的高层战略和业务背景关联;③支持非功能性需求的逐步细化;④目标支持需求冲突处理;⑤根据目标来驱动系统设计,避免分析人员过早地涉及实现细节,有利于获得更优的系统方案;⑥为需求文档提供了一个合适的验证标准。

在 KAOS 中,系统目标经过求精、细化来建立目标树,底层的目标可直接对应需求。目标与 Agent 通过职责关系关联,活动也可以通过目标实现的操作约束与目标关联起来。通过这些关联,可建立系统目标与环境中实体、资源,以及目标之间的依赖关系。为了处理非功能需求,KAOS 定义了"软目标"的概念,这类软目标带有一定的全局性和相对性,能够部分得到满足或得到不同程度的满足,区别于功能需求的完全满足和不满足,充分反映了非功能需求的特点。面向目标方法要求领域用户在深刻理解的基础上定义目标、环境的语义关系模型,对于用户来讲是很难达到的,尤其是在需求分析早期。KAOS 方法目前已进入应用探索阶段,其主要研究者 Lamsweerde 已开发出了软件 Objectiver。

考虑当前工业实践仍是以功能需求分析为主,尤其是面向对象方法和工具的广泛应用,如何在现有功能需求分析方法中融入非功能需求,使两者结合起来,已称为需求分析研究的重要方向。非功能需求集成到面向对象需求分析方法要遵循以下原则:①对非功能需求相关的概念进行合理地描述和表示;②尽量保持现有面向对象分析方法的基本原则和特色;③实现功能需求和非功能需求到设计、实现阶段的跟踪,目前集成的主要技术途径是通过扩展 UML 概念和相关模型,描述非功能需求并实现非功能需求到 UML 模型要素的关联。

把非功能需求集成到用例模型的框架,该框架以用例模型的关键要素(即主体、用例、主体-用例关系)和系统边界作为关联点,通过关联使非功能需求具有更加丰富的上下文背景。

4.5.4　面向视点的需求建模方法

最早的视点概念出现在 20 世纪 70 年代受控的需求描述方法 CORE 中,该方法没有给出视点的形式化定义,视点多用来表示对目标系统感兴趣的方面。视点可以是与待开发系统相关的一个人、角色或机构,用于系统需求时,视点还可以表示当前系统、子系统或者是环境中的系统。视点被组织为层次结构,以此来引导分析过程。定义视点层次结构具体步骤如下:①通过利益相关者之间的讨论、交流,获得可能的初始视点清单;②通过对潜在视点分组,定义相关视点集合;③重复上一步直到所有潜在视点都隶属于某个集合,直至形成层次结构,通过视点层次结构,自顶向下推动分析过程。CORE 方法首先标识视点,然后使用视点来控制分析的步骤,这样,就提供了一种自顶向下的并且可控的分析过程。这种可控性也体现在 CORE 的全称——"受控的需求描述"中。

Sommerville 认为视点一方面能够起到方便收集问题空间的信息,并对用户需求进行合理组织的作用;另一方面,通过视点建模找到合适的视点,使视点能够向设计空间进行方便的映射。因此,视点建模被看做是寻找从问题空间到系统设计空间的一种合适映射方法。

Kotonya 把视点定义为系统服务的接受者,或者是系统需求的提供者。Kotonya 把系统的视点分成两类:一类是直接视点,另一类是间接视点。其中,前一类与接受服务的用户相关,后一类视点与众多服务及前一类视点"横切"。虽然该方法注意到把带"横切"特性的视点分离开来,但没有对横切视点进行明确定义,使得这些关注点比较空泛,也难以确定它们与其他视点之间的关系。

Sommerville 文献提出了多视角需求工程 PREView 方法,该方法把关注点与视点进行区分,认为视点是部分系统服务、功能的聚合体,如直接与系统交互的用户;而关注点是组织或领域中带有全局性的高层目标。关注点与所有视点存在"横切"关系,这样,就形成了关注点与视点正交的概念。

视点或视图是实现关注点分离的有效工具。当从多个视点抽取用户需求时,每个视点下的用户仅仅关注自身感兴趣的关注点,并采用合适的手段进行描述。与传统方法相比,面向视点的方法可方便地对需求文档进行并行开发。但是,面向视点的分布式需求开发方法遇到的最大挑战是保持需求一致性问题,在分布式环境下,检查和维护一致性是非常困难的。

面向体系结构或架构的需求分析可以看做是面向视点方法的延续和拓展,它把需求与体系结构的多个视图结合起来,利用需求来驱动视图模型的开发,同时也帮助需求进行演化。例如,如图 4.16 所示,面向对象的统一过程(UP 或 RUP)以"4+1"体系结构框架为核心来指导系统开发,需求的分析与组织也与框架中的视图紧密相关。

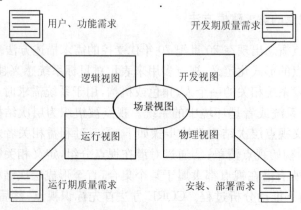

图 4.16　RUP 的"4+1"视图与需求

Nuseibeh 对不同视点或视图中需求之间存在的不一致性进行了研究。需求不一致是指需求之间存在对立和矛盾,这种不一致使得需求不能同时存在。Nuseibeh 从语法和语义层次分别定义了需求一致性规则,如果需求之间不满足一致性规则,则视为需求不一致。需求一致性规则为需求不一致性的严格检测提供了基准。

4.5.5　面向方面的需求建模方法

面向方面的程序设计技术(AOP)是 20 世纪 90 年代出现的一种先进编码技术,它以面向对象设计技术为基础,将传统方法学中分散处理的一类"横切"或"贯穿"特性集中实现为系统的一阶元素——Aspect(即方面),如图 4.17 所示。在开发过程中,方面的开发与对象的开发相互独立进行,但最后利用编织或组合方法把方面在预定义的插入点或扩展点和对象组合在一起,形成最终的系统。面向方面的程序设计技术有效地解决了一些关注点(如安全、通信等)的实现代码难以模块化和演化的问题,这些代码与其他关注点的实现代码横切,从而导致了"代码交织"和"代码散布"现象出现。

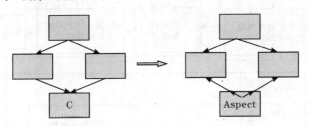

图 4.17　面向方面示意图

"横切"关注点是结构化、面向对象及面向视点的需求分析方法遇到的共同难题。由于横切关注点与许多其他关注点相关,这使得需求工程"关注点分离"这一基本原则难以完全实现。并且,"横切"需求导致需求相互"缠绕",当"横切"需求发生变更时,其影响分析和处理比较复杂,难以进行快速演化。面向目标方法虽然能够对非功能性需求进行建模,但仍需要在功能需求和非功能需求之间建立"显式"的依赖或交互关系,不仅造成需求表示上的"缠绕",还增加了需求跟踪维护的工作量。面向视点类方法也存在类似的视点横切现象。因此,在需求阶段分离这类横切关注点,并对它们进行独立建模是非常重要的,这样,不仅可以避免需求文档中的"缠绕"表示,也有利于需求的快速演化。

面向方面方法与结构化、面向对象方法相似,其应用都是从编码阶段转向设计阶段再转到需求阶段。虽然现有面向方面方法研究多集中在软件设计与编码阶段，但自从 1999 年 Grundy 把面向方面程序设计方法引入到需求工程领域后，面向方面的需求分析方法就得以迅速发展。在需求分析阶段，面向方面技术被视作有效的"横切"关注点分离手段，是原有单一视点分离方法（如面向对象、面向视

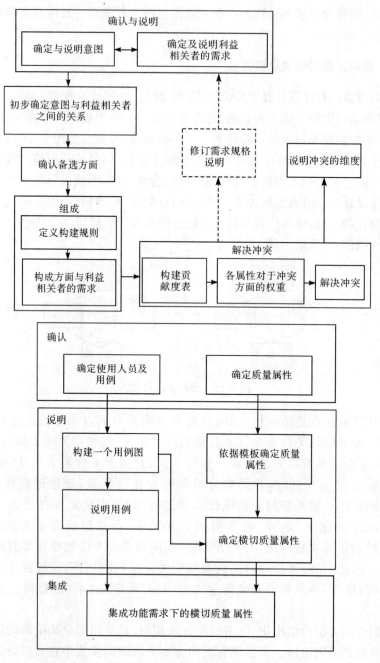

图 4.18　面向方面的需求工程

点方法）的重要补充。一般，把需求阶段识别出的方面称为早期方面，多表示"横切"关注点或需求，以区别于设计和编码阶段表示为代码段的方面。

2002 年，Rashid 提出一个面向方面需求工程（AORE）的通用模型，该模型包含以下活动：识别并确定关注点和需求；确定备选的方面；指定方面的优先级；确定方面的相关属性，并把方面映射到某个功能或设计决策上。2003 年，Rashid 改进了 AORE 模型，加入两个新活动：方面组合和冲突处理，该模型尝试去组合横切关注点，并在组合中引入权衡分析，便于横切关注点向产品映射。

根据 Rashid 的面向方面需求工程模型，可以将现有研究进行分类，这些研究基本上围绕下面几个重要问题展开：①方面的识别，即哪些是方面，如何定义方面？②方面的建模，如何直接应用或扩展现有建模方法，使得方面得以明确表示？③冲突检测与处理，如何检测需求之间可能存在的冲突，并根据冲突情况选择合适的处理措施？④方面的组合，如何把方面表示的需求与其他一般需求进行组合？上述第 3 个问题有时会作为第 4 个问题的一部分进行处理（如图 4.18 所示）。

第5章 体系需求分析技术

5.1 体系能力规划

未来环境的高度不确定性的外部环境决定了体系需求的动态变化,这种动态变化具体表现为需求方关于体系发展的期望与约束的变化,即体系应具备的能力,能力是确定系统诸性能的依据,体系能力对资源分配、需求定义、体系结构及组成部分权衡都有着重要的作用。因此,对能力进行规划使其适应体系需求动态变化在体系需求开发中有着举足轻重的作用,是体系构建与发展的核心要素。

5.1.1 体系能力

1. 体系能力的概念

体系能力随着体系研究的不断深入而引起研究人员的关注,当前,并未形成体系能力标准定义。根据研究角度的不同,关于能力主要存在两种理解。

(1) 从系统已经具备的能力出发,即能力是系统完成某项任务的本领,而体系能力则是由组分系统在互操作的过程中涌现产生,其注重的是对组分系统之间关系或者体系各种能力之间的影响关系的分析,强调的是通过发现其关系的规律以优化体系组分系统的配比。

(2) 从体系设计方期望系统具备的能力出发,即能力是系统可能完成某项任务的潜力,而体系能力是体系设计方对体系完成可能承担的使命的一种期望,其注重的是体系满足组织未来的战略使命所应具备的能力,并且这些能力可以适应在一定时期内组织战略使命的变化,强调的是通过对能力满足战略使命的分析明确体系的构成及体系在一定时期内的发展方案。

面向需求的能力是综合考虑体系在客观的组分系统性能和功能组合的基础上具备的完成任务的潜在可能性与在该体系运用过程中具备的效能的结合,这种能力体现的是各利益相关人员对于体系构建与发展的一种期望和约束,更多的是一种宏观、抽象、客观的描述。因此,体系能力是利益相关者对于体系完成特定的战略使命的一种期望与约束,由各组分系统通过各种方式方法组合而成的体系在特定的条件下完成一组任务的效果的标准化描述,表现为体系所具备的"本领"或应具有的"潜力"。

2. 体系能力的特性

(1) 导向性。体系能力之于体系的构建与发展有着直接的导向作用,用户根据体系能力发展的要求选择相应的组分系统进行体系集成,如果现有的系统协作无法实现目标能力,则需要研制新的系统或者对现有的组分系统进行更新。

(2) 涌现性。组分系统在协作完成体系的任务活动时连接在一起形成了新的行为或功能,这种能力是组分系统在互操作过程中所具备的,是一种自底向上的涌现行为,而单个的组分系统在执行时并不具备这种能力。

(3) 复杂性。体系能力是为了应对高度不确定性的外部环境,与体系所承担的任务是一种复杂的多对多的关系,与通过互操作完成这些能力的组分系统之间也是一种复杂的多对多的关系,这种关联关系根据目标的变化而变化,其并不是一成不变的。

(4) 突变性。体系能力在执行任务过程中是一种非线性行为,对于相互协作完成特定任务的体系能力,控制某个组分系统参数的微小变化,就可能使体系能力发生突变,而且相同的体系能力在不同的环境中也可能产生突然变化的整体行为。

(5) 演化性。体系能力不仅要满足组织战略使命的要求,其发展还必须适应因组织外部环境变化所引起的战略使命的变化,因此,体系能力将随着体系外部环境、目标等要素的变化而不断演化。

(6) 层次性。体系能力的层次性有两种表示:一是从体系顶层设计的角度出发,根据战略目标的要求对体系能力进行自顶向下的逐级分解;二是从组分系统的涌现行为出发,由构成体系的组分系统自底向上涌现出不同层次的体系能力。

(7) 知识性。体系能力是一种体系相关知识的表示和处理对象,是来自不同领域、不同层次的各利益相关者的科学理论知识、实践经验知识及个体或集体的智慧在体系能力的发展过程中通过综合、磨合和整合所形成的体系能力特有的知识体系。

5.1.2　基于能力的规划

1. 概述

体系的能力对资源分配、需求定义、体系结构及组成部分权衡有着重要的作用,因此,对体系能力进行分析与规划是体系需求分析的核心环节。所谓基于能力的规划,是为最大限度地建设满足组织未来需求发展的体系的目标,在战略目标、经济能力、时间周期及技术水平等约束的范围内提供面向不确定性环境的能力发展方案。对于体系而言,其所处的外部环境具有高度不确定性的特点,其用户可以明确,但难以预测它具体的竞争对手。能力规划就是基于这种考虑,它强调为应对组织发展所面临的更广范围的威胁提供能力,而不是为了击败特定的竞争对手而提供能力,要求终端是最新的、协作的、更具有竞争性的过程,在这个过程产生综合集成的联合作战能力。

20 世纪 70～80 年代,Wal-Mart 成为美国零售业的龙头企业就与企业实行能力规划有关。1979 年,美国最大的零售商是 K-Mart,其制定战略决策的依据是经营的子部门收益的最优化,以期在市场竞争中谋求绝对的领导地位,这种全面发展的模式并不符合当时市场的需要,高投入也未收获高回报,毕竟每个子部门获得在其范围内的最优解并不意味着其总体收益就会达到最优。而当时 Wal-Mart并没有把视野局限在零售市场的竞争上,其更关注产生令顾客满意的结果而需要的能力,认为顾客提出需要比由商家提供给顾客选择的项目要好,这种考虑到各种因素,在合理的成本范围内发展企业合适的、可行且被顾客认可的服务使Wal-Mart在 1989 年取代了 K-Mart 在美国零售业的领导地位。

透过 Wal-Mart 在零售市场的成功可知,能力仅仅在其能为用户带来价值的时候有效,如果它不能带来应有的价值回报,对于体系而言,它也只是一种多余的浪费。能力规划关注的正是在有限的资源约束下,组织提供一个适合体系发展、可行且被市场认可的体系能力,它与传统的自底向上的需求开发方式不同,其并不谋求各组分系统的最优,而是谋求体系在完成特定任务时的效果最优,强调的是组织应对不确定性的外部环境、经济限制和风险时,能力规划能迅速响应。

2. 基于能力的规划的过程描述

能力规划需要一个规范可控的规划过程,使战略决策人员、技术分析人员等利益相关者在有效的组织结构和机制下被约束,从而明确其责任权利,提高协作的效率,促进体系在统一的规划下顺利的构建与发展。

能力规划的主要工作是理解能力的要求,评估各种约束条件下的能力选项,并通过综合分析选择能力,可以从三个层次分别为用户提供支持:在顶层可帮助高层领导管理风险及决定主要能力领域内的最为平衡的投资方案;在中层可帮助相关组织决定完成任务或联合概念的最佳方式;在底层可帮助相关部门决定系统的停止使用或添置设备。

能力规划需要考虑以下 4 个方面的因素。

(1) 能力规划是面向输出的,它依据直接来源于组织战略规划下的高层能力目标。

(2) 能力规划要考虑体系或组分系统已有和已经规划的能力,在综合考虑这些能力完成任务情况的基础上对新的能力进行分析与规划。

(3) 能力规划需要一个标准的划分方式,从而获得体系发展利益相关者的广泛认可,同时使过程更加易于管理。

（4）输出的能力方案必须考虑任务的优先级与资源的约束,使体系能力在现有的资源条件下,既满足组织使命任务的需要,又是可行的。

能力规划是根据组织的战略规划,由战略目标驱动,分解生成相应的能力列表,并分析体系所需能力,探索能力发展的可选方案,最后生成多个约束条件下的最优的能力发展方案,即获得利益各方认可并指导能力建设和体系发展的能力发展规划,如图 5.1 所示。

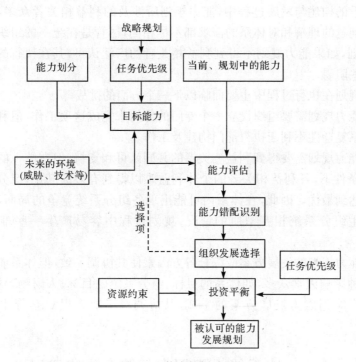

图 5.1　能力规划过程

能力规划过程分为三个阶段,主要完成 10 个方面的工作。

步骤 1:界定目标层次的能力。

（1）为了组织各利益相关者应该准备什么?

（2）在一定的条件和标准下,需要完成什么任务?

（3）哪一个任务是比较紧急的?

（4）完成这项任务需要什么能力?

（5）完成所有想定中紧急的任务需要什么水平的能力?

（6）在发展和保持能力上,利益相关者怎样分担责任才更为适当?

步骤 2:完成目标层次的能力。

（7）为完成自己的责任，每个实体应该发展和保持什么能力？

（8）各利益相关者是否已经具备完成自己责任的能力？

（9）利益相关者在准备工作中应如何分配现有的资源才能获得最大的影响？

步骤3：评估所作的准备工作。

（10）利益相关者怎样准备？

3. 基于能力的规划面临的挑战

在体系的构建与发展过程中，能力规划所涉及的利益相关者众多，每个利益相关者对问题的理解和对体系的需求都不尽相同，尽管是在统一的组织目标下进行能力规划，如果能力规划不得到利益相关者的广泛认可，其在执行的时候必然会遇到一些阻碍。

能力规划在执行过程中主要面临以下三个方面的挑战。

（1）能力规划需要组织设立一个专门的部门来完成这项工作，但利益相关者之间的关系复杂性不利于执行部门构建及工作。

（2）能力规划需要得到利益相关者的共同认可和支持，但在统一的目标和有限的资源条件下，各利益相关者的个体利益难以得到有效的满足，组分系统必然难以全部达到最优。因此，在体系内可能出现各组分系统竞争的局面，这种竞争也可能产生组分系统相互掣肘的情况，规划过程中容易产生一些难以调和的冲突。

（3）能力规划的发展方案应综合各方因素使其协调一致，但体系能力发展所涉及的各种影响因素众多，如体系的目标、组分系统的目标、人财物等资源，这些因素都将影响到能力发展方案的生成，其协调对于能力规划有着非常重要的作用。

5.2　体系能力规划中的综合集成研讨

体系能力分析是一项多阶段群体决策活动，但它与传统多阶段群体决策不同的是，其过程涉及的人员和层次众多，不同阶段参与的人员也不尽相同，每个阶段对人员的层次也提出了不同的要求。

体系能力分析所涉及的人员及其主要工作如下。

（1）决策部门根据体系的战略目标等约束的变化进行战略分析并形成经验性的假设和判断，此阶段的参与人员为高层决策人员和相关权威专家。

（2）各利益相关者组织本主体相关人员根据决策部门的要求收集资料，对所收集的各层信息进行分类处理并提交决策所需方案，此阶段的参与人员为中层管理人员和相关领域专家。

（3）基层人员根据上层部门的要求提供相关信息并对信息进行汇兑，此阶段的信息只汇兑不处理，参与人员为相关基层人员，包括基层指挥人员、技术人员等。

（4）决策部门根据对所有收集的信息和方案进行归并处理，组织第一阶段的人员对各类方案进行研讨并形成最终决策，其全过程主要是获取相关的数据、资料、模型等信息和专家的专业知识与经验，而后通过能力的建模、仿真与实验对各种方案进行反复比较，逐次逼近使参与研讨的专家达成共识，最后形成决策结果。

从获得目标能力直到生成体系能力发展方案，体系能力分析是将利益相关者对于不确定性未来的模糊认识转化为统一、有序的知识，通过对知识的评估与决策获得构建体系所需要的能力发展方案，即把人的思维、思维的成果、人的经验、知识、智慧及各种情报、资料和信息统统收集起来，从多方面的定性认识上升到定量认识，是从定性分析到定量评估的综合集成过程。

5.2.1　综合集成研讨

1. 定性综合集成

体系能力分析涉及的利益相关者来自各个领域、不同学科的专家，每一个专家对其所有领域的科学理论、经验知识都有着深刻的认识、了解和把握。因此，在研究未来体系能力发展的相关问题时就有着不同的认识，更多的是从自身所处的领域或单位出发，提出经验性的假设与判断，这样的假设与判断通常未经过严谨的科学方式加以证明，是一种定性的假设与判断。

关于体系能力的发展的假设与判断并不是某一个专家或者某一个领域的专家所能提出来的，其必须综合考虑众多利益相关者的假设与判断，应由各个领域的专家群体组成的专家体系在深入研究、反复讨论，达成一定的认识然后再研究、再讨论，多次反复的基础上逐步形成的共识。把所有专家的科学理论知识、实践经验知识及他们的智慧，通过综合、磨合和融合，从不同的层次、不同的方面和不同的角度去研究能力问题，就会获得全面的认识。从思维科学的角度来看，这个过程是以形象思维为主，是信息、知识和智慧的定性综合集成。

2. 定性定量相结合的综合集成

在定性综合集成的基础上，各个领域、学科的专家对体系能力发展的相关问题所提出经验性假设和判断已经进入了系统的框架之内。然而，这些假设与判断都是不确定的因素，必须通过科学的方法去检查核实它们的正确性。我们需要将体系能力发展的定性认识上升为定量的描述，这些定量的描述一般是体系能力间的关联及待发展的体系能力的一些评价性指标等。实现这一步转化的关键方法就是实现定性定量的综合集成。可以利用计算机对信息强大的处理能力和对大规模数据的高速运算能力,进行建模、实验、仿真,通过这些方法来完成定性到定量的转化。

在定性定量相结合的综合集成过程中,可以进行仿真实验测试一个经验性的假设和判断是否正确,从而得到对定性假设和判断的定量的描述,得到所需的定量信息,这个过程也不是一蹴而就的,需要多次循环反复,才能把专家的经验性认识、各种可能影响系统的因素反映到系统的仿真和实验中去,从而得到对问题的定量认识。

3. 从定性到定量的综合集成

专家们得出的关于体系能力发展的定性的假设和判断,在对问题的定性与定量相结合的综合集成基础上,已经转化为定量的认识。在此基础上,各个专家们需要进一步将这些定量的认识继续综合集成。到此为止,已经完整地完成了一轮从定性到定量的综合集成,可能已经完成了对问题的各个指标的认识,达成了共识,并经过实际的计算机仿真,达到预期的结果。但是,仅有一轮从定性到定量的综合集成,几乎是不可能达成正确认识的,或者仅是对其中的某几个指标发现过实验是符合要求的,而其他一部分则需要继续研究,这时就需要重新回到上一步的定性到定量相结合的综合集成。另一种情况是,各个讨论到此为止又发现了新的问题,发现了在第二步定性综合集成中没有发现的问题,此时又需要回到第二步,重新得到各个相关新问题的经验性假设和定性的判断,如仍有问题,继续回到前一步,再重复进行一次本集成过程,这个过程同样需要多次反复,每次反复都需要将专家们提出的修正意见和修正方案融进新的建议和方案中,通过人机交互、反复实验、逐次逼近,最终直到专家们能够从定量描述中验证和证明经验性假设和定性判断的正确性,最终获得满意的结论。

综合集成的分析过程如图 5.2 所示。

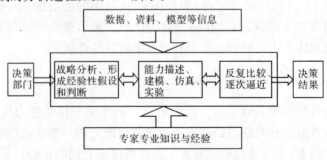

图 5.2　综合集成的分析过程

在钱学森所提出的综合集成研讨厅体系中,"从定性到定量"就是把专家的定性知识同模型的定量描述有机结合起来,实现定性知识和定量变量的相互转化。对于复杂巨系统问题,需要把各种分析方法、工具、模型、信息、经验和知识进行综合集成,构造出适合于问题的决策支持环境,以利于对复杂问题的解决。对于既有结构化的特点,又有非结构化的特点的问题,只有采取定性定量相结合的方式。"综合集成"是指集成系统的各种资源,建立提供决策支持的开放式系统,利用网络将专家知识及决策支持所需的数据库、模型库、方法库、知识库和问题库有机地连接成一个整体。"研讨"则是指分析问题人员的群体协同工作,充分利用定性定量模型和数据库等工具,实现人机的有机结合。

5.2.2　体系能力分析的综合集成研讨过程

复杂体系的能力与效能分析涉及多个学科领域,只有其中某一个领域的人员将无法进行体系能力与效能分析,这样,就需要不同知识背景的人员综合集成和交流协作。体系能力分析所涉及的知识领域非常广泛,而精通所有或大部分领域的知识的专家极少,只有具有不同知识背景的各类人员能力合作才能完成这项分析任务。因此,体系能力分析除了建立统一的分析机制外,其主要任务就是使所有代表利益相关者的专家能在一个统一的环境下进行有效的研讨。

体系能力分析是各利益相关者在综合考虑各种影响因素的基础上关于体系需要发展的能力达成共识。在研讨初期,专家对问题的认识还不是很深刻,思维是发散的,需要仔细收集来自各方面的数据、信息和知识,利用综合集成研讨厅中的工具将它们条理化和结构化,并形成初步想法;然后进入提案共识达成研讨环境,利用头脑风暴法,广泛交换意见,并借助提案共识提取可视化工具,达成提案共识。如果研讨目标还需达成决策性意见,则进入决策共识研讨环境,借助收敛型群思维工具和方法,如层次分析法、名义小组法、群体聚类法、电子表决器得出最终结论。在提案共识达成后、决策共识研讨开始前,专家可以异步直接调用连接到研讨厅的各种资源,如数据库、方法库、模型库等,以验证某些提案共识或假设。

一个完整的共识达成过程应该包括同步(讨论)—异步(分析)—同步(决策)三个阶段,如图 5.3 所示,其中,同步研讨阶段是群体智慧涌现的关键时期,同步(讨论)阶段主要达成提案共识,同步(决策)阶段主要达成决策共识。

(1) 同步(讨论)。这一阶段是专家就利益相关者所提出的能力进行初步讨论,主要任务是获得关于体系能力表述上的统一及建立体系能力分析的标准,对初始的体系能力进行整理,检查通过计算机完成的体系能力分类结果,认可其所生成的体系能力列表。同时,提出、讨论并确定研讨的任务及目标,明确研讨过程中专家的责任、义务及其他可能影响到体系能力分析的因素等。

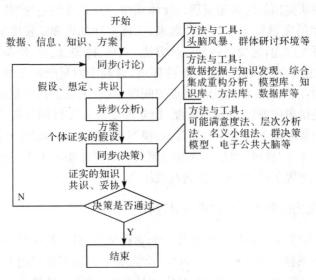

图 5.3　专家群体研讨过程

　　(2) 异步(分析)。这一阶段主要是基于同步(讨论)阶段所建立的体系能力分析标准对体系能力进行审核,从利益相关者所在领域或部门审核体系能力列表中的能力实现的可能程度。同时,考虑到集体利益下的个体利益实现,专家也应使利益相关者对发展体系能力列表中的能力达到一定的满意程度。最后,还应该对体系能力发展过程的敏感因素及风险等进行分析,以为下一阶段的决策提供参考。

　　(3) 同步(决策)。这一阶段是专家就体系能力的发展达成共识的群体决策过程,在共识达成的过程中,利益相关者在认识上或责任和权利分配上都可能存在一定的分歧。为成功实现决策并保证决策结果的有效执行,利益相关者在研讨过程中对自己的意见或方案都需要做出一定的调整,这也是一个专家博弈的过程,最终形成的体系能力发展方案是多方妥协的结果,尽可能获得研讨各方或利益相关者的广泛认可。

　　专家群体中,个体之间的互动是动态复杂的。只有通过专家群体某种组织下的互动,才能激发专家思考问题的个人能动性,使专家主动审视思考问题的模式,提高思维敏感度,创造新的对问题的认识,同时使专家个人的经验知识从隐式转化为显式浮现出来,从而不断丰富专家个人的知识,实现对复杂问题认识的自我超越,形成并不断扩大群体对问题认识的共同意义的汇集。通过某种互动充分发挥个人和群体创造性,是综合集成研讨厅体系充分发挥成员优势的要求,是理解群体智慧的关键。

　　研讨过程中,参与者毫不隐藏地摊出自己的假设和背后的推理过程,反思自已的思考过程,检验他人发言的假设和推理,并且鼓励别人也这样做,如此一来,习惯性防卫便无从发生作用,可以使参与者视彼此为真正的工作伙伴,在一个相互平等、信任、有十足安全感的反思开放的交互环境中,共享经验和心智模式,主动观察个人和群体对复杂问题的思维过程,增强思维敏感度,产生创新性的思维成果,凝聚群体的求真力量,创造性地扩大群体共同认识的汇集,涌现出群体智慧。群体智慧产生并存在于专家群体的有效互动过程中。因此,专家研讨过程是知识产生的过程,也是群体智慧不断涌现的过程。

5.3　体系能力需求分析模型

对体系能力进行分析,其主要目的是为了给生成体系能力发展方案提供体系的组分系统发展优先级列表及相关信息,是连接战略目标与发展方案的核心环节,是获得体系能力发展方案甚至构建体系的主要依据。

5.3.1　体系能力分析的核心要素

体系能力是由战略规划要求分解而成,在确定、选择及评估的时候必须考虑外部环境的各种因素的影响,即初始分解生成的能力是理想层面的,是不符合实际体系建设需要的,而分析的过程即为选择的决策过程,在这个过程中将根据各种影响因素的影响程度,通过权衡获得一些可供选择的体系能力,以便于根据具体实际选择最适合的能力。这个过程既是决策的过程,也是对分解的能力是否满足未来战略与体系两方面的需求的一种评估,最终提供给能力发展方案的体系能力是要能满足目标需要,还要符合实际需求。

1. 获得目标能力

体系能力按照其产生的时间可分为三种类型:一是现有能力,主要是指其组分系统的能力及其之间相互作用涌现的能力;二是规划中的能力,即在之间的某个时间节点已经列入体系发展的能力;三是待规划能力,即根据未来战略环境可能发生的变化对体系提出的需发展的新的能力。

待规划能力的生成更多的是考虑战略层次的目标需要,而对其他因素,如现有能力的水平、经费预算甚至其实现的可能性等,考虑相对较少。因此,对体系能力进行分析,首先根据现有能力和规划中的能力对待规划中的能力进行初选,删除重叠与冗余部分,获得供分析和选择的能力集合,即目标能力;其次是根据体系能力与任务及体系能力之间的映射或影响关系对目标能力进行整理分类,形成体系能力列表;最后是明确发展目标能力可能涉及的利益相关者,并从中选择部分人员构成体系能力分析的专家群体。

2. 审核目标能力

在目标能力中,体系现有能力和规划中的能力都是已经通过论证的能力,但在新一轮的体系能力分析中,它们仍需要面临新的审核。

(1) 根据战略调整的需要,它们中的一些能力的作用程度将发生变化,一些能力需要得到加强,而一些能力可能不再为新的体系发展所需要。

(2) 规划中的能力可能已经不适应新的战略环境的变化,其功能将为待规划的能力(即新的能力)所取代。

(3) 从体系的层面来看,现有能力、规划中的能力和待规划的能力将构成一个新的整体,它们之间的影响关系也将出现新的变化,现有能力和规划中的能力的原有平衡将被打破。

因此,从顶层设计和体系能力分析的角度来看,目标能力中的体系能力不管是待规划或已规划甚至是已具备,在目标能力的审核中,都应被视为新的能力。

审核目标能力主要包括以下两个方面的内容。

(1) 目标能力在发展和使用的过程中必然面临资源分配、经费预算及技术水平等各种约束,因此,其并不一定就能按照理想的时间节点实现。对目标能力进行审核,主要任务是审核其在现有条件及可以预见的环境约束下能否实现,按照其可能实现的程度对目标能力进行排序,对不可能实现的能力要论证其原因,如有必要或者其重要程度很高,则需要分析是否可以通过不同的能力组合替代它,从而满足战略目标对体系发展的要求。

(2) 尽管构成体系整体能力的单个能力或者单个能力组合可以独立运行和管理,但从体系所具有的整体系统性特征出发,不同能力之间的影响关系及不同能力进行组合,其最后所涌现出的体系整体能力程度是不一样的。因此,在体系能力分析中,对单个的能力进行审核或分析不具意义,其应从体系的整体出发,审核单个能力可完成的任务是否满足需要,审核单个能力对其他能力及单个能力对体系整体能力的影响程度。通过审核体系能力之间的影响关系及其与使命任务的映射关系,不仅可以为生成备选的能力组合提供参考,还可以避免集成体系能力时可能出现的能力重叠和冗余现象。

3. 选择目标能力

在各种主客观条件的约束下,目标能力难以达到既可实现又同时满足各利益相关者的需要的程度。因此,在对目标能力进行整理和评估的基础上,利益相关者还需要根据现实的需要对目标能力进行进一步的选择。在目标能力的选择过程中,利益相关者会根据整体需要、其他利益相关者的调整情况对自己的决定进行调整,使得最终形成体系能力发展方案的能力既可能按计划实现,又能获得利益相关者的普遍认可。同时,在目标能力的选择过程中,还需要明确各利益相关者的责任、权利及义务,最大程度保证体系发展方案的有效执行。

综上所述可知,完成体系能力分析需要解决以下几个关键问题。

(1) 新能力或目标能力都是利益相关者对未来战略目标的理解的一种定性认识。体系能力分析所涉及的利益相关者众多且复杂,其期望与约束的表现形式也就不尽相同。首先是对于体系能力的属性特征认识不一致,其次是表述上不一致,这些不一致必将对体系能力整理分析的顺利进行产生一定的阻碍。

(2) 不管是体系能力能否实现还是其是否满足利益相关者的需要,都缺乏统一的衡量标准。从利益相关者的角度出发,其对能力实现的可能程度及对个体或整体目标的满足程度也是一种模糊的认识。在缺乏统一衡量标准的情况下,对利益相关者的模糊认识进行量化是体系能力分析面临的难点问题,但也是对目标能力进行审核所不能回避的关键问题。

(3) 在目标能力的选择过程中,利益相关者总是期望在不影响体系整体利益的情况下谋求个体利益的最大化,利益相关者这种对个体利益的诉求对其他利益相关者之间也将产生一定的影响,利益相关者之间在不断说明对方的同时进行博弈。因此,为获得利益相关者的普遍认可,在不影响整体利益的前提下,目标能力的选择就应最大限度保障利益相关者的个体利益,即使利益相关者在能力的选择上对自己的方案调整程度最小,也要获得利益相关者妥协状态下关于目标能力选择的共识。

5.3.2　QFD 与体系能力分析

1. 质量功能展开(QFD)概述

QFD 是一种系统化的技术方法和管理方法,其基本思想是:在产品的开发过程中,所有的活动都是由顾客的需求、偏好和期望驱动的,从而使得产品达到顾客的需求。QFD 目前在制造业、工业、商业及军事领域得到了广泛应用,并取得很大的成效。

质量屋(house of quality,HOQ)的概念是由美国学者 Hauser 和 Clausing 在1988 年提出的,也称质量表(quality chart 或 quality table),是一种形象直观的二元矩阵展开图表。质量屋是建立 QFD 系统的基础工具,是 QFD 方法的精髓。典型的质量屋构成的框架形式和分析求解方法不仅可以用于新产品的开发过程,而且可以灵活运用于其他领域分析的整个过程。质量屋展开结构是 QFD 基本原理的核心,其蕴涵了 QFD 几个方面的思想,如面向顾客满意、比较优势、系统展开中的分解与综合等。QFD 方法中,通过质量屋这一直观、图形化的矩阵结构记录了产品开发过程中诸方面的重要信息,也可以将质量屋看做一种整理数据,并将数据转化成有效信息的方法,发现一些从前未被发现的问题。国外的研究文献甚至有直接称 QFD 为质量屋,由此可见,质量屋在 QFD 理论中的重要地位。

目前,QFD 发展比较成熟的有三种模式:①日本综合 QFD 模式。其是由质量展开和功能展开两大部分组成,具体包括质量展开、技术展开、成本展开和可靠性展开等 4 个部分。②ASI 模式。其与产品开发全过程的产品计划、产品设计、工艺计划和生产计划相对应,通过这 4 个阶段,顾客要求被逐步展开为设计要求、零件特性、工艺特性和生产要求,该模式的最大优点是有助于人们对 QFD 本质的理解,有助于理解上层的决策是如何影响下层的活动和资源配置。③GOAL/QPC模。该模式包括 30 个矩阵,涉及产品开发过程诸方面的信息,对于 QFD 系统中的各种活动提供了良好支持。GOAL/QPC 模式的缺点是使人们难以理解,其中,各种活动之间缺乏逻辑的联系,在应用上缺乏可操作性;其优点是比较适合复杂的系统和产品,比 ASI 模式具有更大的灵活性。

三种模式代表了 QFD 研究和实践的基本形式,它们之间既有联系又有区别。综合 QFD 模式是起源,而 ASI 和 GOAL/QPC 模式则是由此演变而来,这种演变是合理的,反映了东西文化的差异及 QFD 方法在具体应用中具有一定的灵活性。严格来讲,三种模式的本质是相同的,都采用了直观的矩阵展开框架。第二种模式中,最常用的模型为瀑布式分解模型,是将顾客需求逐步地分解展开,分别转换成产品的技术需求、零件特征、工艺特征,最终确定出产品质量控制方法,如图 5.4所示。

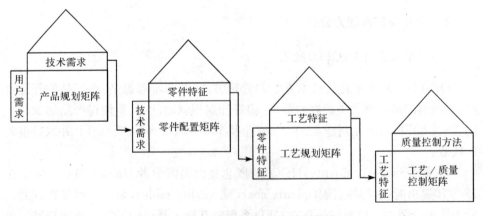

图 5.4　QFD 质量屋瀑布式分解模型

由 4 个质量屋矩阵组成的典型 QFD 瀑布式分解模型,将顾客需求分解、配置到产品开发的各个过程中,将顾客需求转换成产品开发过程具体的技术要求和质量控制要求,通过实现这些技术和质量控制的要求来满足顾客的需求,其运行步骤如下。

（1）获取需求。顾客需求是整个 QFD 分析过程最初的输入，也是最基本的输入。顾客需求的获取是 QFD 实施中最关键和最为困难的工作，包括确定顾客对象，采用各种先进的方法、手段和渠道搜集、分析和整理顾客的各种需求，并用数学的方式加以描述。

（2）将顾客需求转化成技术需求。采用质量屋矩阵的形式，建立产品规划矩阵将顾客需求逐步展开，分层地转换为产品的技术需求，如产品技术指标等，并根据顾客需求的竞争性评估和技术需求的竞争性评估确定各个技术需求的目标值。

（3）将技术需求转化成产品/零部件特性。将技术需求的目标值作为输入，建立零件配置矩阵进行产品的概念设计和初步设计及进行优选，然后基于优选出的产品整体设计方案，确定对产品整体组成有重要影响的关键部件/子系统及零件的技术特性。

（4）将产品/零部件特性转化成制造操作步骤。通过工艺规划矩阵，确定为保证实现关键产品特性和零部件特性所必须给以保证的关键工艺步骤及其特性，即明确关键工序，并确定其关键程度。

（5）将制造操作步骤转化成具体的操作/控制。通过工艺/质量控制矩阵，将关键零件特性所对应的关键工序及工艺参数转换为具体的操作，包括控制参数、控制点、样本容量及检验方法等。

总之，QFD 在产品开发中的作用是将顾客的需求转化为最终的产品质量开发目标，而体系能力分析则是一个将战略需求转化为能力发展的目标。两者具有很多的相似点：①面临的都是半结构或无结构化的决策问题；②都是由"顾客"需求决定"产品"的设计特点；③"顾客"的需求都是有层次的，随着设计的不断进展，需求不断具体化和明确化等，QFD 从"顾客"需求出发，切身考虑到"顾客"的需求，能更准确地反映体系的需求；④QFD 方法所提供的分析过程是动态的，能动态反映体系需求，使得体系能力的发展更能贴近实际需求。

2. 体系能力分析的 QFD 模型

根据 QFD 的基本思想，参照其在产品研制设计过程中质量屋瀑布式分解模型，为体系能力分析建立如图 5.5 所示的分析模型。

在该模型中，体系能力分析从战略需求开始，通过层层分解直到可表征能力发展方案的能力指标，最后根据具体的能力指标及其关系对能力发展方案进行比选，是一个自顶向下的分析决策过程。能力分析模型一般来说有 7 个层次，其中，最顶层的总战略需求是来源于组织的战略规划；战略层则是由组织的高层决策部门根据战略需求所提出明确的发展规划；任务层是由实现具体的战略规划所要完成的关键任务清单所组成；能力需求层则是由相关的"顾客"根据任务清单所获取

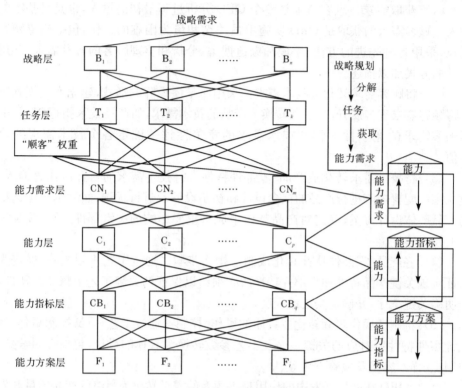

图 5.5　体系能力分析的 QFD 模型

到的能力需求组成;能力层是由能力需求所转化而成的能力组成;能力指标层是通过能力分解所得到的能力指标所组成,不过要注意的是,能力指标层根据具体情况有可能包含多个子层次,如两层或两层以上;能力方案层是整个分析过程的基础和最终目标,由所提供的能力发展备选方案构成。

　　针对不同的战略需求及其他相关的条件和约束,具体的体系能力分析模型会有所不同,必须根据具体情况进行改进,如某些针对特定关键任务的体系能力分析可直接从任务层开始,不用考虑总战略需求及战略使命需求层次。

5.3.3　基于 QFD 的体系能力分析模型的具体过程

　　根据 5.3.2 节中所建立的模型,基于 QFD 的体系能力分析是一个类似于产品规划的过程,其开始于来自组织战略规划的需求,通过分析分解将其转变成为具体的使命;然后针对具体使命的要求将其分解成相应的任务清单;再根据任务清单获取明确的能力需求,并在明确现有能力的基础上将能力需求转化成能力;之后将能力分解成具体的能力指标;最后根据所得到的能力指标与备选的能力发展方案之间进行决策分析,从总体上把握能力发展的基本方向,从而明确整个体系的建设和发展方向。

1. 战略规划到任务的分解及体系能力需求的获取

该阶段包括将战略规划分解为关键任务清单,以及根据任务清单获取相应的能力需求两个方面。

战略规划到任务的分解是对组织的战略规划,为体系相关人员提供具体的任务。首先,由相关人员根据现有的条件和约束及相应的战略目标要求来获取战略需求,一般来源于组织战略指南等,确定具体的战略规划目标;然后,应用相关的决策评价方法和手段,如专家调查法等,明确战略规划之间的关系,可根据各自相关关系程度赋值进行计算确定相关系数;最后,将战略规划分解到具体的任务,在分解过程中,要明确战略规划和任务之间的对应关系,并通过相关的方法和手段明确任务之间相对重要度排序。该工作一般由组织的相关战略部门或相关部门联合完成。

从任务清单中获取相应的能力需求的目的是作战人员根据任务清单为下面能力领域分析提供能力需求列表,该阶段在分析组织现行的体系基本情况的基础上,将所得到的任务清单作为输入,在进一步明确现有的能力的基础上结合能力的特性及其与任务清单的相对应的情况,评价现行体系的可行性、有效性,并考虑所面临的不确定因素,从而确定相应的能力需求列表,如图 5.6 所示。

首先,要根据具体的任务确定能力需求的获取范围,包括范围是否广泛,是否直接影响到最终的能力及体系结构等问题,一般由任务分析、组分系统活动分析、相关的组织关系分析等组成。然后,明确"顾客",这里的"顾客"一般为作战人员(任务的具体执行人员和指挥人员等),由于所处层次、职位及经验的不同,使其对同一任务的能力需求存在差异,要进行"顾客"分类及确定其相对权重。再次,在任务体系内分析和综合"顾客"所提出的能力需求,得到满足未来作战需要的能力需求体系,包括能力的选择、不确定因素的分析及对整个分析过程的可行性、有效性和风险评价。最后,结合组织发展报告中的相关内容,根据相关的知识、条件,以及可能的目标和价值,并结合作战空间、环境和可行性进行能力设计,得到最终的能力需求列表,这是整个能力分析的基础。

在该分析过程中,在同一任务和行动水平上对能力需求进行选择评价,考虑了任务环境的不确定性对能力需求的影响,并结合组织的现状,对可能的决策进行可行性、风险性、适用性分析,增加了对经济因素的考虑,达到资源配置最优化的目的。

2. 体系能力需求到体系能力的转化

在特定的时间节点下,体系能力存在满足、差距、缺失及冗余等 4 种状态,如

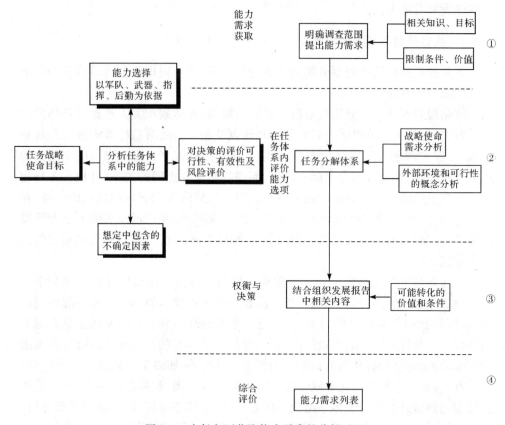

图 5.6　在任务下获取能力需求的分析过程

图 5.7 所示。其中,能力满足是指该能力刚好可以满足该时间节点对能力的需求;能力缺失是指原有的体系不存在该能力,即需要发展新的能力;能力差距是指原有的体系或组分系统存在该能力,但不能满足该时间节点对其的需求,需要进一步发展,这是最普遍的情况;能力冗余是指原有的体系或组分系统不仅存在该能力,而且远远满足时间节点对它的需求。后面三种情况都需要进行能力分析,其中,对能力冗余的分析与研究指的是在体系能力需求分析阶段利用能力所具有的抽象性和功能性通过能力集成进行消除,从而提出新的作战能力列表,而能力差距和能力缺失即通常所说的能力不足,是影响整个体系发展的短板,也是能力分析的主要内容。

　　体系能力需求转化成为体系能力,是根据具体任务的要求,提供满足特定时间节点上体系能力需求的能力发展优先级列表。首先,根据对上一阶段分析所提供的能力需求列表进行能力评估,利用 QFD 方法建立决策树等来比较分析能力需求与组织现有的体系能力,从而明确能力的差距、缺失和冗余等,得到初始能力

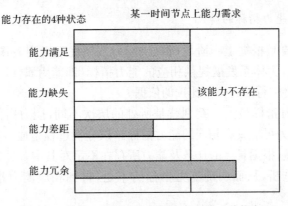

图 5.7　在某一时间节点上能力存在的 4 种状态

列表;然后,综合考虑其他相关的情况及影响因素,如竞争对手现行的能力状况、环境的不确定性等,都可以通过能力需求质量屋反映出来,对初始能力列表进行选择、约束分析及能力差距分析,从而明确在具体体系中不同能力间对于满足相应任务所存在的不足程度的差异;再利用相关的方法和工具,对能力的不足程度进行量化,并通过一定的处理分析得到能力需求优先级列表;最后,将能力需求转化成体系真正的能力,提出能力发展优先级列表,即根据能力差距分析的结果,对存在差距的能力进行分析,确定不同能力发展的优先顺序,从而明确能力发展的方向,如图 5.8 所示。

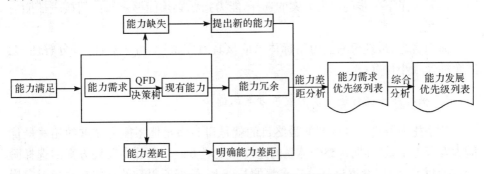

图 5.8　能力需求到能力的转化分析过程

　　根据现有的体系能力,将能力需求转化成体系真正的能力,得到最终的体系能力发展优先级列表,也是整个分析过程的关键所在。但要注意的是,目前就组织规划而言,能力的发展是具有时间节点的,如 2020 年要达到什么样的能力,以及该能力要发展到什么程度等,要在综合分析评价阶段考虑时间等因素的影响。

3. 能力到能力指标的转化

该阶段主要是根据上一阶段所提供能力发展优先级列表作为输入,经过分解、审核及排序,为体系发展提供相应的能力指标(即能力属性,也可以称为子能力)体系,是最终进行能力方案比选的依据。

能力和能力指标最大的差别就是所处的层次不同,能力指标受到能力的支配,且不同的能力可能具有相同的能力指标。该分析过程是通过建立能力——能力指标的质量屋,根据具体的任务及能力所存在不足对其中各种矩阵进行相关性及其他的关系分析,从而明确能力指标的不足,得到相应能力指标发展重要度列表。

还要注意的是,能力指标的处理过程中要遵循以下原则。

(1) 指标间应具有可比性,选取指标时应注意指标的范围、内涵,看它们是否处于并列的层次。否则,调整指标或分别进行比较。

(2) 相比较的指标过多会造成烦琐的两两比较。为便于进行分析比较,以及符合人们进行判断时的心理习惯,每一层次的指标不应超过 9 个,因此,当能力指标过多时,可先将其聚类,聚类中的指标分别对其总指标计算权重,并进一步算出对总目标的权重,只有总指标参加整个层次分析法的计算。

(3) 在 QFD 过程中,必须分析各级指标之间的关系(即相关性),它们的关系可分为强正相关、弱正相关、强负相关、弱负相关和不相关等。

(4) 为了下一步的能力方案的选择,能力指标必须能够直接或间接表征能力发展方案。

简而言之,最理想的能力指标体系应该具有完整性、可运算性、可分解性、无冗余性及极小性等。

4. 根据能力指标进行能力发展方案的选择

整个能力分析所要达到的最终目的就是得到满足体系能力需求的相对最优能力发展方案,从而明确整个体系的建设和发展方向。在能力发展方案的选择阶段,在对相应的质量屋进行分析求解的基础上,根据所得到的具体能力指标发展重要度列表对备选的能力发展方案进行决策分析,得到优化的能力发展方案,从而明确整个体系能力发展的方向。其主要任务是探索满足作战能力需求的体系合理建设方案,评估并确定体系需求实现方案中较优的一个,并推荐该方案,明确体系建设的重点项目、主要系统功能需求等。

体系能力分析中的能力方案的选择是根据所建立的特定能力指标体系,对消除能力需求分析得出的能力不足,分析评估可能的发展方案和体制、政策改革方案,所得到相应的体系能力发展备选方案进行选择,为以后的体系能力发展指明方向,同时,也是对能力发展的一种约束。

在上一阶段的能力——能力指标的分析过程,可知能力指标就是能力属性。因此,可以将根据能力指标进行能力发展方案的选择过程看成一个多属性的决策分析过程,如图 5.9 所示。

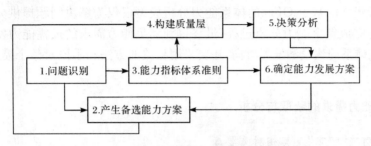

图 5.9　基于多属性的能力发展方案决策过程

根据多属性问题的决策过程,首先,要完整并清晰地识别进行能力发展方案选择所要解决的问题,只有解决真实存在的问题,才能为整个能力分析提供相应的支持,否则,只能造成不必要的浪费。在体系的能力分析中,问题的识别主要是由组织规划部门通过“圆桌会议”的形式完成,即由规划部门组织相关人员根据组织的战略规划并结合个体执行部门的实际需求和现实情况,通过多方了解和调研识别,提出能力分析需要解决的问题。一般来说,都是根据体系能力发展的目标,明确体系完成特定的任务需要的能力。然后,分析现状及所要达到的目标,提出相应的能力发展备选方案。能力发展备选方案的提出必须综合考虑各种影响因素,如现有资源及经济预算的约束、组分系统因素及其他因素等,而且为了更加全面和完整,方案应由相关领域不同专家提出,然后对方案进行比较和分析,得到相对较优的几个方案,一般在 5~9 个,这样,不仅可以降低在能力方案比选的工作量,还可以综合多个方案的优点使所得到的备选方案相对较优。

根据所得到的能力指标体系建立准则体系,并利用 QFD 方法在能力指标与能力发展方案间建立相应质量屋;再根据决策人员对各个方案的偏好情况,建立与对应的能力指标的偏好关系,并确定各能力指标的效用函数;采用合适的方法对方案进行整体评价并作出选择,最后根据能力指标进行能力发展方案比选,得到相对最优的能力发展方案,明确整个体系的发展的具体内容和方向。

综上所述,基于 QFD 的体系能力分析是一个自顶向下的分解过程,其中,每一阶段的输出都是下一阶段的输入,同样,其输入也来源于上一阶段的输出。同时,要根据实际情况建立相应的质量屋进行分析,对其计算要不断进行迭代和完善,并且要重视权衡研究。与单纯的 AHP 矩阵的区别在于所建立的质量屋矩阵要考虑同一层次元素之间的关系,更加真实地反映各元素之间的联系,符合体系能力分析的实质,满足"基于能力"的体系需求分析过程的要求。

5.4　体系能力需求分析模型的求解

在所建立的基于 QFD 的体系能力分析模型仅仅为解决问题提供分析框架,要想真正完成整个能力分析过程,最终得到满足能力需求的最优能力发展方案,从而明确体系的建设和发展方向,还要采用相关的方法和手段对整个模型进行求解分析。

5.4.1　能力需求的获取与分析

1. 明确"顾客"及其相对重要度

在能力需求获取过程中,首先要明确需求来源——"顾客",并确定各个"顾客"的相对重要度,然后通过各种调查方法和各种渠道准确而全面地搜集"顾客"需求,并进行汇集、分类和整理,最后将"顾客"相对重要度与其需求相结合,得到"顾客"需求的相对重要度。

在企业产品管理的应用过程中,QFD 中的"顾客"包括内部"顾客"和外部"顾客"。其中,外部"顾客"是指本企业的产品的消费者,企业不但要使他们对产品满意,还要让他们对产品的价值、用途、质量有着全面的认识;外部"顾客"则是指产品的制造、销售、售后服务等部门,他们的需求直接影响产品的生产效率、生产质量、生产成本及销售成本等因素。因此,对体系能力分析而言,"顾客"是指与体系发展相关的人员,但仅仅这样是远远不够的,还必须对其进行分类,因为在需求的获取过程中,不能对所有的"顾客"一视同仁。

在整个分析过程中,"顾客"之间的地位并不对等,因此,分类后还要明确各个"顾客"之间的相对重要度,这是一个定性分析定量化的问题。因为"顾客"之间谁比谁重要,这一般可以看得出来,但具体重要多少就很难度量。在 QFD 中,通常采用专家打分法、简单加权平均法、主成分分析法和层次分析法等进行定量化的计算。在能力分析中,为了避免单纯的专家打分法所出现的主观上的偏差,采用专家群体层次分析法,即专家调查法和层次分析法相结合,确定"顾客"相对重要度,其具体步骤如下。

(1) 确定专家,一般是在 5 个以上,他们对体系能力分析都有着深刻的理解,是相关领域的资深人士,并且各自的研究侧重点必须有所区别。

(2) 建立专家判断矩阵,根据所确定"顾客"的分类及专家的数目建立判断矩阵。假设"顾客"可分为 m 类,有 K 个专家,则需要建立 K 个判断矩阵,如下:

$$\begin{bmatrix} a_{11}^1 & a_{12}^1 & \cdots & a_{1m}^1 \\ a_{21}^1 & a_{22}^1 & \cdots & a_{2m}^1 \\ \vdots & \vdots & & \vdots \\ a_{m1}^1 & a_{m2}^1 & \cdots & a_{mm}^1 \end{bmatrix}, \begin{bmatrix} a_{11}^2 & a_{12}^2 & \cdots & a_{1m}^2 \\ a_{21}^2 & a_{22}^2 & \cdots & a_{2m}^2 \\ \vdots & \vdots & & \vdots \\ a_{m1}^2 & a_{m2}^2 & \cdots & a_{mm}^2 \end{bmatrix}, \cdots, \begin{bmatrix} a_{11}^k & a_{12}^k & \cdots & a_{1m}^k \\ a_{21}^k & a_{22}^k & \cdots & a_{2m}^k \\ \vdots & \vdots & & \vdots \\ a_{m1}^k & a_{m2}^k & \cdots & a_{mm}^k \end{bmatrix}$$

其中,判断矩阵中的元素一般采用 1～9 标度表示,其含义如表 5.1 所示。

表 5.1　重要性的 1～9 比例标度表

标度	含义	备注
1	两元素相比,具有同等的重要性	
3	两元素相比,前者比后者稍重要	
5	两元素相比,前者比后者明显重要	各自的倒数都具有类似的含义
7	两元素相比,前者比后者强烈重要	
9	两元素相比,前者比后者极端重要	
2,4,6,8	表示上述判断的中间值	

(3) 判断矩阵的分析。首先要判断一致性,当专家给出的判断矩阵一致性较差时,即对某两个或两个以上"顾客"相对重要度的判断差距较大时,就需要由专家对其重新协商和判断。当所有"顾客"的相对重要度系数给定后,就将专家的意见按下述方法进行综合。

(1) 对于"顾客"A_i 和"顾客"A_j,当 $i<j$ 时,取

$$a_{ij} = \frac{1}{K} \sum_{k=1}^{K} a_{ij}^k \quad (i=1,2,\cdots,m-1; j=1,2,\cdots,m) \tag{5.1}$$

即取各专家判断值的算术平均值。

(2) 对于"顾客"A_i 和"顾客"A_j,当 $i>j$ 时,取

$$a_{ij} = \frac{K}{\displaystyle\sum_{k=1}^{K} a_{ji}^k} = \frac{K}{\displaystyle\sum_{k=1}^{K} \frac{1}{a_{ij}^k}} \quad (i=1,2,\cdots,m; j=1,2,\cdots,m-1) \tag{5.2}$$

即取各专家判断值的调和平均数。

(3) 当 $i=j$ 时,取 $a_{ij}=1$。这样,就得到了综合 K 个专家的判断矩阵 $\boldsymbol{A} =$

$$\begin{bmatrix} a_{11} & a_{12} & \cdots & a_{1m} \\ a_{21} & a_{22} & \cdots & a_{2m} \\ \vdots & \vdots & & \vdots \\ a_{m1} & a_{m2} & \cdots & a_{mm} \end{bmatrix}$$,解 出 其 最 大 特 征 值 $\lambda_{\max}$ 及 其 对 应 的 特 征 向 量 $\boldsymbol{w} =$

$(w_1, w_2, \cdots, w_m)$,并对 $\boldsymbol{w} = (w_1, w_2, \cdots, w_m)$ 进行归一化处理,得到"顾客"相对重要度,最后应用层次分析法对其进行一致性判断,以保证在确定"顾客"权重过程中所有的分析和判断的一致性,如不一致,则需重复上述过程。本书采用和积法

计算最大特征根 λ_{max} 及其对应的特征向量 $\boldsymbol{W}$，其步骤如下。

（1）将判断矩阵每一列正规化。

$$\bar{a}_{ij} = \frac{a_{ij}}{\displaystyle\sum_{j=1}^{n} a_{ij}}, \quad i,j = 1,2,\cdots,n \tag{5.3}$$

（2）每一列经正规化后的判断矩阵按行相加。

$$\overline{W}_i = \sum_{j=1}^{n} \bar{a}_{ij}, \quad i,j = 1,2,\cdots,n \tag{5.4}$$

（3）对向量 $\overline{\boldsymbol{W}} = [\overline{W}_1, \overline{W}_2, \cdots, \overline{W}_n]^{\mathrm{T}}$ 归一化。

$$W_i = \frac{\overline{W}_i}{\displaystyle\sum_{j=1}^{n} \overline{W}_j}, \quad i,j = 1,2,\cdots,n \tag{5.5}$$

所得到的 $\boldsymbol{W} = [W_1, W_2, \cdots, W_n]^{\mathrm{T}}$ 即为所求特征向量。

（4）计算判断矩阵最大特征值 λ_{max}。

$$\lambda_{max} = \sum_{i=1}^{n} \frac{(\boldsymbol{AW})_i}{n\boldsymbol{W}_i} \tag{5.6}$$

式中，$(\boldsymbol{AW})_i$ 表示向量 $\boldsymbol{AW}$ 第 i 个分量。

（5）为确保因素 $A_1,\cdots,A_m$ 的权重排序的一致性，要检验矩阵的一致性。首先需要计算它的一致性指标 CI，即

$$\mathrm{CI} = \frac{\lambda_{max} - n}{n-1} \tag{5.7}$$

显然，当判断矩阵完全一致时，CI=0。$\lambda_{max} - n$ 越大，矩阵的一致性越差。为检验一致性，需将 CI 与平均随机一致性指标 RI（如表 5.2 所示）进行比较。对于 1,2 阶的判断矩阵，其检验结果总是一致的，对于 2 阶以上的，需计算判断矩阵的随机一致性比例 CR，即

$$\mathrm{CR} = \frac{\mathrm{CI}}{\mathrm{RI}} \tag{5.8}$$

当 CR<0.10 时，判断矩阵具有满意的一致性，即 $B_1,\cdots,B_n$ 的重要度排序是可靠的。

表 5.2　平均随机一致性指标 RI 表

矩阵阶数	1	2	3	4	5	6	7	8	9	10
RI	0	0	0.58	0.90	1.12	1.24	1.32	1.41	1.45	1.49

2. 体系能力需求的获取

"顾客"需求是 QFD 的出发点，同时，需求的获取也是 QFD 过程中最为关键

和困难的一步。作为顶层设计人员,其能力分析始于根据作战人员所提供的任务从"顾客"中获取能力需求。需求是一个模糊的概念,难以定量化,在 QFD 方法中,以质量需求树为依据,通过需求展开表获取需求,有效地定量分析"顾客"需求并把其应用到具体的分析过程中。

在基于 QFD 的体系能力分析中,能力需求的获取是整个分析过程的起点。首先,通过对现有体系能力进行分析,根据具体的任务,提出一系列相关的能力需求;然后,在具体任务与所提出能力需求之间设计相应的需求展开表,如图 5.10所示;再让相关的"顾客"对需求展开表进行分析并提交;最后,根据所提交的需求列表进行归纳分析,并反馈给"顾客"对其作进一步的明确,得到相关的能力需求。

顾客 1	能力需求 1	能力需求 2	......	能力需求 m		顾客 g	能力需求 1	能力需求 2	......	能力需求 m
作战任务 1	◎	△		△		作战任务 1	○			△
作战任务 2		○		◎	......	作战任务 2	△	○		◎
作战任务 3	△					作战任务 3	○			
......						......				
作战任务 k	△	◎				作战任务 k	○	◎		◎

注:◎、△、○表示作战任务与能力需求之间的关系;◎:△:○=9:3:1或5:3:1等,而空格则表示它们之间没有明显的关系。

图 5.10　能力需求获取的展开表

在能力需求的获取过程中,要注意归纳或作聚类分析,以免出现需求冗余等问题,可以根据需要决定是否采用亲密度表、树图或层次结构图等,最后形成一致意见,如存在较大的差异,则需再次作进一步的反馈分析。还要注意的是,"顾客"在表达需求的时候,用的更多的是如"重要"、"可靠性高"等符合语言习惯的模糊语言形式,要对其作一定的定量化处理。

3. 体系能力需求与体系能力的分析处理

能力需求与能力的分析处理是根据现有体系能力对所获取的能力需求进行比较分析,明确能力的不足和冗余等问题,将其转化成为真正所需要分析的能力,即能力列表,并与能力需求之间建立相关的质量屋进行分析求解,最终得到所要的能力发展优先级列表,如图 5.11 所示,其具体分析如下。

(1) 体系能力需求转化成体系能力,是将体系能力需求列表与现有的体系能力进行比较分析,明确产生缺失、差距及冗余的能力,一旦存在明显的能力冗余,根据能力的抽象性可通过能力集成对其进行消除,并提出新的能力列表重新进行比较评价,直到没有明显的能力冗余后建立能力不足初始列表,然后在现有的体系能力基础上,根据具体的任务,以及各种条件和约束作进一步的分析判断,得到

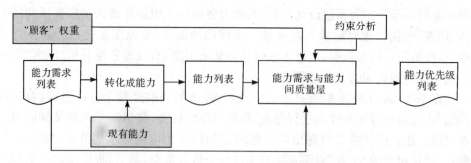

图 5.11　能力需求与能力的分析处理过程

明确的能力列表,即所要进行分析的能力列表。

(2) 针对基于 QFD 的体系能力分析模型及结合能力的特点,在体系能力需求列表、"顾客"权重及能力列表之间建立如图 5.12 所示的质量屋。

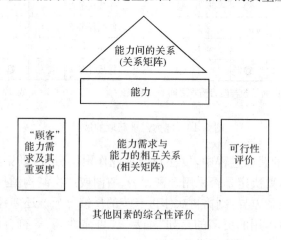

图 5.12　能力需求与能力的质量屋

(3) 采用相关的方法确定"顾客"能力需求的重要度。由于"顾客"需求之间彼此存在相互影响,一种能力需求的存在或者对另一种能力需求起着促进或阻碍作用。本书在对能力需求与能力的分析处理过程中,将能力需求和能力自相关中单一的"正负"关系发展成了"关系量化评定"的形式,将相关系数这一全面反映"个体与整体关系"的参数引入到了相应的计算当中,使得这样所得到的能力发展优先级更能全面地反映能力需求与能力之间乃至于能力需求与能力需求、能力与能力之间的关系。

首先,对能力需求进行相关性计算得到需求相关系数,即需求之间的相关关系;然后,计算各个能力需求重要度,在通过层次分析法建立相应的判断矩阵并计算出各个能力需求相对重要度(如表 5.3 所示)后,参照分析求解过程可计算得到

相应的"顾客"权重,再结合所得到的能力需求相关系数,利用式(5.9):

　　能力需求重要度＝"顾客"权重×对应能力需求相对重要度×需求相关数

$$(5.9)$$

计算得到各个能力需求的重要度。

表 5.3　打击能力需求的相对重要度计算

判断矩阵	毁伤能力	机动能力	信息能力	保障能力	权重 W	一致性检验
毁伤能力	1	1/2	1/3	2	0.4668	
机动能力	2	1	1/2	3	0.2776	$\lambda_{max}=4.031$
信息能力	3	2	1	4	0.1603	$CI=0.0115$
保障能力	1/2	1/3	1/4	1	0.0953	$CR=0.0129<0.1$

　　(4) 同理计算能力相关系数及能力需求与能力之间的量化值。根据能力需求及其所转化而成的能力列表,利用相关性计算及层次分析法计算能力相关系数和能力需求与能力之间的量化值,其中,能力需求与能力之间的量化值即为采用层次分析法对它们所建立的相关矩阵进行计算的结果。

　　(5) 明确能力发展优先级列表。在现有体系进行能力需求分析的基础上,确定不同能力的不足程度,将能力需求重要度、能力相关系数及能力需求与能力之间的量化值作为输入,利用式(5.10):

　　能力需求的重要度×能力需求与能力之间的量化值×能力相关系数

$$(5.10)$$

根据计算结果得到能力发展优先级列表。

　　(6) 结合体系的现状,对能力发展优先级列表进行可行性分析及其他方面的综合评价,如资源、技术等要素的约束等,使得能力发展优先级列表更加切实可行。

5.4.2　能力指标的求解分析

1. 能力指标的分析流程

　　能力指标是整个体系能力分析的基础,其分析流程如图 5.13 所示。

　　(1) 根据能力需求获取与分析的最终结果,对能力进行分解得到能力指标,并建立能力指标体系,然后根据能力指标体系的原则对其进行判断,如满足则继续,否则,要重新对能力进行分解和建立能力指标体系。

　　(2) 判断所建的能力指标体系的层次。若为单层,仅需要构建两两判断矩阵计算其相对权重;否则,要根据其层次的数量使用层次分析法,在单准则排序的基础上,计算各层次能力指标之间相对重要度,确定最低层能力指标相对于最顶层

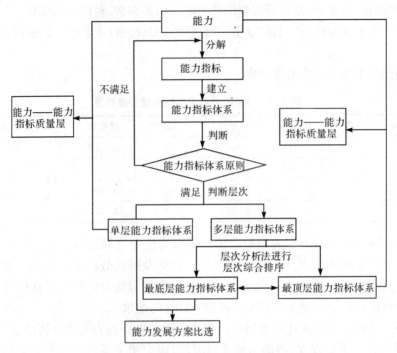

图 5.13　能力指标的分析流程图

能力指标的综合权重及进行综合判断一致性检验等。

（3）根据（2）中的结果，在单层的能力指标体系或者多层的能力指标体系的最顶层和能力之间构建质量屋。

（4）计算单层能力指标体系或者多层能力指标体系的最底层的绝对重要度作为输出，即能力方案比选的输入是进行能力发展方案决策的依据。

2. 能力指标体系的分析处理

能力转化成能力指标展开阶段，首要任务是根据能力需求的获取与分析的结果，对具体能力列表进行分解得到相应的能力指标，然后建立能力指标体系并对其进行分析研究。能力指标在整个能力分析中起着承上启下的重要作用，是能力分解的结果，也是进行能力方案比选的准则。

能力指标的多层次性及层次的不等性会大大增加整个能力分析的复杂程度。为了简化能力——能力指标分析过程，以及计算可行性，要对能力指标体系作以下分析处理。

（1）在某一具体的体系能力分析中，不同能力所分解得到的能力指标应该具有相同的分析层次，一旦层次不等，就应该通过增加虚拟能力指标使其相等。

（2）能力指标是由能力分解而来，其在数量上远大于能力的数量。因此，在能力指标相关性计算中，一次相关性计算往往不能满足要求或者计算太复杂，通常要进行二次相关性的计算。

假设某一能力分析中有能力 A、B、C，其中，能力 A 具有能力指标 A_1、A_2 和 A_3；能力 B 具有能力指标 B_1、B_2 和 B_3；能力 C 具有能力指标 C_1、C_2 和 C_3。

首先，确定各能力指标之间的相关分值；然后，计算每组内部的相关项之间相关程度，如 A、B 和 C 或 A_1、A_2 和 A_3 等，即在分组内部都进行一次独立的 QFD 相关分析，其计算过程同一次相关系数；再利用如下二次相关系数的计算式：

$$R_i = R_j^1 \times R_i^2 \tag{5.11}$$

式中，R_i 为第 i 项的相关系数；R_j^1 为所在第 j 组的一次相关系数；R_i^2 为第 i 项的二次相关系数。

计算出 9 个能力指标之间的相关系数，如图 5.14 所示。

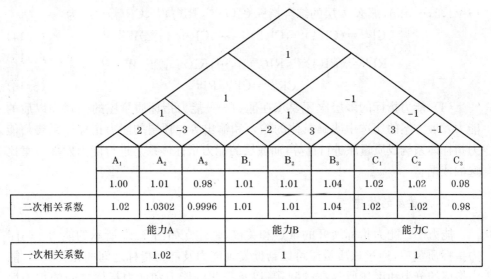

图 5.14　二次相关系数计算过程

在使用二次相关性计算中，为了使计算量最小，组数及每组包含相关项数目的确定应遵循下式：

$$m \times n = N, \quad m \approx n \tag{5.12}$$

式中，m 为分组数；n 为每组包含相关项数；N 为相关矩阵包含的所有相关项数。

（3）对于多层次的能力指标，必须要分清层次之间的关系，而且使用层次分析法计算时，不仅要计算同一层次中各能力指标的相对权重，还要计算层次与层次之间的相对权重，最终得到综合权重。

综合权重的计算是在计算出同一层次上各能力指标之间的相对权重后，进行如下计算。

① 若第 $k-1$ 层上有 n_{k-1} 个能力指标,第 k 层上有 n_k 个能力指标,则第 k 层上 n_k 个能力指标对第 $k-1$ 层上第 j 个能力指标为准则的排序权重向量可表示为: $\boldsymbol{P}_j^{(k)}=(p_{1j}^{(k)},p_{2j}^{(k)},\cdots,p_{n_kj}^{(k)})^{\mathrm{T}}$,其中,可设不受 j 支配的元素的权重为零。并令 $\boldsymbol{P}^{(k)}=(p_1^{(k)},p_2^{(k)},\cdots,p_{n_{k-1}}^{(k)})^{\mathrm{T}}$ 是一个 $n_k\times n_{k-1}$ 矩阵,表示 k 层上元素对 $k-1$ 层上各元素的排序,那么,k 层上元素对总目标的合成排序向量 $\boldsymbol{W}^{(k)}$ 为

$$\boldsymbol{W}^{(k)}=\boldsymbol{P}^{(k)}\boldsymbol{W}^{(k-1)}=(w_1^{(k)},w_2^{(k)},\wedge,w_{n_k}^{(k)})^{\mathrm{T}}=(p_1^{(k)},p_2^{(k)},\wedge p_{n_{k-1}}^{(k)})^{\mathrm{T}}\boldsymbol{W}^{(k-1)}$$

$$(5.13)$$

并且一般地,有 $\boldsymbol{W}^{(k)}=\boldsymbol{P}^{(k)}\boldsymbol{P}^{(k-1)}\wedge\boldsymbol{W}^{(2)}$,其中,$\boldsymbol{W}^{(2)}$ 是第二层上能力指标对能力的排序向量,对于单层次的能力指标体系,则只有 $\boldsymbol{W}^{(2)}$。

② 根据层次分析法中的一致性判断规则,求得以 $k-1$ 层上能力指标 j 为准则的一致性指标 $\mathrm{CI}(j)^{(k)}$、平均随即一致性指标 $\mathrm{KJ}(j)^{(k)}$ 及一致性比例 $\mathrm{CK}(j)^{(k)}$ $(j=1,2,\cdots,n_k)$,那么,k 层的综合指标 $\mathrm{CI}(j)^{(k)}$、$\mathrm{RI}(j)^{(k)}$、$\mathrm{CR}(j)^{(k)}$ 应为

$$\mathrm{CI}^{(k)}=(\mathrm{CI}(1)^{(k)},\mathrm{CI}(2)^{(k)},\cdots,\mathrm{CI}(n_{k-1})^{(k)})W^{(k-1)} \tag{5.14}$$

$$\mathrm{RI}^{(k)}=(\mathrm{RI}(1)^{(k)},\mathrm{RI}(2)^{(k)},\cdots,\mathrm{RI}(n_{k-1})^{(k)})W^{(k-1)} \tag{5.15}$$

$$\mathrm{CR}^{(k)}=\mathrm{CI}^{(k)}/\mathrm{RI}^{(k)} \tag{5.16}$$

(4) 能力指标的多层次还要求在能力——能力指标质量屋的构建和以后的能力发展方案的比选中明确具体的输入和输出等。顶层的能力指标体系要与能力指标体系构成质量屋进行计算,而底层的能力指标体系是进行能力发展方案比选的依据。

3. 质量屋的构建

能力——能力指标展开的重点和关键,是建立如图 5.15 所示的能力——能力指标质量屋,通过该质量屋可以帮助发现能力及能力指标之间的相关关系,能力指标的分类和度量所存在的问题,以及强化的能力和能力指标之间的相关性等。其具体含义如下。

(1) 能力。作为质量屋的输入,能力是来自能力需求的获取与分析及与现有能力进行比较分析的结果。

(2) 能力指标。即能力属性或子能力,受能力的支配,由相关人员根据能力进行分析分解得到。

(3) 能力发展重要度列表。即针对具体任务,在对现有体系能力分析的基础上,考虑各种相关的约束条件所得到的能力发展优先级列表,即明确能力不足程度的差异,明确体系的发展方向。

(4) 评价矩阵。通过对现有能力进行分析,包括可行性和经济性等,来评价

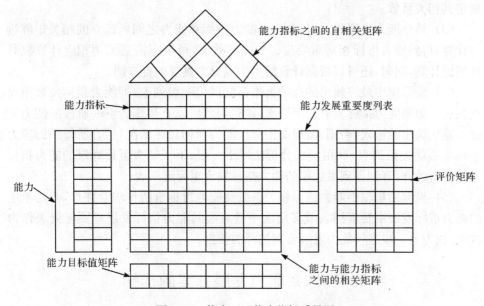

图 5.15　能力——能力指标质量屋

能力的发展方向,矩阵中应包括对现有能力所需的改进率及每个能力发展的优先顺序,还可以根据需要将其与组织外相关的能力发展情况进行比较,即能力的竞争性分析等。

(5) 能力与能力指标之间的相关矩阵。该矩阵中的数据表示能力指标对各个能力的贡献与影响程度,通常需要对某些度量进行定量化。

(6) 能力指标之间的自相关矩阵。用来表示能力指标之间的相互影响程度,即它们之间的自相关程度。

(7) 能力目标值矩阵。用来表示能力需求分析的结论,集中体现了质量屋各种因素对能力的影响结果。

4. 质量屋的求解分析

体系能力——能力指标质量屋的求解分析可借鉴对能力需求获取阶段的质量屋进行分析求解的过程,主要是通过对能力指标之间关系矩阵及能力与能力指标之间相关矩阵计算分析,最终得到能力指标发展优先级列表。要注意的是,由于能力指标的多层次性及数量增加,导致在计算量增加的同时,计算过程更为复杂。

(1) 来自能力需求获取与分析的结果(即能力发展优先级列表)及分解后能力指标是该质量屋的输入,而对于多层次的能力指标,输入的仅仅是最顶层的能力指标。

(2) 根据需要对输入的能力指标采用一次或二次相关性计算其相关性,从而确定其相关系数。

（3）结合能力发展优先级列表,对能力指标和能力之间所建立的相关矩阵进行计算,得到能力指标相对重要度。为提高效率,可根据需要采用相应计算机软件辅助计算,同时,还可以根据计算结果生成更为直观的直方图。

（4）质量屋中最终输出的是能力指标发展优先级列表,即能力指标发展重要度列表。如果能力指标只有一个层次,该列表就可以直接作为下一阶段的能力发展方案比选中的输入;否则,需根据多层次能力指标具体情况,结合所得到的能力指标发展优先级列表,利用层次分析法对下一层、下下层直至最底层的能力指标进行分析计算,直到得到最底层的能力指标发展重要度列表。

（5）根据质量屋中能力指标相关系数及能力目标价值作综合评价,并将单层的能力指标发展重要度列表或多层次中最底层的能力指标发展重要度列表作为输出,成为下一步进行能力发展方案选择的依据。

5.5　体系能力发展方案的选择

体系能力指标——体系能力方案是整个体系能力分析过程的最后一步,也是最终的决策过程。由于体系能力发展方案都是基于具体的能力指标体系,所以,可将其看做一个多属性的决策分析过程,采用逼近于理想解的排序（TOPSIS）方法进行决策分析,如图 5.16 所示。

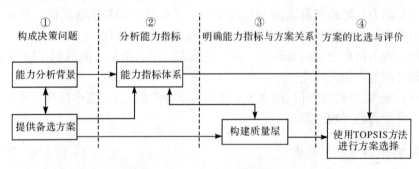

图 5.16　能力方案决策过程

（1）根据现行体系的具体背景及特定的战略目标等,为消除能力需求分析阶段所确定的能力不足等问题,提出相应的能力发展备选方案,一般在三个以上。能力发展方案,顾名思义就是能力未来的发展方向和指南,即发展何种能力及怎样发展。能力发展方案应该是比较具体的,具有明确的时间节点。

在体系能力分析中,都是针对具体的能力需求而提出相应的能力发展方案的。但要注意的是,能力发展方案的提出往往是在组织中不同部门进行的,由于各自考虑问题的角度及侧重点不一样,可能会出现很大的偏差,可以综合初始所提出的全部能力发展方案并对其进行综合评价分析,得到几个较为合理的发展方案,不仅降低了进行能力发展的选择决策工作量,最后还可得到较为满意的能力发展方案。

（2）根据体系能力——体系能力指标分析阶段的结果,将分析处理后的单层的能力指标发展重要度或多层中底层的能力指标发展重要度作为输入,再与能力发展方案之间建立相应的质量屋,从而明确它们之间的关系。

（3）采用 TOPSIS 方法进行能力方案的选择,得到满足需求的最优能力发展方案是整个分析阶段的重点。

体系所涉及的领域比较广泛,因此,在能力分析中很难准确描述能力发展方案中最佳状况及最差状态,但相关部门都可以根据各自的情况提出在某一时间节点的能力发展方案,包括组分系统发展方案及非组分系统发展方案。利用 TOPSIS 方法进行决策分析中的理想方案及负理想方案都来源于备选方案,不需要对体系能力的现状及其发展做出很详细的、精确的总结和分析,可大大降低体系需求工程在背景分析阶段中的工作量。

现有能力描述指标一般有三种运动方向:向上（值越高越好）、向下（值越低越好）和以某一固定值为最佳。都可假设其具有单调性,符合 TOPSIS 方法进行决策的先决条件,则可以采用 TOPSIS 方法进行能力方案的选择。

使用 TOPSIS 方法进行能力方案的选择比直接使用 QFD 质量屋进行求解还具有以下优势:首先,在选择能力发展方案时,不仅考虑与理想方案的距离,还考虑与负理想方案的距离,避免出现与理想方案距离最近的同时,可能与负理想方案的距离也很近。例如,在某一能力发展备选方案时,由于存在能力冗余而导致其距离理想方案的距离最近,如果不考虑其与负理想的距离的话,可能会选择该方案,但其肯定不是最佳或最满意的方案;而且使用 TOPSIS 方法进行能力方案比选可以直接采用来源于质量屋中输出的底层能力指标的重要度。

假设某一能力分析中,最底层的能力指标有 E_1、E_2、E_3、E_4、E_5、E_6,能力发展备选方案有 F_1、F_2、F_3、F_4、F_5,则采用 TOPSIS 方法进行能力方案选择的具体计算过程如下。

（1）根据各个能力发展备选方案与能力指标之间的关系,建立决策矩阵如下:

$$
\begin{array}{c}
\quad\quad E_1 \quad E_2 \quad E_3 \quad E_4 \quad E_5 \quad E_6 \\
\begin{array}{c} F_1 \\ F_2 \\ F_3 \\ F_4 \\ F_5 \end{array}
\begin{pmatrix}
r_{11} & r_{12} & r_{13} & r_{14} & r_{15} & r_{16} \\
r_{21} & r_{22} & r_{23} & r_{24} & r_{25} & r_{26} \\
r_{31} & r_{32} & r_{33} & r_{34} & r_{35} & r_{36} \\
r_{41} & r_{42} & r_{43} & r_{44} & r_{45} & r_{46} \\
r_{51} & r_{52} & r_{53} & r_{54} & r_{55} & r_{56}
\end{pmatrix}
\end{array}
$$

式中，r_{ij} 表示第 i 个能力发展备选方案关于第 j 个能力指标的发展情况，为了可比性，可采用无纲量的统一指标。

（2）构成规范决策矩阵，其中，矩阵中的元素 y_{ij} 为

$$y_{ij} = r_{ij} \Big/ \sqrt{\sum_{i=1}^{5} r_{ij}} \qquad (5.17)$$

（3）构成加权的规范决策矩阵，其中，矩阵中的元素 x_{ij} 为

$$x_{ij} = w_j * y_{ij} \qquad (5.18)$$

式中，w_j 是能力指标 E_j 的权重向量，来源于能力——能力指标分析阶段的结果。

（4）确定理想解和负理想解。

理想解：$x^+ = \max_{1 \leqslant i \leqslant 5} x_{ij} = \{x_1^+, x_2^+, x_3^+, x_4^+, x_5^+, x_6^+\}$

负理想：$x^- = \min_{1 \leqslant i \leqslant 5} x_{ij} = \{x_1^-, x_2^-, x_3^-, x_4^-, x_5^-, x_6^-\}$

（5）计算距离。

每个解到理想解的距离是

$$S_i^+ = \sqrt{\sum_{j=1}^{6} (x_{ij} - x_j^+)^2} \qquad (5.19)$$

每个解到负理想解的距离是

$$S_i^- = \sqrt{\sum_{j=1}^{6} (x_{ij} - x_j^-)^2} \qquad (5.20)$$

（6）计算每个解对理想解的相对接近度为

$$C_i^+ = S_i^- / (S_i^- + S_i^+), \quad 0 \leqslant C_i^+ \leqslant 1, \quad i = 1, 2, 3, 4, 5$$

（7）排列方案的优先次序。按照 C_i^+ 从大到小的顺序排列，排在前面的方案则为最优方案。

因为所涉及的能力指标较多，为了简化计算，可以将能力指标进行分类归纳处理。但为了更加科学，一般在选出相对最优的能力方案后，再以该方案为准，比较其他方案有没有比它优的地方，是否能改进，即进行第二次比较，产生新的能力方案，可以避免出现在能力方案提出时考虑不全的情况。通常，要重复这一循环三次左右，直至没有更多的改进或者生成新的能力方案，最终得到真正满意的能力方案。用 TOPSIS 方法进行能力方案的选择比直接使用 QFD 质量屋进行求解的优势在于：它的理想方案和负理想方案直接来源于备选方案，不需要对体系能力的现状及其发展作出很详细的、精确的总结。

第6章 体系需求管理技术

6.1 体系需求管理概述

6.1.1 需求管理的主要内容

需求管理是需求工程的重要组成部分,关于体系需求工程,在本书的第1章已经进行了详细的论述。作为需求工程的重要组成部分,需求管理的概念,不同的人在不同的时期、不同的环境下有着不同的理解。

Dean等认为需求管理是为系统的需求进行启发、组织、建档的系统方法,建立和维护客户与项目团队之间关于变更系统需求所达成的一致过程。

从过程的角度,Leszek定义需求管理是可以对系统需求进行引入、组织和文档化的方法与步骤,在客户和现实客户需求的软件项目之间达成共识,以便更好地控制分配的需求,使软件工程和管理活动能与分配的需求保持一致。

Matthias等将需求管理定义为对整个产品生命周期内需求的获取、分析、协调、版本和跟踪等信息的构造和管理。

Telelogic公司认为需求管理是系统地收集与沟通所有项目目标及保证这些目标,且仅仅是这些目标被完全与正确地满足的相关活动。

体系需求管理是体系发展需求工程的重要组成部分,主要是指维护在体系发展需求开发过程中形成的各类需求规格文档、数据、模型及视图产品。体系需求管理是体系发展需求工程的核心内容之一,为有效地管理体系需求提供方法、手段和工具,是体系结构优化和效能评估的基础。体系需求管理强调:①控制对需求变动;②控制单个需求和需求文档的版本情况;③管理需求之间的联系或单个需求和其他体系产品或元素之间的依赖关系;④跟踪和管理需求的状态;⑤确保体系发展与需求相一致。

体系需求管理的主要内容包括版本管理、需求跟踪、变更控制和需求状态跟踪。

在体系需求工程中,需求开发和需求管理既相对独立又互相联系。从需求工程的过程来看,需求管理是对需求开发产品的有效管理,是在需求开发过程结束后的管理活动。但是,体系建设周期长,需求开发分为多个阶段,每个阶段都有相应的需求产品,这需要对体系需求从最开始就实行有效的分阶段、分层次的管理。

因此,体系需求管理贯穿于体系需求发展的全过程。对于体系需求开发各个阶段形成的需求产品及相关的系统元素,应该借助于需求管理工具实行统一管理。图 6.1描述了体系需求管理的过程及与需求开发的关系。

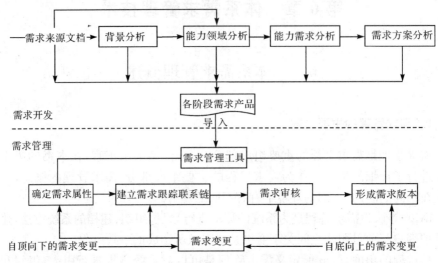

图 6.1　体系需求管理与需求开发的关系

需求管理的对象是需求开发各个阶段形成的需求文档、模型及相关数据。体系需求管理以后台数据库为核心,需求开发的产品存储在需求数据库中,在后台数据库的支持下,借助需求管理工具实现对需求的有效管理。

(1) 确定需求属性。需求属性标识了每一条需求的补充信息,使与单一需求相关联的信息能够被结构化。进行有效的需求管理首先必须完善需求的属性,为各属性类别赋予适当的值。在所定义的体系需求属性中,有的需求属性值在输入需求管理工具时被自动赋予,有的则需要需求管理者组织相关人员用适当的方法进行评估或计算后得出。

(2) 建立需求跟踪。需求跟踪联系链是维护需求之间、需求与体系元素和产品之间相互关系的必要手段,也是需求冲突分析、一致性检验和变更影响分析的基础。需求跟踪联系链可以定义各种需求及体系元素间一对一、一对多或多对多关系。建立需求跟踪就是根据需求之间或需求与其他元素之间的关系建立需求跟踪联系链和需求跟踪矩阵,并对需求跟踪进行及时维护和更新。通过一定的机制来提醒相关人员在需求完成或变更时更新跟踪联系链和跟踪矩阵。

(3) 需求审核。需求审核主要是审核小组对所开发的体系需求进行分析和评估,确定其状态值。需求审核小组由作战部门、体系论证部门和专家组联合组成,同时,应该有需求开发人员的参与。

(4) 形成需求版本。体系需求在经过审核并通过后,形成某个阶段的需求版本,并进行编号,某一版本中的需求将不能再进行修改。

（5）需求变更。对于体系需求,变更不可避免而且是频繁发生的,并且需求变更可能发生在需求生命周期的各个阶段,同时,需求变更的影响会波及其他需求或元素。因此,必须规范适当的变更控制流程和变更影响分析机制。例如,在需求变更比较集中的阶段,允许相关人员方便地修改需求,而在需求最终形成版本后,应该严格按照需求变更流程执行变更并全面分析变更影响。

需求管理的各个阶段并不都是严格按照先后顺序执行,而是在各个步骤之间不断反复迭代的过程。例如,需求属性的确定中,需求稳定性分析可能需要与需求相连的需求跟踪联系链数量作为分析的输入元素之一,这就要求在建立需求跟踪联系链后再确定需求的属性。需求的变更也会影响到需求管理的各个阶段,可能要求从某个阶段开始重新执行需求管理过程。

6.1.2 需求跟踪

1. 体系需求跟踪的概念

需求跟踪是软件项目需求管理中的重要内容,软件项目自身的两个特点决定了需求跟踪的必要性：①用户在项目的初期定义需求,因此,项目管理者在项目开发中必须使用检验与验证（V&V）的方法确保最终交付的产品能够满足用户的需求。②在系统开发中,需求往往是变化的,需求的变更导致许多阶段性产品受到影响。为了解决上述问题,要求对需求进行跟踪。

有关需求跟踪还没有一个统一的定义。在软件需求管理中,采用较多的定义是：需求跟踪联系链是指在项目的整个生命周期内,从正逆两个方向描述和追踪需求的能力。其他一些对需求跟踪的定义可能在描述上有所不同,但也主要采用了"从正逆两个方向"的思想。CMMI 提出为了更好地管理需求,可以将需求跟踪从源需求建立到下层需求,从下层需求跟踪到源需求。SWEBOK 提出需求应该能够向后追踪到需求及产生需求的利益相关者,向前追踪到需求及满足需求的设计实体。

许多系统开发的标准,如美国国防部标准 2167A 中对需求跟踪做了明确要求。在软件能力成熟度模型（CMM）中,软件开发组织要达到等级 3（即已定义级）,则必须具备需求跟踪的能力,在对组织进行评估时,需要考虑需求跟踪是否应用到设计和代码中,以及在测试阶段是否运用了需求跟踪。

对需求跟踪的研究主要集中在跟踪技术方面,而对跟踪过程的研究则相对较少。用于需求跟踪的基础技术有交叉应用方案、关键阶段依赖、需求跟踪矩阵、文本超链接及集成文档。不同的需求跟踪技术在可跟踪信息的数量和种类上各不相同,在处理需求变更带来的需求跟踪维护和更新的能力方面也有所差异。

　　商业需求管理工具,如 DOORS、Rational Requisite Pro 和 Serena RM 等提供了在两个元素之间建立跟踪链的功能,并将需求跟踪链存储在数据库中。需求跟踪链一端的元素发生变更时,可以将另一端的元素表示为可疑状态。但是,这些工具没有提供自动建立需求跟踪链的功能,需求跟踪仍然是一个需要人为完成的活动,其成本相当高,并且很容易出错。

　　Gotel 和 Finkelstein 阐述了由建立和维护需求跟踪的成本所引起的问题。因此,为了优化需求跟踪的费效比,研究人员针对减少需求跟踪成本提出了许多方法。总的来说,这些方法主要从两个思路出发:一是实现需求跟踪的自动化;二是基于价值的需求工程。在实现需求跟踪自动化方面,研究人员提出了许多自动建立需求跟踪的方法。Egyed 提出的跟踪/分析技术在对执行关键系统想定的跟踪日志进行分析的基础上自动获取需求跟踪链。基于规则的方法利用映射模式确定需求和以 XML 描述的 UML 对象模型之间的跟踪联系链。Cleland-Huang 等采用了基于事件的体系结构,通过"发布-订阅"关系来连接需求和需求源产品。以基于价值的思路研究需求跟踪的主要目的就是对不同的需求建立不同精度的跟踪联系链,从而提高需求跟踪的费效比。Heindl 和 Biffl 在需求优先级排序的基础上对建立需求跟踪的精度进行了区分,如优先级高的需求跟踪到代码层次,优先级低的需求只需跟踪到类的层次。从需求跟踪对各利益相关者的价值出发,Depaul 大学的 Zemont 提出了基于价值的需求跟踪模型。"基于价值"的思想为需求工程和需求管理提供了新的思路。

　　此外,研究人员还从不同的角度对需求跟踪进行了研究。Telelogic 公司的 Elizabeth、Hull、Jackson 就需求的可跟踪性问题,借鉴证据理论的思想,提出了一种需求的丰富可跟踪性。国内对需求跟踪的研究虽然才刚刚起步,但也取得了一系列成果,提出了一些有效的方法。武汉大学软件工程国家重点实验室针对需求可跟踪性的实现,提出了一种基于语义模型的方法,把从需求获取到编辑需求规格说明书的这样一个过程划分成若干阶段,并找出每一阶段的语义元素和联系。

　　需求跟踪是在项目的整个生命周期中,从正逆两个方面描述和追踪需求的能力。体系需求可跟踪性是一对一、一对多或多对多的关系。实现某种形式的可跟踪性的最简单的方法就是将两个需求语句联系起来。一般情况下,通过建立需求跟踪联系链或需求跟踪矩阵可以直观地实现需求的可跟踪性。

　　需求跟踪联系链保证了作战任务和背景文档,即需求源向前追踪到需求,确保没有关键需求遗漏;同样,也可以从需求回溯到需求源,确认每个需求的源头。需求跟踪联系链保证了体系需求向前追踪到体系结构产品,确保体系结构产品能够满足每个需求;同样,也可以从体系结构产品回溯到需求,明确每个产品存在的原因。体系需求具有层次性,需求之间的关系复杂,因此,在需求之间也存在类似的需求跟踪联系链,如图 6.2 所示。

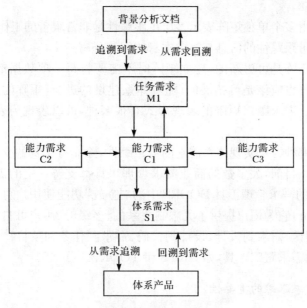

图 6.2　体系需求跟踪

　　需求跟踪矩阵是需求跟踪联系链的矩阵表示形式；通过需求跟踪矩阵可以更直观、更规范地反映一类需求同另一类需求之间及同类需求之间的关系。表 6.1 所示的是体系某类任务需求的需求跟踪矩阵，从表 6.1 中可以直观地对 M110 依赖于 M111 和 M113 的关联关系进行分析。

表 6.1　体系需求跟踪矩阵

	……	M110	M111	M112	M113	……
……						
M110			▲		▲	
M111				▲		
M112			▲			
M113		▲	▲			
……						

注：▲表示需求跟踪矩阵中对应的行元素和列元素之间存在跟踪关系。

　　但是，使用需求跟踪矩阵实现需求的可跟踪性时存在以下几个方面的问题。

　　（1）如果在两个方向上有大量语句，纸张或屏幕幅面会太小，不能显示足够信息。

　　（2）可跟踪性关系如果很稀疏的话，使得矩阵中的大多数格子是空的，浪费空间。

（3）研究由多个单独矩阵表示多层可跟踪性是非常艰苦的工作。

（4）有关可跟踪性的信息与需求本身的细节分离。

需求跟踪矩阵是可更新的，建立矩阵时不需要将每一项数据都获取，这也是不实际的。矩阵也应该是可拓展的，随着体系建设的进行，矩阵的某些数据项可能会发生变化。需求跟踪矩阵的表现形式有很多种，可以表现为表格、矩阵和矩阵集合等。

不管使用哪种方法实现体系需求的可跟踪性，除非有工具的支持，否则，可跟踪性很难维护。目前，大多数的商业需求管理工具都支持一定的需求跟踪功能。Telelogic 公司的需求管理工具 DOORS 中的"拖-放"功能使用户可以轻松地建立需求跟踪联系链，它为用户提供了无限制关系的、多级的、用户可自定制的跟踪能力，如需求到测试、需求到设计、设计到代码、需求到任务和项目计划到角色。此外，还有专业的需求跟踪工具，如 ARTS 和 TOOR。

2. 体系需求跟踪的重要性

需求的可跟踪性是体系需求管理的主要问题之一，也是体系需求工程研究的重点之一。由于体系需求数量巨大，相互之间关系复杂，并且每条需求的重要程度不尽相同，因此，建立体系需求跟踪需要投入大量的人力、物力和财力。其实，就体系需求跟踪本身来看，实现跟踪的成本相当高，并且没有太大的意义。体系需求跟踪的重要性在于它在体系需求工程中及体系开发过程中的应用，包括完整的变更影响分析、一致性检验、需求冲突分析及需求覆盖率分析等方面。就需求跟踪对需求变更影响分析的作用来看，完备的需求跟踪可以使需求变更带来的风险降至最低，需求跟踪联系链将体系需求联系起来，构成一个相互联系的整体，为体系需求变更影响提供了分析基础，使有效管理体系需求演化成为可能，确保最终的体系能够满足作战任务的需要。

既然需求跟踪必不可少，那么，就应该根据体系需求的特点，建立体系需求跟踪，使需求跟踪能满足后续应用的需要。

3. 体系需求跟踪面临的挑战

体系需求跟踪是体系需求管理的一项重要内容，也是一项工作量非常巨大但必不可少的工作。目前，有许多需求跟踪的方法、工具和步骤为如何建立和存储被需求跟踪提供了方法指导与技术支持。大多数工具致力于需求跟踪的自动化，但跟踪自动化相当复杂而且容易出错。此外，仅仅实现跟踪的自动化实际上并不能减少需求跟踪的工作量。一个主要的原因是这些需求跟踪方法没有对值得跟踪的需求和不值得跟踪的需求做出区分。体系需求数量巨大，若为每一条需求都建立相同程度和精度的需求跟踪,那么,建立需求跟踪的工作量和基于需求跟踪的变更影响分析工作量都是非常巨大的。

按照传统的建立需求跟踪的方法,在两个互相之间有关系的体系需求之间或需求与体系元素之间建立跟踪联系链,没有考虑需求和体系元素的价值,因此,建立的需求跟踪联系链也被认为是同等重要的。这种方法在建立一些规模较小、相互关系简单的系统需求跟踪时可能有效,但由于体系需求的特殊性,传统的跟踪方法在体系需求中则显现出以下问题。

(1) 体系需求数量巨大,层次结构明显。按传统的需求跟踪方法,需求跟踪联系链的数量随需求数量的增加成指数倍数增长,建立和维护需求跟踪联系链的工作量是不可想象的。

(2) 体系需求变更频繁,需求的变更影响通过跟踪联系链传播到其他需求和体系元素。传统的需求跟踪中,所有需求跟踪联系链都被认为是一样的,在数量巨大的体系需求中,需求变更影响范围难以界定,变更影响程度难以评估。

(3) 没有对哪些需求值得跟踪进行区分。按照这种需求跟踪方式,不能确定哪些需求需要重点关注,哪些需求跟踪联系链需要重点维护,给需求评审和需求跟踪维护带来了极大的困难。这主要是因为需求跟踪建立者和需求跟踪维护者很有可能不是同一组人员,导致需求跟踪维护者对这些同等重要的联系链难以理解。即使需求跟踪建立者和需求跟踪维护者是同一组人员,由于体系周期较长,在后期需求跟踪维护时,很有可能已经遗忘哪些需求和跟踪联系链是需要重点关注的。

在体系需求跟踪中,需要借鉴传统的、比较成熟的一些需求跟踪的基本原则和方法,但传统的需求跟踪方法不能完全适应体系需求跟踪的要求。因此,需要结合体系需求自身的特点,提出有效的需求跟踪策略,建立体系需求跟踪联系链,为体系需求的变更影响分析、一致性检验和需求冲突分析等提供良好的分析基础。为了在一定程度上解决上述问题,本书将"基于价值"的概念引入体系需求跟踪,提出基于价值的体系需求跟踪策略。

6.1.3　需求变更控制

目前,对于系统需求变更的研究主要是结合具体的问题域背景,从不同的角度和层次,采用相关领域中的成熟技术与方法对需求变更的有效控制进行研究。Wiegers 提供了变更管理过程中的不同模板。Kotoyna 将变更管理过程分为 3 个步骤:①问题分析和变更规范化描述;②变更分析,主要对变更影响及变更引起的费用和时间等因素进行分析;③变更执行。Lock 提出的变更管理过程包含了从创建变更请求到将变更后的软件交付给用户共 6 个步骤。Park 将变更管理过程分为 4 个步骤:①获取变更请求;②变更影响分析;③提供实现变更请求的可供选择方案;④执行变更请求。Ahn 和 Chong 认为需求管理的目的是在价值分析,考虑成本、工作量和风险的基础上用面向特征的需求跟踪联系链高效地处理需求变更请求。

尽管不同的研究人员对需求变更研究的出发点不同,提出的变更控制过程也有所不同,但变更影响分析作为需求变更管理的核心内容是共同关注的焦点。变更影响分析的方法也成为研究的重点,Lock 和 Kotoyna 在确定变更影响范围时引入变更概率,对变更影响的传播路径进行裁减。江苏大学杨鹤标等在需求依赖关系的基础上,提出了确定需求变更影响范围和影响评估的算法。复旦大学的吴桐等在可变粒度需求跟踪的机制上提出了从功能需求到测试用例的需求变更影响范围的捕获方法。

1. 体系需求变更的概念

软件工程中的需求变更是在需求基线确定以后,对基线中的需求项进行修改,其过程是软件需求工程中最复杂的过程之一。因此,可以将体系需求变更理解为在体系需求形成相对固定的版本后,由于各种原因导致需求内容的调整和修改。

体系需求变更分为“自顶向下”的需求变更和“自底向上”的需求变更。“自顶向下”的需求变更是指由于作战任务的调整导致任务需求的变化,向前追溯到与任务需求相关的能力需求的改变,最终导致为满足能力需求的体系结构的调整。“自顶向下”的需求变更也有可能在任务需求不变的情况下对能力需求进行调整,从能力需求开始实行自顶向下的变更。“自底向上”的需求变更是指在根据体系需求构建体系时,由于组成体系的系统单元的数量或功能发生变化等原因导致不能按原体系结构设计构建体系,从而可能影响上层的能力需求的实现,进而对整个体系需求产生影响。

2. 体系需求变更的特点

在体系建设的周期内,需求的变更是不可避免的,与一般项目的需求变更相比较,体系需求变更具有以下几个特点。

(1) 引起需求变更的原因更加复杂化。影响体系需求的因素的复杂性决定了需求变更原因的复杂性。体系需求变更受多种因素的影响,既有外因,又有内因,且往往这些因素之间盘根纠结,相互影响,关系十分复杂。可能是需求工程处理、设计或执行问题中的错误和曲解,也可能随着用户对体系认识不断深入而导致需求变更。通常情况下,体系需求变更是由于外部环境变化的结果。

(2) 变更影响范围更加广泛。体系需求之间或需求与其他元素之间通过需求跟踪联系链构成一个有机的整体。同样,需求变更的影响也通过需求跟踪联系链向其他需求和元素传播,导致变更影响的范围迅速扩大,很可能波及整个生命周期的各个阶段的产品。

(3) 变更影响程度难以评估。体系需求变更影响最终映射到体系结构产品上,变更影响评估的目的是确定需求发生变更对体系在满足未来作战任务的能力上的变化,为变更决策提供依据。用于一般信息系统的进度、费用等分析方法不能完全用于对体系影响程度的分析,从而使得变更影响程度难以准确地评估。

针对体系需求变更的特殊要求,应该借鉴现有软件需求变更和军事信息系统需求变更的管理方法,在此基础上,结合体系需求的特点,探索能够适合体系需求变更的一套理论和方法,更好地解决体系需求变更中的特殊问题。

3. 体系需求变更管理过程

在需求形成版本后,需求变更需要进行严格控制,制定规范的变更流程,每一个环节都要认真审核,确保所有需求变更都在控制之中。一个需求变更从申请到最后能否被执行需要经过一个较长的生命周期,变更请求相应也有不同的状态,图 6.3 表示了体系需求变更流程。

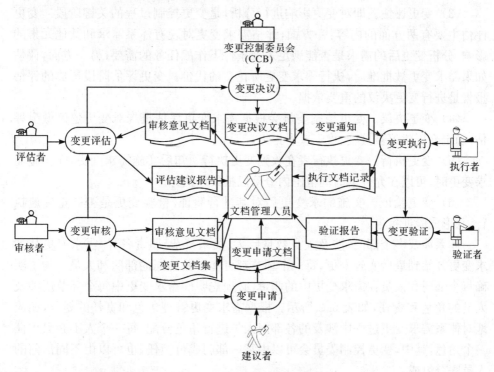

图 6.3　需求变更管理流程

　　(1) 变更申请。具有变更建议权限的部门或人员对体系需求提出变更建议，包括变更理由。变更建议人员可以针对某一条具体需求提出变更建议，如修改需求中某个参数的值，提出此类变更建议的人员一般是技术人员、专家组或是相关部门的参谋人员等，也可以对某个需求文档或模型提出宏观的修改意见，此类需求变更建议一般由负责体系建设的相关部门首长提出。

　　(2) 变更审核。对提交的变更建议进行初步的审核，确定其状态，审核通过的变更建议进入下一个处理流程，被推迟的变更建议返回到上一阶段，被拒绝的变更建议则可以删除或舍弃，如图 6.4 所示。

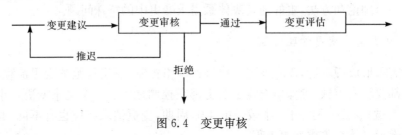

图 6.4　变更审核

　　(3) 变更评估。即对变更影响进行分析，是变更控制过程的关键阶段。变更评估主要有两方面的内容：一方面，评估需求变更对现有体系需求和其他元素的影响，分析变更后的需求是否能满足未来条件下作战任务的需要；另一方面，评估如果需求变更被批准后，执行需求变更所花费的代价。变更评估阶段形成的评估报告是进行变更决议的重要依据。

　　(4) 变更决议。变更控制委员会根据需求变更评估报告对变更建议做出评估，确定变更建议被接受、推迟或者拒绝。

　　(5) 变更执行。变更执行者在收到变更执行通知后实施需求变更，在实施需求变更时，可以在允许的时间范围内分阶段批量地执行。

　　(6) 变更验证。实施需求变更后对其进行验证，检验变更是否被正确地执行，并形成验证报告。

　　体系涉及多个部门，涉及人员数量巨大、关系复杂、职责各异，需求变更从请求变更开始到最后实施变更，每一个环节都可能涉及不同的部门和人员。为了明确每个部门和人员在需求变更中的职责，必须先明确需求变更中每个环节所涉及人员的角色和责任，如表 6.2 所示。根据需求变更管理角色和责任的划分，相应地对体系需求变更过程中涉及的各部门人员进行角色分配，每一个人不必只担任一个角色，其中，变更控制委员会可以由某一部门成员担任，也可以由不同部门的人员联合组成。

表 6.2　需求变更管理角色和责任划分

角色	角色描述及职责
建议者	提交请求变更的人员
审核者	对变更请求进行初步审核
评估者	分析或建议需求变更带来的影响
变更控制委员会	根据评估建议讨论变更决议,决定采纳或拒绝所建议的变更请求
变更控制委员会主席	在变更控制委员会不一致的情况下,可以独自做出决定
执行者	执行已被变更控制委员会采纳的需求变更
验证者	负责验证变更时候正确执行
文档管理人员	负责变更请求的接收、转发、保存和分发

6.1.4　需求版本管理

需求版本的混乱会造成开发者的工作徒劳无功,原因是开发人员没有得到最新的软件需求,如果没有很好的需求文档版本管理,会造成诸如此类的资源浪费。

需求文档版本控制是需求管理的一个必要方面。做好需求文档版本控制,必须保证如下几点。

(1) 统一需求文档的每一个版本,保证每个人员都能得到当前的需求版本。

(2) 清楚地将变更写成文档,并及时通知到项目开发所涉及的人员。

(3) 尽量减少困惑、冲突、误传,应只允许指定的人来更新需求文档。

简单地说,需求文档的版本控制就是保证人人得到的是最新的需求文档和记录需求的历史版本。

版本控制最简单的方法是每一个公布的需求文档应该包括一个修正版本的历史情况,即已作出变更的内容、变更日期、变更人的姓名及变更的原因,并根据标准约定手工标记软件需求规格说明的每一次修改。

如果可以采用专门的需求管理商业工具,但使用工具不当的话,也不会提高生产率。因此,软件组织要根据自身的特点摸索出最适合的管理方法或工具。

6.1.5　需求状态管理

1. 需求的属性

除了描述需求要实现功能的文本内容以外,需求还有一些相关的属性,这些属性的定义及更新是需求管理的重要内容,需求的属性为需求提供了背景资料和上下文关系,对于大型软件项目尤为重要。需求要考虑的属性如下:①需求的创建时间;②需求的版本;③需求的创建者;④需求的批准者;⑤需求状态;⑥需求的原因或根据;⑦需求涉及的子系统;⑧需求涉及的产品版本;⑨需求的验证方法或测试标准;⑩需求的优先级;⑪需求的稳定性。

2. 需求的状态

需求状态是需求的一项重要属性,在整个软件开发过程中,跟踪需求的状态是需求管理的一个重要方面。

何谓需求状态? 顾名思义,状态是一种事物或实体在某一个时间点或某一阶段的情况的反映。需求状态是指某时间点需求的一种情况反映。建立需求状态是为了表示需求的各种不同情况。客户的需求可分为如下 4 种情况。

(1) 客户可以明确且清楚地提出的需求。

(2) 客户知道需要做些什么,但却不能确定的需求。

(3) 需求可以由客户得出,但需求的业务不明确,还需要等待外部信息。

(4) 客户本身也说不清楚的需求。

对于这些需求,在开发进展的过程中,有的可能要取消,有的可能因为不明确而后延,进而有可能被取消。需要与客户沟通或确认的需求有两种情况:其一是确认双方达成共识;其二是还需要再进一步的沟通。

根据对需求的不同处理,可把需求状态分为以下 8 种。

(1) 已建议。需求已经被有权提出需求的人所建议。

(2) 已批准。需求已经被分析,估计了其对项目其余部分的影响;已经用确定的产品版本号或创建编号分配到相关的基线中,软件开发团队已经同意实现它。

(3) 已拒绝。需求已经有人提出,但被拒绝了。拒绝的需求被列出的目的是因为它有可能被再次提出。

(4) 已设计。已经完成了需求的设计和评审。

(5) 已实现。已经完成了需求功能代码的设计、编写和单元测试。

(6) 已验证。已经用某种方法验证了实现的需求,需求能够达到预期的效果,此时,认为需求已经完成。

(7) 已交付。需求完成后,已经交付用户进行使用。

(8) 已删除。计划的需求已经从基线中删除。

在整个软件开发过程中,跟踪每个需求的状态是需求管理的一个重要方面。周期性的报告需求的各状态类别在整个需求中所占的百分比将会改进项目的监控工作。跟踪需求状态必须要有清晰的要求,且指定了允许修改状态信息的人员和每个状态变更应满足的条件。

6.1.6　体系需求管理的主要特点

体系需求具有明显的层次结构。按照自顶向下的需求获取模式,体系需求分为任务需求、能力需求和体系需求。图 6.5 显示了体系需求层次结构。

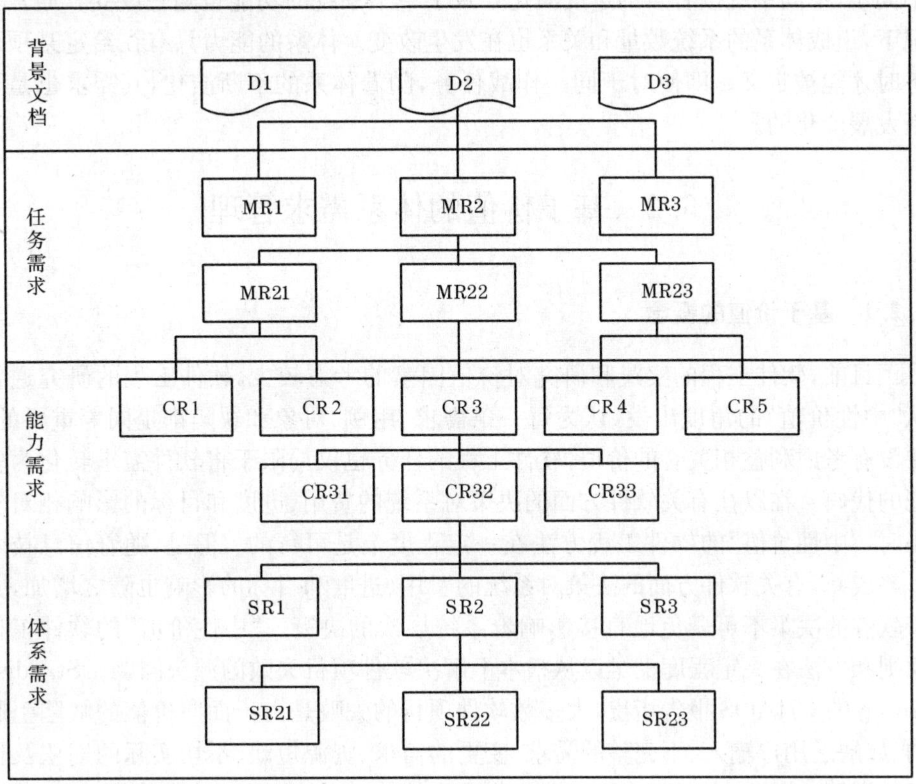

图 6.5　体系需求层次结构

　　体系需求与一般系统需求相比有以下特点。

　　(1) 影响体系需求的因素更为繁多。与一般系统需求相比,影响体系需求的因素更加繁多,包括外部环境和体系自身等方面的一系列影响因素,从而导致体系需求的变更更加频繁。

　　(2) 体系需求产品的组成更加复杂。对体系而言,需求规模十分庞大,仅用需求规格说明书无法详尽地描述需求,其需求开发的结果应该有体系框架和范围文档、视图产品、用例文档、需求规格说明书及相关分析模型。构成需求产品的这些元素之间的关系错综复杂。

　　(3) 体系需求难以定义和描述。组成体系的单个系统具有一定的独立性,能够在不与其他系统交互的情况下实现一定的作战功能。每个单个系统都对自己独立的作战能力定义了需求。单个系统可能属于不同的管理部门,但体系不属于某个组织,因此,体系需求没有明确的用户负责定义和开发。只有当特定作战任务需要体系中一系列系统提供某些能力时,体系需求才能被描述。

（4）体系需求不断地演化发展。体系需求开发时间周期较长，演化和升级并不同步，不同系统按各自的进度演化导致了单个系统的功能也随之改变。通常情况下，组成体系的系统数量和关系也在发生改变。体系的能力只有在给定某项任务时才能被定义。即使对于同一作战任务，随着体系的不断演化，其需求也是不断发展变化的。

6.2　基于价值的体系需求管理

6.2.1　基于价值的概念

目前，软件工程的实践和研究对价值因素的考虑较少，软件工程的研究通常从"中性价值"的角度出发，认为每一条需求、用例、对象和缺陷都是同等重要的，并没有考虑利益相关者的价值，软件工程的任务也仅局限于将软件需求转化为验证的代码。在以往有关软件方面的决策对系统的费用、进度和目标的影响相对较小时，"中性价值"的软件工程方法在一定程度上是可行的。但是，随着信息技术日趋成熟，有关软件方面的决策对系统的费用、进度和目标的影响也随之增加，关于软件的决策不可避免地直接影响着系统层次的决策。"中性价值"的软件工程原则和方法在一定程度上难以从根本上解决软件项目失败的源头问题。Standish Group 的 CHAOS 报告指出，大多数软件项目的失败是由于面向价值的缺陷引起的，如缺乏用户输入、不完整的需求、变更的需求、资源短缺、不切实际的期望及目标模糊等。因此，有必要将价值因素集成到软件工程的原则和实践当中。

从软件工程近几年的发展看，将面向价值的方法集成到软件工程中已经取得了一定的进展，其在用户工程、成本评估、软件经济、软件投资分析和软件工程规范等领域中都有一定的应用。然而，这些应用都被认为是软件工程单个方面的扩展。

针对传统的软件工程过程的不足，人们提出了基于价值的软件工程。基于价值的软件工程方法是将对价值的考虑集成到现有的和将来的软件工程原则与实践中，建立一个软件工程各部分能相互促进的整体框架。基于价值的软件工程主要应用于以下几个方面。

（1）基于价值的需求工程。包括确认对软件项目成功起关键作用的利益相关者的原则和方法；获取他们对系统各个方面的价值建议；将获取的价值建议进行协调，形成各利益相关者相互满意的系统目标。

（2）基于价值的体系结构。进一步协调系统目标，得到可行的体系结构解决方案。

（3）基于价值的设计和开发。包括确保系统目标实现的技术和系统设计、开发所继承的价值考虑。

（4）基于价值的验证和确认。包括验证和确认软件解决方案是否满足价值目标的技术，以及对所验证和确认任务进行优先级排序的流程。

（5）基于价值的规划和控制。扩展传统的费用、进度、产品规划和控制技术的原则和方法，包括对向利益相关者交付的价值产品的规划和控制。

（6）基于价值的风险管理。包括风险确认、分析、优先级排序和缓解风险的原则和方法。

（7）基于价值的质量管理和人员管理。

（8）未来软件工程可能面临挑战的各个领域中基于价值的原则和方法。

Beohm 将构成基于价值的软件工程的基础划分为如下 7 个基本要素：①利益实现分析；②利益相关者价值建议获取和协调；③业务案例分析；④连续风险和机会管理；⑤协同系统和软件工程；⑥基于价值的监控；⑦机会变更。

基于价值的需求工程作为基于价值的软件工程的一个方面，主要是指确定关键利益相关者的实践和原则，并且不断地将他们的需要与系统的功能性相匹配，最终形成各利益相关者都相互满意的目标。通过基于价值的需求工程的参考框架，需求工程被认为是一个反映系统各个利益相关者共同认可的目标的活动实体。需求跟踪作为项目整个生命周期中追踪和管理需求的机制，必须结合项目的背景提供一定的价值，而不是作为一个孤立的、单纯的跟踪活动存在，这就避免了从"中性价值"的角度分析需求跟踪，但这仅仅说明了需求跟踪可以为不同的组织提供价值，并没有分析这种价值通过什么样的方式实现。DePual 大学的 Zoment 根据基于价值的软件工程的 7 个基本要素提出了基于价值的需求跟踪的框架。

6.2.2　基于价值的体系需求跟踪策略

1. "基于价值"思想的引入

由于受到多方面因素的影响，体系需求不断变更，为了确保体系发展能够满足作战任务的要求，必须对体系需求的整个生命周期进行跟踪，建立需求与需求之间及需求与各阶段的产品之间的联系，有效地控制体系需求变更。

体系需求数量巨大，层次结构明显，关系复杂，使得建立需求跟踪联系链和需求变更影响分析变得非常困难。按照传统的"中性价值"的软件工程和需求工程的方法，认为所有需求和系统产品都是同等重要的，那么，需求跟踪联系链的数量随需求数量的增加成指数倍数增长，需求变更影响范围通过需求跟踪联系链迅速扩大。而用于体系建设的资源有限，建立和维护大量的需求跟踪联系链与进行大范围的需求变更影响评估耗费的成本巨大，其中，更为突出的问题是这些大量的需求和跟踪联系链中，对利益相关者而言，并不能区分哪些需求是关键的，哪些需求跟踪联系链是重要的,需要重点关注和维护。

因此,可以借鉴"基于价值"的软件工程和需求工程的思想,不再以传统的"中性价值"的角度来考虑体系需求管理,而是将对价值的考虑融入到体系需求管理的各项活动中。"基于价值"的需求工程涵盖的内容广泛,需求工程的各个阶段和涉及的各类元素都引入了从利益相关者出发的价值考虑。本书主要在体系需求管理中的需求跟踪和需求变更影响分析的研究中,考虑需求的价值,对需求的价值进行区分,非常重要的需求必须被重点关注和跟踪,一般的需求在其关注程度上可以适当减少投入的工作量。这样,就可以将具有较大价值的需求标识出来,在需求跟踪时建立详细的需求跟踪联系链,变更影响分析时给予重点关注。

2. 体系需求的价值

在体系需求开发过程中,每一条需求的产生都是面向一定的任务,具有一定的背景,换言之,每条需求都有其产生的理由。在数量众多的体系需求中,每条需求在对满足未来条件下的任务而言,都起到了一定的作用,但由于不同任务的重要程度各不相同,实现相关需求的能力也受到现阶段或未来一段时期用于体系建设的资源及其他条件的制约,加之影响需求的因素也各不相同,因此,体系需求在各个方面都存在不同程度的差异。体系涉及不同的部门和人员角色,各利益相关者从不同的角度出发,对需求的关注点也就不同。

因此,在体系需求管理过程中,必须从不同的利益相关者的角度来考虑需求的价值。本书从三个主要的方面去理解体系需求的价值,即要衡量一个体系需求的价值,必须考虑以下三个方面的内容。

(1) 需求的重要性。任务需求相对于特定作战任务或下层需求相对于上层需求的重要性。

(2) 需求的风险性。体系需求在今后一段时期内发生变更的可能性。

(3) 实现需求的难度。主要考虑各方面因素对实现体系需求的制约。

本书所论述的体系需求的价值是置于一定背景下,针对特定的作战任务或上层需求而言的,离开特定的背景支持来讨论需求的价值没有太大的意义。

3. 基于价值的体系需求跟踪概述

体系需求跟踪是一项工作量巨大但又必不可少的工作,但需求跟踪的工作量和需求跟踪的重要性可以根据一些参数进行裁减和衡量。

(1) 跟踪联系链的数量。需要跟踪的体系需求和体系元素越多,需要建立的需求跟踪联系链的数量就越多,并且成指数倍数增长。

(2) 需求跟踪的精度。例如,从能力需要到体系结构产品的跟踪可以分为到体系结构、单个系统和实体的跟踪,跟踪到单个系统比跟踪到体系结构的精度高,同时,工作量也大得多。

（3）跟踪联系链所关联的需求或体系元素的复杂度。如果体系结构的组成相当复杂,那么,跟踪到下层系统的价值就比跟踪到上层体系结构的价值大得多。

因此,可以对体系需求和体系元素进行价值评估,确定其价值等级。价值等级高的需求被重点关注,建立精度较高的需求跟踪联系链;价值等级较低的需求可以建立精度较低的需求跟踪联系链,甚至可以不建立联系链。根据需求价值等级建立需求跟踪联系链后,可以确定哪些跟踪联系链比较重要,如需求跟踪联系链所关联的两个需求或体系元素都具有较高的价值等级,那么,该需求跟踪联系链的重要性较高,需要在需求跟踪维护和需求变更影响分析时重点维护与关注。这样,就可以通过基于价值的需求跟踪对体系需求、体系元素和需求跟踪联系链从价值和重要性上做出区分,便于对体系需求进行有重点地管理。

基于价值的体系需求跟踪的目标是在需求价值评估的基础上建立需求跟踪,从而确定哪些需求跟踪更为重要,使得在减少需求跟踪工作量、节约需求跟踪成本的同时,使需求跟踪能够有效地描述体系需求之间的关系,通过基于价值的需求跟踪,能够满足体系需求变更影响分析的要求。

图 6.6 显示了基于价值的体系需求跟踪的过程活动,由 4 个步骤组成:①需求价值评估;②需求跟踪联系链建立;③需求可跟踪性分析;④需求价值和跟踪调整。

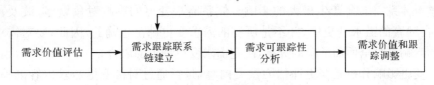

图 6.6　基于价值的需求跟踪过程

（1）需求价值评估。首先将体系需求评价指标进行等级量化,确定所评估的需求,根据需求的利益相关者确定评价小组,各评价小组从重要性、风险性和实现需求的难度等方面的评价指标对体系需求进行评估,最后根据需求的价值确定需求的价值等级。需求价值评估是整个基于价值的需求跟踪的基础。

（2）需求跟踪联系链建立。根据定义的不同价值等级需求的跟踪联系链建立方案,建立需求之间或需求与满足需求的体系结构产品之间的需求跟踪联系链和需求跟踪矩阵。

（3）需求可跟踪性分析。建立需求跟踪联系链后,对其重要性及需求可跟踪性指标进行统计和分析,确定哪些需求在可跟踪性指标上比较突出,需要重点关注和分析。对需求跟踪指标进行统计分析后,形成重点关注的需求列表,将这些需求与价值等级高的需求进行比较,分析两者数量和范围上的一致性。

（4）需求价值和跟踪调整。若在上一步骤中比较分析的结果有显著差异，说明需求价值评估或需求跟踪联系链建立时可能存在某些方面的不足，需要进行适当的调整。

基于价值的体系需求跟踪是一个多次迭代的过程。由于体系需求本身的复杂性，加之各需求评价小组的出发点不同，使得体系需求很难一次性地被正确评估。因此，必须在客观评估需求各指标的基础上，经过各评价小组多次、综合的评价，通过不断调整需求价值和需求跟踪，使得基于价值的体系需求跟踪合理有效。

6.2.3　基于价值的体系需求变更控制

体系需求工程是体系建设的初始阶段，由于作战任务的调整及组成体系的各个系统在结构上、功能上的变化等因素，使得需求变更不可避免。由于体系发展中，项目所涉及的要素多，相互之间的关系极其复杂，需求变更的影响通过需求跟踪联系链扩散至其他的需求或元素。因此，必须对需求变更影响的范围进行捕获，并通过一定的机制对粗略的影响范围进行裁减，使变更影响分析更具有重点性和目的性。

1. 需求变更影响分析的概念

需求变更管理是体系需求管理中最为复杂的活动之一，主要是因为需求变更对整个体系需求会产生极大的影响。体系需求变更的影响对象繁多，波及范围广，在频繁的需求变更中，并不是所有的需求变更都是正确的，因此，要对需求变更的影响进行全面而准确的分析，决定需求变更请求的取舍。

变更影响分析是变更评估的重要内容，是指通过对待变更需求内容的检验，采用一定的分析技术，从不同角度对需求变更给其他需求和元素及体系建设带来的影响进行分析，综合后给出合理的评估结果，作为变更控制委员会进行变更决议的重要依据。变更影响分析主要包括变更影响范围分析和变更影响程度分析。

（1）分析影响范围。体系需求是分层次的，需求之间的关系复杂。某条需求的变更既可能对与它直接相关的需求造成影响，也可能对与其间接相关的需求造成潜在影响。因此，需要全面捕获需求变更影响的范围，确定影响的层次，否则，会造成需求变更后需求之间的不一致。

（2）分析影响程度。在捕获需求变更影响范围后，需要就变更对需求指标体系的影响程度做出评估，在此基础上，分析变更对体系发展造成的影响。

需求变更影响范围通过需求跟踪联系链来捕获。但若只按需求跟踪联系链来追踪受变更影响的需求，那么，得到的变更影响范围只标识出哪些需求受到影响，对每个需求的影响程度也没有做出区分，而且得到的影响范围比较粗略。在体系需求变更影响范围分析中考虑对需求价值的影响和需求跟踪联系链的重要程度,将有助于对变更影响范围的裁减和变更影响程度的区分,将变更影响范围中受影响比较大的需求标识出来。

在对体系需求变更请求进行变更影响范围分析时,先根据需求之间的跟踪联系链确定整个受影响的需求范围,然后评估需求变更源的价值变化,通过价值影响的传播分析对范围内其他需求的价值影响程度,对每个需求的价值引入变化率阈值,对变更影响范围进行裁减,最终确定重点影响的需求范围,在需求评估中给予重点关注。需求变更影响范围分析过程如图 6.7 所示。

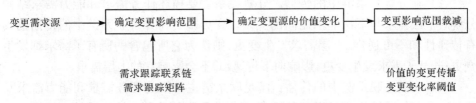

图 6.7　需求变更影响范围分析过程

2. 需求变更影响传播

在体系需求中,需求变更使得需求的重要性、风险性及实现需求的难度中的某一方面或几个方面同时发生变化,这种变化通过需求跟踪联系链逐步传播到其他的需求,如图 6.8 所示。

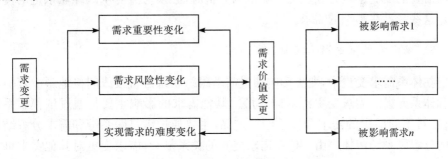

图 6.8　需求变更影响传播

变更影响范围分析主要是确定需求变更对其他哪些需求和体系元素产生影响,是体系需求变更控制中最为复杂也是最为重要的工作之一。基于需求跟踪联系链,分析人员可以追踪与拟变更的需求相关联的其他需求和元素,并做出标识。为了准确分析变更影响的传播范围,需要分析变更影响通过各种需求跟踪联系链的传播情况。

（1）在依赖联系链中的传播。依赖联系链主要存在于同一层次需求的跟踪联系链中,依赖联系链具有传递性和不可逆性,如图 6.9 所示。

图 6.9　需求依赖关系的传递

图 6.9 中,需求 B 依赖于需求 A,需求 C 依赖于需求 B,由传递性可知,需求 C 依赖于需求 A,需求 A 的变化影响需求 B,并且通过传递关系影响需求 C,不可逆性是指需求 C 变化不影响需求 B 和需求 A。

(2) 在分解联系链中的传播。分解关系主要描述任务需求和能力需求结构分解时上层需求与下次需求之间的关系。变更影响在分解联系链中的传播也具有传递性和不可逆性,上层需求发生变更,则认为它所包含的所有子需求都发生变更;若某子需求发生变更,影响向下传递,并不会影响它的上层需求。

(3) 在满足联系链中的传播。满足联系链主要描述任务需求和能力需求及能力需求与体系结构产品之间的满足关系。需求变更影响的传播具有传递性和可逆性,可逆性是指用于满足上层需求的下层需求或体系结构产品发生变更时将会影响其被满足的上层需求。

(4) 潜在变更影响的传播。体系作为由多个相互联系的系统单元组成的复杂系统,其需求之间的关联也是错综复杂的。体系中,某需求内容的变更不仅影响与其建立直接关联的其他需求元素,而且会对体系内其他没有直接关系的需求产生潜在的变更影响。在变更影响范围分析时,必须通过需求跟踪联系链的传递确定这些受潜在影响的需求。

3. 确定需求变更影响范围

在体系需求变更中,变更影响通过需求跟踪联系链直接或间接地影响其他需求和体系元素。需求变更源对同一层次其他需求的影响主要是通过依赖联系链传播;对不同层次的需求和体系结构产品,主要通过满足联系链和需求分解结构中的分解联系链传播。由于体系需求之间的关系复杂,需求变更对其他需求可能通过不同的传播路径产生不同的影响,形成变更影响的叠加。在确定初步变更影响范围时,可以根据需求跟踪联系链或需求跟踪矩阵得到受影响的需求集。

在建立需求跟踪链后,体系需求与体系结构产品形成一个相互联系的整体,需求的变更通过需求跟踪联系链传播,随着传播深度的不断增加,其影响范围不断扩大,最终影响到满足需求的体系结构产品。在捕获需求变更影响范围时,比较有效的方法是逐一分析变更影响的传播路径,按其传播的深度逐渐捕获,最后得到一个以需求变更源为顶点的树形结构,其中,所有的子节点和叶节点为变更源的影响范围集。下面以部分任务需求和能力需求之间的需求跟踪为基础分析变更影响范围为例进行说明,如图 6.10 所示。

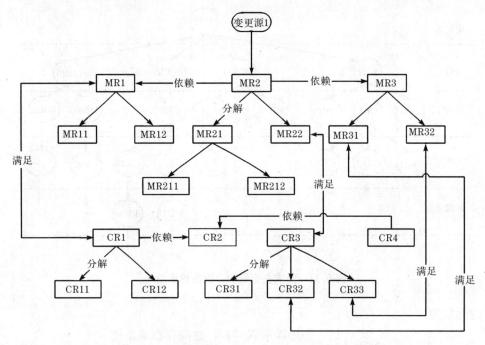

图 6.10　部分需求能力需求和任务需求的关系示例

图 6.10 显示了部分任务需求和能力需求之间的关系,其中,需求变更源为
MR2,需求变更通过需求跟踪联系链按跟踪深度不断向下传播。在捕获变更影响
范围分析时,也按照跟踪深度逐渐向下分析,寻找每一条变更传播路径,形成最终
以需求 MR2 为顶点的变更影响树,如图 6.11 所示。

从变更影响范围的树形结构中,根据各子节点和叶节点得到变更影响的范围
集,并且可以获得传播路径和传播深度。体系需求受到多个影响的叠加在变更影
响树中表现为该需求出现在子节点和叶节点中的次数,变更影响叠加的次数等于
在节点中出现的次数,如需求 CR32、CR33、MR31 和 MR32,在变更影响树的节点
中出现的次数为 2,即变更影响叠加次数为 2。

由于体系需求中的影响可能存在回路关系,如图 6.11 中需求 CR32、MR31 及
CR33、MR32 分别构成回路,那么,在变更影响树中表现为传播深度无限增大。因
此,在建立变更影响的树形结构时,不考虑回路影响,按回路中需求受影响的先后
顺序建立树形结构,确保在以一个子节点为顶点的树形结构中,一个需求元素只
出现一次。

变更影响范围也可以通过需求跟踪矩阵的计算得到。

设待分析的体系需求集为 $R = \{R_1, R_2, R_3, \cdots, R_n\}$,受变更影响的需求集
为 IR,需求集合 R 中拟变更的需求为 R_i。需求跟踪矩阵 $\boldsymbol{M}_0$ 是 $n \times n$ 矩阵,矩阵中

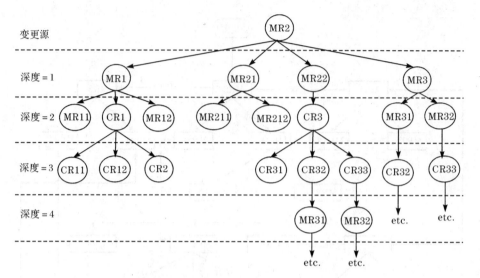

图 6.11　需求变更影响范围的树形结构

的元素为

$$m_{ij} = \begin{cases} 1, & \text{如果需求 } R_i \text{ 与 } R_j \text{ 之间存在联系链} \\ 0, & \text{否则} \end{cases}$$

在体系需求中,不存在需求与自身的联系链,因此,M_0 中对角线上的元素为 0。

为了确定需求 R_i 通过联系链对所有需求的影响,使受影响的需求不被遗漏,需要将 M_0 逐次自乘,使得 $M_0^n = M_0^{n-1}$,得到 M_0 的闭包 M_0^*。不考虑需求变更的回路影响,令需求跟踪矩阵中对角线元素为 0。IR 中的需求可能受到多个变更传播的影响,用 k 表示需求 R_j 受需求 R_i 变更影响叠加的次数。若 $M_0, M_0^2, \cdots, M_0^{n-1}$ 中第 i 行分别为 $r_1, r_2, \cdots, r_{n-1}$,令 $r = (r_1 \lor r_2 \lor \cdots \lor r_{n-1})$,则有,需求变更影响集 IR 为 r 中元素为 1 所对应的需求;k 为在向量 $r_1, r_2, \cdots, r_{n-1}$ 中需求 R_j 对应的值为 1 的个数。

4. 变更影响范围裁减

根据需求跟踪联系链或需求跟踪矩阵捕获的变更影响范围是非常大的,虽然根据需求的价值等级建立需求跟踪链在一定程度上减少了跟踪联系链的数量,但由于需求之间的潜在影响,使得变更影响很可能在极大的范围内传播,最终导致大量的需求和体系结构产品被标识为受影响的元素,而在变更影响评估时,可能会发现这些需求中的一些根本不是变更对象,这给变更影响评估工作带来了很大的难度。

当然,变更影响范围是可以裁减的,在提出变更请求后,将变更影响范围内的所有需求标识为可疑状态,然后逐个对每个需求进行评估,标识为可疑状态的需求数量逐渐减少,变更影响范围也逐渐缩小。由于体系需求的数量相当大,所以,对每个需求进行逐个分析是一项工作量非常大的工作。本书从实现变更范围自动裁减的角度出发,将需求价值的变化率作为判断需求受影响程度和裁减变更影响范围的一个主要依据,提出基于价值变化率对需求变更影响范围裁减的思路和方法,以辅助变更影响分析。

变更对需求价值的影响可以通过需求价值的改变量和需求之间的影响程度进行量化分析,根据分析结果可以对变更影响范围进行一定的裁减,将需求变更影响范围内的重点需求标识出来,在变更影响评估时予以重点关注。下面对需求价值改变率和需求影响因子进行定义与说明。

定义 6.1　设某需求的价值为 V,需求变更后价值为 V',则需求价值改变率为 $\alpha = \dfrac{V' - V}{V}$。

为便于分析,假设需求价值若不通过需求跟踪联系链的传播,将不会引起其他需求价值的变化。所以,在确定需求变更源的价值改变率时,将不再重新对同一层次的其他需求价值进行计算,而是利用 Delphi 法预测需求价值的改变量。

Delphi 法是由有经验的领域专家对需求变更产生需求价值改变量的情况进行主观预测,然后进行归纳、统计和分析得出结论。

设需求变更影响下,某需求价值的改变量为 ΔV,选定 m 个专家,经过 i 轮预测,则设第 i 轮各专家主观预测值分别为 ΔV_{i1},ΔV_{i2},ΔV_{i3},$\cdots$,ΔV_{im},专家权重分别为 L_1,L_2,$\cdots$,L_m。专家权重归一化,第 n 个专家的归一化后的权重为

$$L'_j = L_j \Big/ \sum_{j=1}^{m} L_j \quad (1 \leqslant j \leqslant m)$$

则第 i 轮预测的 Delphi 模型为

$$\Delta V_i = \sum_{j=1}^{m} \Delta V_{ij} \times L'_j$$

Delphi 法预测结果采用中位值法进行统计,其基本过程如下。

(1) 首先,给预测专家的主观预测值进行排序,当选取预测的专家个数为奇数时,处于排序正中间位置的那个预测值就是中位值;当专家个数为偶数时,以处于排序中间位置的两个预测值的平均值作为中位值。

(2) 其次,划分四分位区间。当专家个数为奇数时,中位值左边各排序值(含中位值)的"中位值"即为下四分位值,而处于中位值右边的各排序值(含中位值)的"中位值"为上四分位值。专家个数为偶数时,中位值左边各排序值(不含中位值)的"中位值"即为下四分位值,而处于中位值右边的各排序值(不含中位值)的"中位值"为上四分位值。这样,上、下四分位值之间的区间即为四分位区间,它包

含了约 50% 专家的答复意见。

（3）最后，随着调查次数的增多，四分区间逐步缩小，并向中位值收敛，即可得到需求变更影响下需求价值改变量为 ΔV 的取值。

需求价值改变率具有加和性。某需求在变更影响传播中受到 n 个需求的影响，每个需求的变更导致该需求的价值变化率分别为 $\alpha_1, \alpha_2, \alpha_3, \cdots, \alpha_n$，那么，该需求总的价值变化率为 $\alpha = \sum\limits_{i=1}^{n} \alpha_i$。

定义 6.2　设需求 A 和需求 B 之间存在需求跟踪联系链 $\mathrm{Relation}(A, B)$，需求变更后，需求 A 的需求价值变化率为 α_A，需求 B 的需求价值变化率为 α_B，则需求跟踪联系链的影响因子为 $\beta = \dfrac{\alpha_B}{\alpha_A}$。

根据需求价值改变率和需求影响因子可以在需求变更传播中，对需求价值的影响进行计算。由前文中需求价值计算的步骤可知，需求的价值 $V \in [0, 1]$，因此，需求变更后的价值 V' 也应该满足 $V' \in [0, 1]$。所以，这里做出以下规定：设某需求的价值为 V，价值变化率为 α，需求变更后的价值 $V' = V(1 + \alpha)$，若 $V' \geqslant 1$，则取 $V' = 1$；若 $V' \leqslant 0$，则取 $V' = 0$。需求的价值为 1，说明该需求处于核心地位，就其重要性、风险性、实现难度等各方面来考虑都是需要重点关注的，是需求管理的重点对象。一般来说，需求的价值不会为 0，除非是一个孤立的、废弃的需求。

需求的变更导致需求价值的变化，这种价值变化通过跟踪联系传播到其他需求，导致其他需求的价值发生变化。通过价值变化率和影响因子可以计算受变更影响需求的价值变化率。

设需求变更源为 R_s，其价值变化率为 α_s，受影响的需求为 R_t，它与需求变更源 R_s 存在影响关系 $\mathrm{relation}(R_s, R_t)$。在变更影响范围中找出从 R_s 到 R_t 的变更影响路径为 $\mathrm{path}(R_s, R_t)$，路径上共有 n 条边，其影响因子分别为 $\beta_i (1 \leqslant i \leqslant n)$，则有 R_s 通过路径 $\mathrm{path}(R_s, R_t)$ 使得 R_t 产生的价值变化率 α_t 为：$\alpha_t = \alpha_s \prod\limits_{i=1}^{n} \beta_i$。

若从需求变更源到受影响的需求共有 k 条传播路径，即受影响的需求的变更叠加次数为 k，需求变更源通过第 $i (1 \leqslant i \leqslant k)$ 条变更传播路径对受影响需求产生的价值变化率为 α_i，通过对 k 条传播路径的计算得到该需求总的价值变化率为

$$\alpha = \sum_{i=1}^{k} \alpha_i$$

图 6.12 说明了一个计算需求价值变化率的例子。

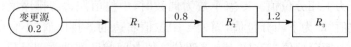

图 6.12　变更影响传播路径

需求 R_1 发生变更,价值变化率为 $\alpha_1=0.2$,需求 R_1 与 R_2 之间的影响因子为 $\beta_{12}=0.8$,需求 R_2 与 R_3 之间的影响因子为 $\beta_{23}=1.2$,则有需求 R_3 的价值变化率 $\alpha_2=\alpha_1\times\beta_{12}$,需求 R_3 的价值变化率为 $\alpha_3=\alpha_1\times\beta_{12}\times\beta_{23}$,计算得 $\alpha_2=0.16,\alpha_3=0.19$。

为需求设立价值变化率的阈值 $\Delta\alpha$,当需求的价值变化率超过阈值范围时,需求变更继续向下传播;当价值变化率在阈值范围之内时,认为需求变更是在允许范围之内,不会对其他需求再造成影响,变更影响传播中止。根据价值变化率的阈值可以对需求变更的影响范围进行裁减。

如图 6.13 所示,对需求变更影响范围树中所有传播路径上的影响因子进行量化,再计算各个需求的价值变化率。若为整个变更影响树设置统一的价值变化率阈值 $\Delta\alpha=0.15$,则通过计算价值变化率,再与阈值相比较,可得出可以裁减的需求集,为 {MR12, CR2, MR211, MR212},裁减后的变更影响范围如图 6.14 所示。

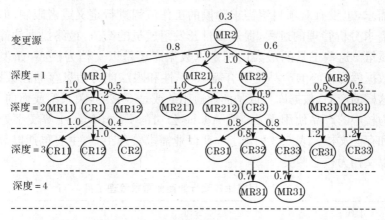

图 6.13　变更影响树中的价值变化率的量化

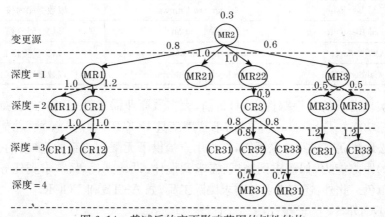

图 6.14　裁减后的变更影响范围的树性结构

在影响因子的量化和价值变化率阈值的设置时,由于涉众人员和相关因素多,需要领域专家综合考虑需求的价值、需求跟踪联系链的重要性及其他因素,尽可能在经验数据统计分析的基础上得出比较合理的值。

6.3　体系需求管理工具的设计与实现

6.3.1　现有需求管理工具介绍

随着软件系统广度及复杂程度的增加,传统手工组织需求管理的方法日益暴露出诸多问题,越来越不能满足软件需求管理的要求。市场上出现了许多商业需求管理工具,其中,具有代表性有 QSSrequireit、DOORS、RTM、Workshop、Rational Requisite Pro 等,这些工具虽然不能代替项目组织从用户那里收集正确的软件需求,也没有对项目组需求阶段的工作流程进行定义或者限制,但它们可以简化需求分析管理的过程,促进项目开发组成员的交流,最终提高软件需求的效率和质量。这些工具的最大区别是以数据库还是以文档为核心,如表 6.3 所示。以数据库为核心的产品把所有需求、属性和跟踪能力信息存储在数据库中。依赖于这样的产品,数据库可以是商业通用的或是专有的,关系型或面向对象的。以文档为核心的产品使用 Word 或 Adobe 公司的 FrameMaker 等文字处理程序来制作和存储文档。表 6.3 列出了一些商业需求管理工具,主要包括以数据库为核心和以文档为核心两类。

表 6.3　目前比较流行的商业需求管理工具

工具	公司	类型
DOORS	Telelogic	以数据库为核心
RTM Workshop	Integrated Chipware	以数据库为核心
Rational Requisite Pro	IBM Rational	以文档为核心
QSSrequireit	Quality Systems and Software	以文档为核心
Caliber-RM	Technology Builders, Inc	以数据库为核心

在实现需求的可跟踪性方面,目前,大多数商业需求管理工具都支持一定的需求跟踪功能。Telelogic 公司的需求管理工具 DOORS 中的"拖-放"功能使用户可以轻松地建立需求跟踪联系链,它为用户提供了无限制关系的、多级的、用户可自定制的跟踪能力,如需求到测试、需求到设计、设计到代码、需求到任务和项目计划到角色。此外,还有专业的需求跟踪工具,如 ARTS 和 TOOR。

1) DOORS

DOORS/ERS 是基于整个公司的需求管理系统,用来捕捉、链接、跟踪、分析及管理信息,以确保项目与特定的需求及标准保持一致。DOORS/ERS 使用清晰的沟通来降低失败的风险,这使通过通用的需求库来实现更高生产率的建设性的协作成为可能,并且为根据特定的需求定义的可交付物提供可视化的验证方法,从而达到质量标准。DOORS/ERS 是仅有的面向管理者、开发者与最终用户及整个生命周期的综合需求管理套件。不同于那些只能通过一种方式工作的解决方案,DOORS/ERS 赋予使用者多种工具与方法对需求进行管理,可以灵活地融合到公司的管理过程中。以世界著名的需求管理工具 DOORS 为基础,DOORS/ERS 使得整个企业能够有效地沟通,从而减少失败的风险。DOORS/ERS 通过统一的需求知识库,提供对结果是否满足需求的可视化验证,从而达到质量目标,并能够进行结构化的协同作业使生产率得到提高。

DOORS/ERS 是灵活的解决方案,具有以下功能:①沟通;②协同;③无处不在的验证。优点是:①缩短上市时间;②提高质量;③项目的成功能够被重复;④降低成本。

2) RTM Workshop

RTM 的作用如下。

(1) 在需求变更、设计变更、代码变更、测试用例变更时,RTM 是目前经过实践检验的进行变更波及范围影响分析的最有效的工具,如果不借助 RTM,则发生上述变更时,往往会遗漏某些连锁变化。

(2) RTM 也是验证需求是否得到实现的有效工具,借助 RTM,可以跟踪每个需求的状态。是否设计了,是否实现了,是否测试了。

Serena 的 RTM 是唯一支持上述关键能力的工具,可以在 Unix 和 PC 平台上使用对象层次标准(非专有)数据库。总之,RTM 通过 5 项技术来组织企业的具体技术发展信息:①面向对象模型的企业数据;②与相关数据关联的可追溯性工具;③属性来注释使用者的信息;④可审核及更改的历史记录,追踪使用者的工作历程和下一步工作;⑤原始和成组数据的收集。

3) Rational Requisite Pro

Rational Requisite Pro 解决方案是一种需求和用例管理工具,能够帮助项目团队改进项目目标的沟通,增强协作开发,降低项目风险,以及在部署前提高应用程序的质量。通过与 Microsoft Word 的高级集成方式,为需求的定义和组织提供熟悉的环境。提供数据库与 Word 文档的实时同步能力,为需求的组织、集成和分析提供方便。支持需求详细属性的定制和过滤,以最大化各个需求的信息价值。提供了详细的可跟踪性视图,通过这些视图可以显示需求间的父子关系,以及需求之间的相互影响关系。通过导出的 XML 格式的项目基线,可以比较项目间的差异。可以与 IBM Software Development Platform 中的许多工具进行集成,以改善需求的可访问性和沟通。

4）QSSrequireit

QSSrequireit 是一个入门级、单用户的需求管理工具，为那些刚开始从事流程管理的管理人员和开发人员而设计，这是一个简单的、完全基于 Word 的解决方案，用于捕获、跟踪和管理需求的信息。

QSSrequireit 的优点是它的易用性，不必使用单独的数据库管理应用程序，很容易就能够明确系统要求和主要关系特点，有内置的报表生成超链接和自定义模板，支持完整的软件开发周期，新用户很容易上手。对于普通用户，从质量要求的旗舰系统及软件管理解决方案，QSSrequireit 都是捕获初始需求的理想工具。

5）Caliber-RM

Caliber-RM 是一个基于 Web 和用于协作的需求定义和管理工具，可以帮助分布式的开发团队平滑协作，从而加速交付应用系统。Caliber-RM 辅助团队成员沟通，减少错误和提升项目质量，有助于更好地理解和控制项目，是 Borland 生命周期管理技术暨 Borland Suite 中用于定义和设计工作的关键内容，能够帮助团队领先于竞争对手。Caliber-RM 提供集中的存储库，能够帮助团队在早期及时澄清项目的需求，当全体成员都能够保持同步，工作的内容很容易具有明确的重点。此外，Caliber-RM 和领先的对象建模工具、软件配置管理工具、项目规划工具、分析设计工具及测试管理工具良好地集成，这种有效的集成有助于更好地理解需求变更对项目规模、预算和进度的影响。

6.3.2 体系需求管理工具的功能设计

1. 需求管理工具功能模块设计

体系需求管理工具以数据库为核心，所有数据信息存储在服务器端的面向对象数据库中，通过 C/S 机制对数据进行访问和管理，该工具包括 5 个大的功能模块，分别是用户管理模块、需求模型管理模块、需求版本管理模块、需求跟踪管理模块、需求状态管理模块，如图 6.15 所示。

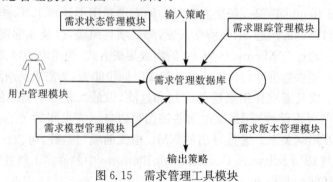

图 6.15　需求管理工具模块

2. 模块清单

体系需求管理工具共有 5 个模块：用户管理模块、需求模型管理模块、需求版本管理模块、需求状态管理模块、需求跟踪管理模块，具体内容如表 6.4 所示。

表 6.4　模块清单

模块编号	模块名称	模块功能	与其他模块的关系
M1	用户管理模块	实现对用户的添加、删除、修改及权限设置	提供对 M2 模块的操作权限
M2	需求模型管理模块	对各种底层数据进行有效的管理，并统一记录数据的相关信息	为其他模块提供需求模型的各种信息
M3	需求版本管理模块	记录版本信息，实现版本之间的回滚功能	为 M4 模块提供需求变更记录
M4	需求状态管理模块	记录需求模型的变更状态，并向用户展示需求状态	从 M2 模块获取需求状态信息
M5	需求跟踪管理模块	建立需求跟踪链，保证底层数据的一致性	向 M2 模块添加需求跟踪链

3. 用户管理模块

用户管理主要是对用户的不同类型和权限进行管理，该工具可以根据各部门和人员在体系发展中的不同角色和职责设定不同的用户类型，根据不同的用户类型设置不同的访问权限，实现对用户的添加、删除及权限修改等操作。用户管理模块的构成如图 6.16 所示。

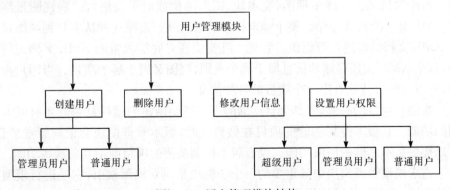

图 6.16　用户管理模块结构

超级用户只有一个，可以对管理员用户和普通用户进行管理，以及所有的数据库操作；管理用户与超级用户相比，除了不能创建用户外，其他权限都相同；普通用户只能进行数据读取操作，不能进行增删改及其他操作。

4. 需求模型的管理

需求模型的管理包括创建项目，删除项目，建立模型索引和项目数据备份四个部分，如图 6.17 所示。

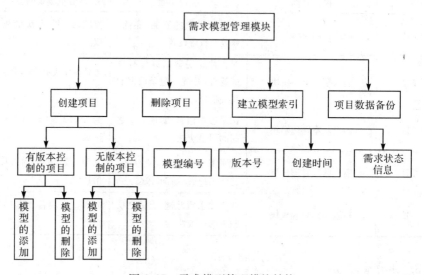

图 6.17　需求模型管理模块结构

需求管理的数据库存储是以项目为单位的。项目可以看成一种特殊的文件夹，包含特定项目的所有数据，如视图、文档、图表等。每个项目都具有名称和相应的描述，用户观察和操作项目中数据的能力可以通过对访问权限的控制来限制。每个项目又包含许多视图（文本块、图形图像或电子表格），这些视图最终将以 XML 文档的形式存储。整个需求模型的管理就是遵循这种从项目到视图最终到 XML 文档的思路进行组织。管理工具要能够对底层大量的 XML 文档进行归类，每个 XML 文档存储的信息属于哪个视图，视图又属于哪个项目。当用户查询时，可以方便快捷地查出每个项目的各种信息。

当创建项目的时候，工具会自动询问用户将要创建的项目是否需要有版本控制的功能。有版本控制功能的项目在做修改时，版本管理模块会记录版本信息，可以提供版本之间的回滚功能。没有版本控制功能的项目则不具备这些功能。

需求模型管理模块中最重要的一个子模块是建立模型索引，它是进行模型检索的关键，要为其他模块提供各种基本信息。每一个模型添加进数据库时，以及有任何更改时，该模块都会自动将模型的各种信息写入一个目录 XML 文档中。

5. 需求版本管理模块

需求管理工具要能维护对所有模型内容、属性修改的历史日志,所记录的变更包括作出变更的人、变更时间及对象及其属性变更的前后状态。版本需要由用户自己定义。当用户修改完毕决定生成一个新的版本时,需求管理工具会自动记录修改信息。当用户想撤销所作更改,只需要回滚到之前的版本即可。需求版本管理模块只对在创建项目的时候选择了具有版本管理功能的项目有效。需求版本管理模块的具体结构如图 6.18 所示。

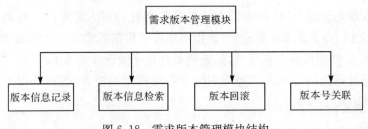

图 6.18 需求版本管理模块结构

"版本信息记录"是指将模型的版本信息写入需求模型管理模块的目录 XML 文档中。"版本信息检索"是指能够根据需求模型的 ID 号或者创建时间等信息,快速地在需求模型管理模块中检索到模型版本信息。"版本回滚"就是根据版本号从当前版本回滚到用户指定的版本。

由于该需求管理工具是在 Ipedo XIP 基础上进行开发的,而 Ipedo XIP 的版本管理是对单个文档的版本管理,且每当一个模型被修改一次,无论改动程度大小,都会自动生成一个新版本,容易造成版本泛滥。所以,需求版本管理模块需要有一个"版本号管理"子模块,建立 Ipedo XIP 自动生成的版本号与用户自定义的版本号之间的关联。向用户展示时,只需要展示用户定义的版本号,而在检索或者版本回滚时,则需要先根据用户定义版本号找到对应的 Ipedo XIP 自动生成的版本号,再进行其他操作。

6. 需求状态管理模块

在建立需求模型时,管理工具会为每个需求模型指派一个唯一的 ID,管理工具使用 ID 跟踪对象,以及与模型关联的任何其他信息,如属性。管理工具要能够标识需求状态,可以考虑用不同的颜色来标识,如用绿色、黄色和红色"变更条"。绿色变更条表示自从最新模块基线以来没有发生变化,黄色变更条表示自基线以来保存了变更,红色变更条表示在当前会话中作出的没有保存的变更。当然,也可以用字母或者数字来表示,还可以为每个需求模型附上描述性的文本。用户通过 ID 可以方便地查询每个需求的状态及相关的描述信息。需求状态管理模块的结构如图 6.19 所示。

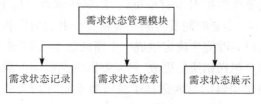

图 6.19　需求状态管理模块的结构

"需求状态记录"是将需求模型的需求状态自动写入需求模型管理模块的目录 XML 文档中。"需求状态检索"是指用户可以根据需求状态在需求管理模块的目录 XML 文档中检索需求模型,如查找所有从未做更改的需求模型。"需求状态展示"是通过形象的表现方式向用户展示需求模型的需求状态,如用不同颜色线条表示,或者用字母表示。

7. 需求跟踪管理模块

管理工具中的可跟踪性是通过对象之间的链管理实现的。链的一个属性是方向性;所有链都有一个方向,从源到目标。为了表示数据关系,需要创建链,因此,使用户能够将信息可视化为网络,而不只是树。虽然链具有方向性,但管理工具要能够提供在链的两个对象之间所创建的路径的双向漫游。因此,可以跟踪一个文档的变更对另一个文档的影响,也可以反向进行跟踪,说明决策背后的原始考虑。

管理工具还要能提供各种方法创建和维护链。可以通过在两个对象之间拖拽建立单个链。通过建立需求联系链,实现需求文档的可跟踪性。当需求文档中一个地方变动时,管理工具会自动标识其他地方相应的变动并提醒用户。需求跟踪管理模块具体结构如图 6.20 所示。

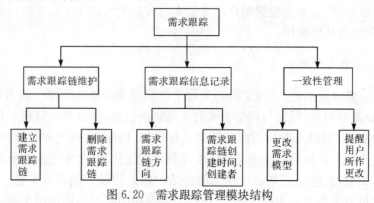

图 6.20　需求跟踪管理模块结构

6.3.3　体系需求管理工具的实现方案

根据本章内容,我们已经完成了某体系需求管理工具的开发工作,实现了预定的功能,包括数据库管理工具模块(包括数据库的基本操作、项目的创建、修改和删除,项目文档数据的添加和删除及事务管理等)、文档信息的快速检索(包括文档基本信息管理,利用 Xpath 和 Xquery 查询文档集,利用索引优化检索)、版本管理的实现(版本号映射关系建立和版本信息的展示)。下面重点介绍利用 Xpath 和 Xquery 查询文档集。

1. 文档信息的快速检索

Native XML 数据库的精髓除了是以 XML 文档为存储的基本单元,存储更加自然以外,更重要的是它的快速查询机制,这也是选择用 Native XML 数据库管理需求模型的一个十分重要的原因,它可以通过 Xpath 和 Xquery 双引擎查询机制,实现快速而又精确的查询,甚至可以查询到需求模型中的任意一个字符。

Ipedo XIP 提供了两个接口来查询文档集:Xpath 接口和 Xquery 接口。

2. 利用 Xpath 查询文档集

(1) Xpath 概述。基本的 Xpath 语法和文件目录系统很相似,如果路径是以斜线号"/"开始,那它表示一个单步路径。例如,"bib/vendor"表示所有 vendor 元素在 bib 根目录下。如果路径是以"//"开始,那么在这个文档中的所有元素都满足标准,例如,"//book"表示选择文档中所有的 book 元素。*(星号)标志选择所有指定路径的"孩子",例如,"//book/*"表示选择所有在 book 的元素。在[]中,数字可以表示一个或者更多的元素,在括号中,给出了一系列要选择的元素的位置,函数 last()选择出第一个元素,例如,"//vender/book[1]",在元素中选择第一本书,"///book[title='Learning GNU Emacs']"选择所有书名为"Learning GNU Emacs"的所有元素。属性是由前缀"@"定义的,例如,"//vender[@ id='id_01']/book",即选择由 vender 出版的且属性 id 是"id_01"的所有的书。此外,在 XPath 内部定义了许多函数,例如,count()函数就是返回选择元素的个数。

(2) 在一个文档集中查询所有的文档。在一个文档集中查询所有的文档并返回所有匹配的节点,调用函数 executeQuery,参数是文档集的名称"collectionName"和查询语句"XPathQuery"。

(3) 在一个文档集中查询一系列文档。为了从一个文档集中查找特定的一系列文档并返回所有匹配的节点,调用函数 executeQuery,参数是文档集的名称"collectionName",文档名称"docName[]"和查询语句"XPathQuery"。

(4) 查询一个具体的文档。在一个文档集中查询一个具体的文档并返回匹配的节点,调用函数 executeQuery,参数是文档集的名称"collectionName",文档名称"docName"和查询语句"XPathQuery"。

(5) 基于查询获得文档名。查询一个文档集并且返回所有匹配的文档名,调用函数 getDocumentNameByQuery,参数是文档集的名称"collectionName"和查询语句"XPathQuery"。

3. 利用 Xquery 查询文档集

经过多年来对 XML 的探索,大量的数据被存储到 XML,包括 XML 数据库和文件系统的 XML 文档,这些文档包含了高度结构化的数据和非结构化的数据。更多的数据在系统之间通过 XML 进行传输。所有的这些数据用于不同的目的。各种不同的应用中,我们关注不同的数据元素,并希望能够按照我们的要求进行格式化和传输 Xquery 是 W3C 为了满足这些需求而设计的查询语言,它能够选取我们需要的数据元素,并进行转换,最终使用用户定义的结构返回结果。Xquery 不仅能够提取 XML 文档片段,还能对结果进行操作和转换。

Xquery1.0 标准唯一没有提供的是更新操作,更新对 XML 数据库来说有着重要的意义。目前,更新操作正在开发中,将会在将来的版本中提供。

大部分基础查询的结构是 FLWORs 表达式。FLWOR(读作"flower")表示"for,let,where,order by,return"等查询表达式中的关键字。FLOWRs 不同于 Path 表达式,允许用户对结果进行操作、转换、整理。FLOWRs 由以下几部分组成。

(1) for。for 语句用来对文档节点进行遍历。每次一个变量会绑定到遍历的节点,变量用美元符号开头后接变量名的形式表示。

(2) let。let 语句用来设置变量值。

(3) where。where 语句用来过滤节点,与 Path 表达式中的谓词起相同的作用。

(4) order by。order by 语句用来对结果进行排序。

(5) return。return 语句用来标明返回的结果。

(1) 函数。在 Xquery 中有超过 100 种内置函数,覆盖了大量功能。函数可以对字符串和日期进行操作,也可以实现数学计算等功能。用户也可以在 Xquery 语句或外部定义自定义函数。内建函数和用户自定义函数都可以在 Xquery 语句中进行调用。

(2) 连接。FLOWRs 的最大优势就是它可以很容易地对不同数据源的数据进行连接。例如,可以对来自两个不同结构 XML 文档的数据进行类似于 SQL 的连接操作。

(3) 聚集和分组。Xquery 的一个很重要应用就是对数据的聚合操作和分组,这样,就能够方便地对一系列数据进行求和、平均、取最大、取最小等操作。

（4）Xquery 执行。Xquery 处理模型如图 6.21 所示。

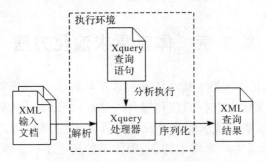

图 6.21　Xquery 处理模型

①　XML 输入文档。待查询文档、文档集、XML 片段。

②　Xquery 查询语句。查询语句文本。

③　Xquery 处理器。对 Xquery 进行解析、分析、执行的软件。目前,已存在大量的开源或商业 Xquery 处理器。

④　XML 查询结果。按照 Xquery 语句序列化后的 XML 结果,可能为节点集合、XML 片段、文档集或值。

一个典型的 Xquery 查询执行过程包括以下步骤。

（1）解析 XML 输入文档。对文档进行验证并将文档解析为树状模型或流模型加载到内存。

（2）分析 Xquery 语句。对 Xquery 语句进行语法检查,并对通过检查的语句进行性能优化。

（3）将解析后的 XML 文档和处理过的 Xquery 语句加载到 Xquery 处理器,由处理器执行查询。

（4）序列化查询结果。将处理器执行查询的结构按照 Xquery 语句的要求进行序列化并返回给最终用户。

第7章 体系需求演化方法

体系需求演化是指在得到初步体系需求方案后,由于体系实施的各类条件的变化,体系需求方案随之进行调整和修改的过程,突出表现为体系需求方案构成中主要任务的变化、能力需求的改变及各类具体属性、参数要求的变动等。体系需求演化反映了体系的一个根本特征,即体系的高度不确定性,此特征也是体系能够适应快速变化环境、动态调整以满足任务的要求。

体系需求演化发生的根本原因是:体系需求方案是在高度不确定性条件下生成的,所以,伴随着综合环境的变化。体系的演化包括两个方面的含义:一方面是被动的演化,由于体系应用目的、体系构建目标、体系实施对象的变化,体系需求方案必然经历一个制定、修改、调整并付诸实施的过程;另一方面为主动的演化,由于科学技术的发展,各类新兴系统和装备的出现,在原有体系需求方案的基础上,调整或加入各类新元素,或改变原有体系中的结构关系,从而大大提升了整个体系需求满足用户的程度。在现实的体系需求演化发生过程中,上述两类演化往往无法清晰的区分,通常是两者交织在一起。本章重点阐述体系能力需求演化发生的一般理论和方法,包括相关的复杂理论方法、体系需求演化中的关系分析及涌现行为分析等内容。

7.1 体系能力需求演化与复杂理论方法

7.1.1 体系需求面临的新挑战

体系需求是从发展的角度,为实现体系建设目标对体系所需具备的整体能力的具体体现,是一个不确定性、主观性、非结构性的集合。随着社会、科技、文化等内外环境的不断发展,体系建设所面临的不确定性和复杂性不断增加,体系需求将处于不断变动中,这为构建满足未来需要的体系面临新的挑战,这些新挑战具体体现在以下方面。

(1) 体系的自身复杂性大大增加了体系需求的不确定性。体系是一类特殊的复杂巨系统,其特殊体现在体系的组分系统具有运行独立性、管理独立性、不断演化的边界、不可或缺的涌现性等特征。体系的组分系统数量可达成百上千,组分系统间的相互作用样式纷繁多样,作用结果更是出乎意料而充满不确定性,体系比一般系统表现出了更加强烈的复杂性。体系的复杂性主要来源于两个方面：结构的复杂性和行为的复杂性。体系结构的复杂性是指构成体系的组分系统是多样的，复杂的，以及这些组分系统之间的关系是无序的，多样的，表现为一种客观（内在）的复杂性。体系行为的复杂性又表现为体系演化的复杂性及涌现行为。体系是个开放的系统，它通过与外界环境的交互实现自身状态的预期—适应—自组织过程，这使得体系表现为从低级到高级，从简单到复杂，从功能到结构的不断演化。体系的演化过程充满了未知、惊奇与不确定，表现为一种认知的复杂性。体系的涌现行为本身是一个非线性的过程，直接受到体系结构、演化过程的影响。涌现行为的存在反过来进一步增加了体系结构及体系演化过程认识的复杂性。

体系需求是对体系满足未来需要所需具备的整体能力的概括，其中，也包含对未来体系所需具备的结构、行为的预测。而体系结构、行为的复杂性使得我们无法对体系未来发展做出准确及精确的判断。也就是说，面对体系的复杂性，体系需求只能增加自身的复杂性才能体现体系的需求，这大大增加了体系需求的不确定性。另外，体系建设周期长，随着社会、科技、文化的发展及体系内外环境的改变，体系的建设目标会不断调整，然而，不同建设目标下的需求是存在很大差异的，甚至会产生冲突。例如，一个没有任何地下交通设施的城市规划未来十年建设"地下交通系统"，这个"地下交通系统"由各类站口、地下交通轨道系统、轨道车辆、交通管理信息系统、交通管理公司等不同系统构成。由于各子系统基本满足体系所需特征，即运行独立性、管理独立性、地理分布性、涌现性等，"地下交通系统"是一个体系。在进行系统规划时，各类站口的建设规划、地下交通轨道系统的具体参数设计、所需轨道车辆的性能需求、交通管理信息系统对其他子系统的信息集成都直接影响"地下交通系统"的建设效果，这些子系统规划、集成问题是一个体系结构设计问题。由于无法对未来十年后本地城市的交通压力做出一个准确的判断，从而影响了对个子系统建设需求的判断，加之各子系统的集成是一个复杂的过程，因此，"地下交通系统"的需求充满了不确定性。

（2）体系需求涉及的利益相关者众多，需求的主观性、非结构性更加明显。一般来说，体系的开发工作通常由多个合同商共同承担，每个合同商只完成体系的一部分，这些合同商一般只支持某个特定的用户群体，用户群体包括体系的顶层设计者、开发人员、建设人员、使用人员及所有者等，统称利益相关者。对体系而言，它所面对的大多是处于多个领域的合同商和用户群体，在这些用户群体及其他利益相关者群体中，每个群体或个人在体系生命周期中拥有自身对体系的独特视角和关注点，这些关注点受到利益相关者自身知识结构、立场、情感等因素的影响，不可避免地存在一定的冲突和矛盾。

体系需求是从各利益相关者那里获得初始需求，再经过需求分析、描述、开发及管理等过程，最终形成规范的、低二义性的、符合各利益相关者期望的体系建设需求。体系需求涉及的利益相关者众多,这为体系初始需求的获取带来很大的挑战。虽然实际体系需求开发中,各利益相关者往往在一个垂直性项目管理机构的领导下进行,但由于专业领域的限制及管理有效性的影响,各利益相关者无法从其他利益相关者的角度出发思考体系建设需求,造成的结果是:只能从各利益相关者那里获得优先满足自己需要的体系发展需求。因此,需求的主观性大大增强。另外,利益相关者之间受限于利益纷争,所获得的需求之间关系更加繁乱,需求的非结构性更加明显。需求的主观性、非结构性也增加了体系需求的不确定性。如前面提到的"地下交通系统",其所涉及的利益相关者有负责顶层设计的技术部门、负责维护与管理的交通管理部门、负责勘探的地质专家、负责提供能源的电力部门、复杂行政审批的政府部门、乘客等。

(3) 体系需求的不确定性大大增加了需求开发、评估、验证的难度。体系需求开发是对体系建设初始需求的获取、分析、描述与建模,最终形成完整、一致、无二义、易修改、可验证的需求规格文档的过程。体系需求评估是对体系开发获取到的需求内容是否满足未来发展需要进行评估。需求验证是为了确保需求规格说明(文档)具有良好的特性,使需求的一致性、可跟踪性、正确性等特性得到保证。

在风险管理中,不确定性是指没有可信的概率可以描述潜在结果的情形,也就是说,不能确定系统内事件的真实状态。不确定性的存在使系统的开发与建设面临巨大的风险。体系自身的复杂性使体系需求不确定性大大增加,体系需求的主观性与非结构性也增加了体系需求的不确定性。这就是说,体系需求不确定性的增加使需求的开发、评估与验证面临着巨大的风险,从而带来新的挑战。

首先,体系需求开发人员无法从利益相关者那里获得有效与精确的体系初始需求,大大降低了体系初始需求的质量。而初始需求的质量直接影响到需求开发的结果,进而会影响到体系评估与验证的效果。其次,体系需求处于不断演化过程中,即使依据体系初始需求,通过体系需求开发获得了可信的体系发展需求内容,但面对新的演化阶段,体系需求能够满足未来发展需求是不确定的。最后,由于对体系需求自身所处的状态无法做出准确的判断,对体系需求的验证也将面临巨大的挑战。因此,体系需求的不确定大大增加了需求开发、评估与验证的难度。

(4) 体系的涌现行为给体系需求开发带来了机遇与挑战。涌现是一种复杂的非线性过程。涌现行为在传统系统过程中也可以被观测到,但一直没有受到应有的重视,这是由于除了缺乏对涌现机制的认识外,很大一个原因是人们存在以下错误观点:涌现行为的出现是不可预测的。然而,随着对系统复杂性的进一步认识,人们逐渐意识到涌现行为的产生并非不可认识,只是我们还没有理解涌现的机制,对于其产生的不确定性结果无法做出有效预测。为了进一步认识体系的演化性,更加有效地使涌现行为朝着人们预期的方向发展,2006 年,Madni 提出了

"导向涌现"的概念,它是使涌现行为向预想方向发展的一种驾驭能力。而"导向涌现"也是 USC 大学的系统与软件工程中心推荐的体系构建中面临的十大挑战之一。

一方面,体系的涌现行为是复杂的,这为认识体系、开展体系需求开发带来巨大挑战。还是以前面的"地下交通系统"为例,由于"地下交通系统"一旦建设完毕,所面临的将是城市十年后的交通状况,因此,在进行规划时,所依据的是城市十年后的地下交通需求。即使明确了各类站口、轨道系统的设计,对轨道车辆、交通管理信息系统所具备的性能及功能需求有清楚的认识,并假设交通管理公司能够对"地下交通系统"进行有效管理与控制,也无法对系统集成后是否能够有效面对城市十年后的交通压力给出一个肯定的答复,因为无法对系统集成后在宏观层面表现出的整体行为进行准确预测。然而,另一方面,体系的涌现行为可以通过进一步认识,在掌握其机制的基础上使其行为朝着预期的方向发展,这给体系开发、体系需求建模带来了新的机遇。例如,体系能力的产生可以用涌现性观点来解释(详见 7.3.2 节)。当然,这种机遇伴随的也是一种巨大的挑战,即对体系涌现机制的深刻认识与探讨。

(5) 体系需求管理面临的挑战。与一般以单个系统或项目为中心的需求管理不同,体系需求管理所面临的是由各类系统(组分系统)有机结合在一起的一个复杂巨系统,其研制、开发与建设的周期长,耗资巨大,涉及的人力物力众多。体系需求贯穿于体系建设全生命周期,其生命周期、演化周期也很长,需求量非常大,需求的变更不可避免,但并不是所有的需求变更都是正确的,即使需求变更是正确的,由于体系涉及多个系统和项目,且相互之间的关系极其复杂,对其中某一项需求做出变更都会影响与其相关的需求,甚至体系内其他系统的需求,对整个体系造成潜在的变更影响,严重的会直接影响到体系建设的成败。实际上,在体系发展中,需求的变更不可避免而且是频繁出现的。不完整的需求捕获和管理过程将会对项目的生命周期产生"多米诺骨牌效应"。一方面,频繁的不被控制的需求变更会使体系发展陷入混乱,给体系项目带来更高的变更成本,不断影响项目的进度,最终可能导致体系项目超过时限、超出预算;另一方面,当需求变更不能及时反映到体系项目建设当中时,又会导致设计单元和功能的缺失,使体系最终不能完全满足未来作战的需求。因此,面对体系需求环境的复杂性,体系需求管理面临新的挑战。

总之,体系需求的不确定性、复杂性给体系需求的建模、分析、管理带来了新的挑战。应对这些挑战需要在复杂理论、方法指导下,深刻认识并重视体系需求自身的复杂性,综合利用建模与仿真(M&S)、计算智能(computational intelligence)、复杂网络(complex network)等先进方法,对体系需求演化进行分析与建模,探讨体系需求演化的规律,并利用体系需求演化方法来指导体系需求的开发。

7.1.2　体系需求的演化

演化性是系统的普遍特性,指的是系统的结构、状态、特性、行为、功能随着时间的推移而发生的变化。演化包含了三个关键因子:系统、时间、变化。"时间"表征了演化是一个不可逆的运动,也就是说,演化具有方向性。"系统"表征了演化是系统的一种普遍属性。"变化"表征了演化的本质。

演化的动力可以分为两类:一类是内部动力,即系统组分之间的合作、竞争、冲突等导致系统规模、关联关系的改变,进而引起系统结构、行为的改变等;一类是外部动力,即外部环境的变化及环境与系统相互联系和作用方式的变化,都会在一定程度上导致系统发生变化。一般来说,系统是在内部动力与外部动力推动下演化的。实际上,不同系统的演化动因、过程、结果都是不同的。对演化机制的研究需要探讨演化的影响因素,模拟演化过程,分析演化结果。而系统演化机制的研究是当前系统科学的研究难点之一。经典的系统演化机制理论是系统自组织理论。自组织理论是在 Prigogine 耗散结构理论与 Haken 协同学理论基础上发展起来的关于系统演化机制解释的一种普适理论。

系统的演化是系统产生、发展、繁荣、消沉、灭亡的一个必经之路。系统演化有两个基本的方向:一种是由低级到高级,由简单到复杂的进化;一种是由高级到低级,由复杂到简单的退化。演化对系统的影响可能有利,可能不利。同样的演化过程在不同系统、不同环境下的影响也是不同的。自然界物种是从低级到高级、由简单到复杂的进化过程,然而,进化不一定总是有利于系统的发展,如房子,其越复杂,不确定性越大,房子的稳定性就会存在很大问题。人们总是排斥退化,认为它不是朝向人们所期望的方向发展,然而退化也不总是不利于系统的发展,并且自然界表现出很多惊人的退化现象,如浓度不同的两种液体倒在一起,一段时间后,浓度变成一样,温度不同的两个物体放在一起,一段时间,温度也会一样。实际上,系统的进化与退化是互补的,但总的演化方向是系统越来越复杂,从简单系统进化到复杂系统。

体系需求的演化是指体系需求方案中需要构建的体系能力随着体系的结构、状态、行为、功能等的变化而发生变化,以及由此而涌现出来的能力的相关性质的变化。在不确定的外部环境中,体系需求的演化决定了待建体系的发展变化。体系需求演化是体系内部动力与外部动力共同作用的结果。一方面,构成体系的组分系统数量大,相互联系、相互作用方式复杂,在资源有限的情况下存在相互合作、竞争的情况。当组分系统之间的合作出现问题,在竞争的压力下,组分系统之间的相互作用方式可能发生变化,从而引起体系结构的变化,并进而引起体系行为的变化。另一方面,未来环境是不确定的。当环境发生变化时,必然要求体系适应新的变化,从而要求体系做出相应的结构、行为变化。

协同演化是指在各种组织活动主体的主导地位不断交替中,这些组织活动主体之间相互选择、相互支持与相互制约的互惠过程,这种选择与适应力是基础性相关的协同选择。而且,只有组织活动之间有显著的因果关系时,协同演化才会发生,这种因果关系主要起源于这种内生的互补性相互作用模式。互补性的相互作用是协同演化的核心活动,互补性的核心思想是指,如果某种活动的实施或者增强会导致其他活动收益的生成和增加,那么,这些活动就具有互补性,这种互补性产生于这些活动在系统演化过程中的相互作用。体系需求的演化是一种协同的演化模式,演化发生在所有相互作用的影响因素中,允许变化被直接的相互作用和来自于整个体系其他部分的反馈所驱动。变化不是单一管理适应或者环境适应的结果,而是管理意图和环境适应的互动作用的结果,它强调体系要素之间的动态相互作用,更为关注有机融合。

7.1.3　体系需求演化分析基础理论

体系需求演化是一个复杂的过程,其复杂性主要体现在如下几个方面:首先,体系需求的演化是外部环境与内在体系要素等多种因素综合作用的结果,任何一个因素的变动,在一定反馈机制的作用下,都将对体系能力演化产生影响。其次,表现为演化路径的不确定性和演化过程的不均衡性。影响需求演化的众多因子的作用方式、作用力度及作用规律各不相同,影响因子间相互作用的关系复杂,相互作用的方式非线性,且相互作用强度各异,因此,导致了需求演化路径的不确定性和演化过程的不均衡性。最后,表现为需求演化前景的不确定性。由于影响需求演化的因素众多,各影响因素间相互作用方式非线性,各影响因素间相互作用关系复杂,各影响因素间相互作用强度相差大,使得能力演化不确定性程度高,很难对演化的最终结果做出准确预测。

体系需求演化的研究就是探讨体系需求演化机制,从而进一步认识体系需求开发规律,为构建满足未来需要的体系提供可靠的理论保障。体系需求演化分析涉及复杂系统理论与方法、复杂性理论、非线性科学等领域知识。其中,复杂性理论具有直接指导意义,其集成理论包括自组织理论、突变理论、复杂网络理论等。

1.　自组织理论

自组织理论是 20 世纪 70 年代前后建立起来的关于研究系统自组织过程的机制、规律和形式的科学,是关于复杂系统演化的一种理论。自组织理论是由耗散结构理论、协同学及超循环理论构成的一个整体。

耗散结构理论是 Prigogine 于 1969 年创立的,它是指开放系统(力学的、化学的、物理的、生物的、社会的、经济的等系统)在远离平衡态时,由于同外界进行物质、能量、信息的交流,可以形成某种有序结构。形成耗散结构的条件有 4 个,即系统必须是开放的,系统内存在非线性相互作用,系统必须处在远离平衡的非平衡态,存在涨落。

Haken 在研究激光形成机制时,发现在从自然光向激光转化的过程中,光子的自发热运动与光子集体的定向运动相互斗争,此消彼长,存在临界点。在临界点以上,集体的定向运动占主导地位,形成激光;在临界点以下,自发热运动占主导地位,呈现自然光。Haken 将其推广,创立了协同学。协同学认为复杂系统的相变是子系统之间关联、协调作用的结果,协同学中的序参量概念和支配原理理论是解决系统向有序方向演化的有效方法。

Eigen 的超循环理论是直接建立生命机体自组织的数学模型。从观测得知,生命现象包含许多由酶的催化作用推动的各种循环,而基层的循环又组成高层次的循环,即超循环,也可以形成更高层次的超循环。超循环中可以出现生命现象所具有的新陈代谢、繁殖和遗传变异。Eigen 把控制论中的巨系统理论应用于生命现象,建立了具体的结构模型,在生物大分子的层次上,为达尔文的进化论,即生命在生存环境中的演化机制提供了理论基础。

现实世界中的自组织现象通常有以下特点。

(1) 系统存在结构,存在对称性破缺,这种结构包括时间结构(周期振荡)、空间结构(一维、二维、三维空间的周期分布)、时-空结构(各种形式的波)和功能结构。自组织现象中的结构与通常人们所说的晶体结构不同,称之为耗散结构。耗散结构是通过不断与环境进行物质和能量交换引入负熵而形成和保持的一种结构,一旦外界停止向系统供给能量,系统的耗散结构就被破坏。同时,耗散结构是一种稳定的宏观结构,说它是稳定的,是指这种结构受到扰动后,只要外界条件不变,结构仍将恢复。但从微观上分析,系统并不是显现为不变的结构,这与固体中讨论的晶体结构是不同的,晶体结构在分子排列水平上就显现出与宏观一样的空间结构。

(2) 系统演化存在突变。耗散结构的出现是系统在其演化过程中,当某些参数达到临界值时,系统状态发生突变,从均匀的平衡态演化而致。突变的时间过程非常短,其动力学过程目前还无法观测研究清楚,通常并不讨论发生突变的弛豫过程,仅研究发生突变前后系统不同稳定状态的形式及特点,特别注重研究系统状态发生突变时外界的控制条件。

(3) 控制条件与系统的有序结构无明显联系。一方面,控制条件一般是连续的改变,而系统的状态却是突然变化的。在控制参数一定的范围内,系统状态没有任何变化,而当参数逐渐变化并到某一临界值时,系统状态会发生突然的变化。另一方面,控制条件是对称的,而系统在控制之下所呈现的状态却是不均匀的。如 Benard 流中,对液体加热在水平方向上是均匀的,而液体呈现的花样在水平方向却是周期性的变化,呈现花样与控制条件在对称性上的不一致。对此,我们不能像通常运用控制论来讨论状态的有序分布是如何由控制条件产生的,而只能从自组织的角度来分析有序结构与外界控制的关系。

自组织理论在研究系统演化、形成有序结构的过程中,采用了很多独特的、行之有效的方法,如支配原理分析方法及基于微分方程分析的方法。①支配原理。支配原理认为在描述系统状态的众多变量中,必然存在随时间变化较慢的慢变量,又称为支配变量、序参量。当系统发生相变时,慢变量起主导作用,它决定系统相变的速度、相变的形式,而快变量对系统相变作用不大,它们可由支配变量来决定,成为跟随变量。支配原理使我们有可能在讨论系统由无序状态向有序状态转变过程时,只分析少数支配变量,这样,使分析工作大为简化。②基于微分方程分析的方法。在分析少数快变量变量演化的微分方程时,又可以利用方程的定性理论,讨论方程定态解的个数、各定态解稳定性条件,使我们从宏观上掌握系统演化的特点及发生相变的条件,如福克尔-普朗克方程的快变量绝热消去方法。

自组织理所探讨的系统复杂性比较简单,研究对象是用周期函数描述其状态的复杂系统,研究的主要内容是系统发生相变的条件、相变后有序结构的形式,整个讨论利用微分方程数学工具,要求系统满足叠加原理,实质上仍然是在牛顿体系内讨论问题。对此,姜璐等对自组织理论进行了反思,认为自组织理论是复杂性科学的初级理论,还不足以满足目前复杂性研究的需要。由于复杂系统的一般规律还很难分析清楚,研究应从具体问题入手,脑神经、功能材料、生物体(蛋白质)等复杂适应性系统是研究的切入点。此外,他认为复杂网络理论与方法淡化了子系统本身的性质,突出子系统之间的关系,容易体现整体与局部之间的区别,值得总结。

2. 突变理论

突变理论最初源于 Whitney 的光滑映射的奇点理论和 Poincare 及 Andronov 的动力学系统的分岔理论。奇点是研究多变量多值函数极大和极小值的更深刻概念。分岔是当控制参数改变时,导致系统定态失稳和重组的非线性现象。1968 年,法国数学家 Thom 出版了《结构稳定性与形态发生学》一书,该书对突变理论进行了明确阐述,成为突变理论发展史上具有里程碑意义的事件。突变理论研究动态系统在连续发展变化过程中出现的不连续突然变化的现象、突然变化与连续变化因素之间关系的数学理论,其基础理论涉及拓扑学、群论、奇点理论、分叉理论等。

Thom 对一类特殊的光滑映射 $f:R^n{\rightarrow}R$ 的奇点进行了系统研究,通过建立微分方程与函数之间的联系对梯度系统中的奇点进行了分类,归纳出 7 种普适开折的拓扑型:折叠突变、尖点突变、燕尾突变、蝴蝶突变、椭圆型脐点、双曲型脐点和抛物型脐点(如表 7.1 所示)。突变理论表明,涉及 2 个状态变量、4 个控制变量以内的初等突变函数仅有这 7 类。也就是说,对于存在突变现象的系统,只要确立了它的状态变量和控制变量数目,就可以选择对应的 7 个初等突变函数中的 1 个作为系统的演化模型,进而求解系统的演化特点。

表 7.1　7 类初等突变函数及突变类型

状态变量数目	控制变量数目	势函数形式	平衡曲面形式	突变类型
1	1	$V(x)=x^3+ux$	$3x^3+u=0$	折叠
1	2	$V(x)=x^4+ux^2+vx$	$4x^3+2ux+v=0$	尖点
1	3	$V(x)=x^5+ux^3+vx^2+wx$	$5x^4+3ux^2+2vx+w=0$	燕尾
1	4	$V(x)=x^6+tx^4+ux^3+vx^2+wx$	$5x^5+4tx^3+3ux^2+2vx+w=0$	蝴蝶
2	3	$V(x,y)=\dfrac{1}{3}x^3-xy^2+w(x^2+y^2)-ux+vy$	$\begin{cases} x^2-y^2+2wx-u=0 \\ -2xy+2wy+v=0 \end{cases}$	椭圆脐
2	3	$V(x,y)=x^3+y^3+wxy-uy-vy$	$\begin{cases} 3x^2+wy-u=0 \\ 3y^2+wx-v=0 \end{cases}$	双曲脐
2	4	$V(x,y)=y^4+x^2y+wx^2+ty^2-ux-vy$	$\begin{cases} 2xy+2wx-u=0 \\ x^2+4y^3+2ty-v=0 \end{cases}$	抛物脐

突变理论不仅仅考虑单一参数的变化,而是考虑多个参数变化时系统平衡点附近分叉的情况,特别是其中出现的突然变化,它研究下述突变现象的基本特征:系统的状态空间中必然具有多个稳定定态,因而在改变参数时,系统才可能出现从一个稳态向另一个稳态的跃迁,即发生突变;在不同稳定定间存在着不稳定定态,系统从一个稳态向另一个稳定跃迁中,直接跨过了这个态,不稳定的定态在实际中不可能达到。控制参数的不同取值使系统从一个稳态向另一个稳态转变的过程不同。突变的发生与控制变量变化的方向有关,控制变量从一个方向变化的控制变量从另外一个方向变化发生的突变的状态是不相同的,有滞后现象。在分叉曲线附近,控制参量变化路径的微小不同能够引起系统产生完全不相同的性态。当然,突变的形式越复杂,特征越多。

突变理论的应用领域不仅局限在数学、力学和物理学等自然科学领域中,已经推广到生物学、社会科学、军事学等领域中。

3. 复杂网络理论

复杂网络是描述和理解复杂系统的一种很重要的方法,该理论从复杂系统最为基础的"联系"入手,通过将复杂系统高度抽象成为由节点组成的网络,从研究网络的拓扑结构和网络动力学入手来探索复杂系统的本质。

关于复杂网络还没有明确的定义,但一般认为复杂网络具有以下几个特征:

①节点复杂性。网络中节点数量众多,节点本身可能是非线性系统,具有分岔和混沌等非线性动力学行为,而且一个网络中可能有多个不同类型的节点。②结构复杂性。网络连接结构既非完全规则,也非完全随机,具有其内在的组织规律。③演化复杂性。网络中节点(边)的数量不断变化,网络在时间和空间上不断演化。

目前,复杂网络的研究可以归纳为 4 个方面:①以现实世界中不同类型网络为研究的对象的复杂网络实证研究;②以复杂网络的结构属性为研究对象的复杂网络结构研究;③以构建模拟现实不同类型网络的模型为研究对象的复杂网络模型研究;④以网络动力学行为为研究对象的复杂网络行为研究。

从图 7.1 可以看到,复杂网络研究起始于实证研究,通过大量的实证数据归纳总结出复杂网络的一般规律,指导人们探索描述网络特征的一系列结构属性,然后构建相应的网络模型,最后认识网络上的动力学行为,并再次指导网络实证研究。复杂网络研究的最终目标是理解各种真实网络的功能。复杂网络的动力学行为是真实网络功能的现实反映,是复杂网络的个体行为与整体性质相互作用的结果。为达到复杂网络研究的最终目标,探索网络中结构与功能的关系,研究不同网络拓扑结构上的动力学行为成为复杂网络研究领域的重要内容,即考察网络变化时,系统个体的状态、个体间的关联、整体的状态、整体的性质会有怎样的相应变化。网络同步动力学研究网络上节点状态随时间的演化情况。网络传播动力学研究网络上各节点状态随拓扑结构的演化情况。

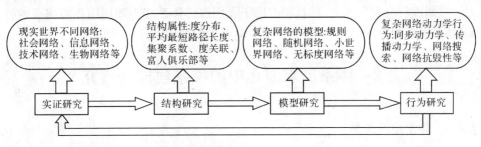

图 7.1　复杂网络研究内容

从 1999 年至今,复杂网络的研究取得了令人瞩目的成果,其研究者来自图论、统计物理、计算机、生态学、社会学及经济学等各个不同领域。在 *Nature*、*Science* 等综合期刊,*Physical Review Letters*、*Physical Review E*、*Physical A*、PNAS 等物理类期刊,以及 *Ecology Letter*、ACM 等专业期刊中开始大量出现复杂网络研究的成果。在军事领域,伴随着复杂性科学的不断发展,美国等军事发达国家纷纷将复杂系统理论的概念和方法运用到军事问题的研究中。1996 年,美国国防大学与兰德公司(RAND Corporation)举办了题为"复杂性、全球政治与国家安全"的讨论会。1997年,美国军事运筹学会(Military Operations Research Society)对多种模型连接使用时,针对建模与仿真的中复杂性问题就曾经召开了专题研讨会。1999年,该学会再次发表了题为"战争分析与复杂性"的研究报告。2003年,美国指挥控制研究计划(The Command and Control Research Program, CCRP)发表了题为"复杂性理论与网络中心战"的报告,该报告对信息时代战争中的复杂性进行了探索和分析。2006年,美国未来军事应用中的网络科学研究委员(Committee on Network Science for Future Army Applications)发表了题为"网络科学"的研究报告,探索了网络科学在军事领域的应用前景,基于复杂网络理论的军事复杂性研究成为研究热点。复杂网络通过复杂系统内部相互关系网络的研究来探索系统的复杂性和复杂现象,为认识复杂系统提供了一种新视角、新方法。

　　复杂网络行为研究的一个基本观点是:不同的网络拓扑结构对网络上的动力学行为产生不同的影响,这为探讨复杂系统中子系统的相互联系、相互作用对系统整体产生的影响提供了一种有效手段。如在体系需求中,体系能力是系统需求的重要组成部分,体系能力演化是体系需求演化的核心内容。体系能力表现为体系所具备的一种整体行为。按照复杂网络理论,体系各组分系统之间相互作用抽象出的网络的拓扑结构在决定体系能力方面起着很重要的作用,不同的网络拓扑结构对体系能力产生不同的影响。另一方面,体系是在一定的环境中存在和变化,其能力的演化是在各种环境变化的共同作用下发生。因此,对体系网络的动力学机制进行全面深入的理解,将有助于人们探讨体系能力随周围环境演变的特征,从而进行相应的结构调整,使其能力向着人们期望的方向发展。

7.2　体系需求演化中的关系建模与研究

7.2.1　体系中的关系

　　关系泛指体系组分系统之间、体系与其他体系(系统)之间、体系与环境之间的相互作用。一方面,关系是客观存在的,不以人的意志为转移;另一方面,关系又依赖于人们的认知程度。因此,我们认识到的关系是客观存在的关系形态与人们头脑中存在的关系认知相统一的结果。

　　关系可以被分类,关系分类是关系作用模式的总结。按照关系的作用形式,可以分为一阶关系(二元关系)及高阶关系(复合关系)。按照关系两端对象多少,可以分为1-1关系、1-n关系、n-n关系等。按照刻画关系函数,可分为线性关系、非线性关系、逻辑关系等。按照关系的作用结果,在军事领域可以分为指控关系、通信关系、支援关系等。按照关系的作用结果,划分关系结果不一,一般其结果受到人们对相关关系知识掌握的程度及理解差异的影响。在 UML 中，为了刻画类（Class）之间的相互作用关系，定义了关联关系、依赖关系、继承关系、实现关系、组合关系、聚集关系等关系元模型。经过实践证明，这些 UML 中定义的 6 类基本关系大体可以反映现实世界中典型的关系类别，非常适合用于描述一般系统中的作用关系。

一般情况下，关系作用的对象不止两个。但是，为了研究的方便及工程实践的需要，只考虑对两个对象产生影响的二元关系（也称为一阶关系，表示为 R）。二元关系描述了两个组分系统之间存在的各种关系。如果不考虑环境等外部因素的影响，二元关系的输入与输出仅与二元关系两端的对象有关。二元关系的作用机制一般可以用一个数学函数来表示，并且函数的形式是多样的，可以为线性函数、非线性函数或布尔逻辑函数，具体的函数形式与具体背景相关。此外，二元关系的作用机制也可能是一个仿真模型，该模型描述了在指定二元关系输入下可能的关系作用输出。不失一般性，可以将二元关系形式化表示如下：

$$R = \{\mathrm{ID}, \mathrm{Nodes}, I\_\mathrm{Parameters}, O\_\mathrm{Parameters}, \mathrm{Function}, \mathrm{Description}\}$$

式中，ID 为编号；Nodes 为二元关系作用的对象集合；$I\_\mathrm{Parameters}$ 为二元关系作用输入参数集合；$O\_\mathrm{Parameters}$ 为二元关系作用输出参数集合；Function 为二元关系作用函数；Description 为对该二元关系的描述。

复合关系（也称为高阶关系，表示为 $\hat{R}^i$，i 为阶数）指二阶及二阶以上的高阶关系，即

$$\hat{R}^i \subseteq \hat{R}^{i-1} \times \hat{R}^{i-1}, \quad i \in N \text{ 且 } i > 2 \text{ 且 } \hat{R}^1 = R$$

复合关系描述了关系之上关系的作用。在上述描述中，Model 为复合关系作用机制的非线性仿真模型，它表示在 $I\_\mathrm{Parameters}$ 为输入参数下，经过复合关系作用后产生的可能输出是什么，且该输出以 $O\_\mathrm{Parameters}$ 参数形式表达。在实际中，Model 是一个很难获得的数学模型。

$$\hat{R}^i = \{\mathrm{ID}, T, I\_\mathrm{Parameters}, O\_\mathrm{Parameters}, \mathrm{Model}, \mathrm{Description}\}$$

式中，i 为阶数，$i \in N$ 且 $i > 2$；ID 为编号；$T \subseteq \{\hat{R}^i\}$ 为复数关系作用的低阶关系集合；$I\_\mathrm{Parameters}$ 为复合关系作用输入参数集合；$O\_\mathrm{Parameters}$ 为复合关系作用输出参数集合；Model 为复合关系作用机制非线性仿真模型；Description 为对该复合关系的描述。

7.2.2　体系内部关系的复杂性分析

不考虑体系与其他体系（系统）及体系与环境的关系，体系组分系统之间的所有关系的集合称为体系内部关系。由于构成体系的组分系统数量大，相互作用样式多，作用结果难于预料，因此，体系内部关系表现出强烈的复杂性，而体系内部

关系的复杂是由体系自身具备的特征所决定的。

体系具有组分系统的运行独立性、管理独立性、组分系统的自治性、地理分布性等特征,这些特征使体系的结构脱离了原来以层次结构为特征的传统系统形态,进而表现为一种强烈的网络结构,如图 7.2 所示。而通信技术的发展使得地理分布的不同系统之间的通信成为可能,大大增加了潜在系统之间相互联系的可能性。计算技术的发展使得传统由机械、电子或发电机等驱动的系统日益转变为"软件密集型系统"(software-intensive system),并使系统的自治特性表现得更加明显。以网络结构为特征的体系也使得新系统可以比层次结构系统拥有更多的组件、更复杂的相互关系、更广阔的地理分布。同样的,体系的结构也表现为一种网络化的结构。结构的核心是不同自治组分及组分之间的相互作用和相互影响的关系。另一方面,构成体系的各组成部分不是毫无关系地偶然堆积到一起的,相反地,它们是为了实现一些特定涌现属性,通过信息、物质、能量的流动而关联到一起的,而体系的各组成部分之间的关联在外部的表现就是体系的各种关系的集合。

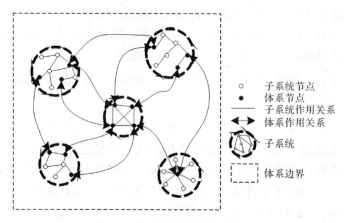

图 7.2　体系网络化结构示意图

在一般系统中,各构成要素间耦合性强,关系强度高,其作用方式较少,关系的作用结果一般是可预料的,即简单系统的二元关系作用机制描述相对简单,可用确定函数描述,系统表现出来的宏观行为可以通过还原论的方法进行精确研究。例如,在传统系统工程中,在获得系统单元的关系矩阵后,可以利用解析结构模型(ISM)方法建立系统的结构模型。然而,体系是一类复杂巨系统。体系中,组成部分间松耦合性导致体系内部的关系强度低,作用方式多,大大增加了关系的复杂性。体系的涌现性及演化性的特征更导致关系的作用结果是一个复杂的非线性过程,关系作用结果的表现形式也往往出人意料。此外,关系易受到外部环境变化而始终处于变动中。因此,体系内部关系具有明显的复杂性特征(如图 7.3

所示)。仅以还原论的方法研究体系关系不易获得体系的宏观行为,必须结合"整体论"的方法,搭建微观到宏观的"非线性"桥梁,才能在微观机制研究基础上准确把握体系的宏观行为发展规律。

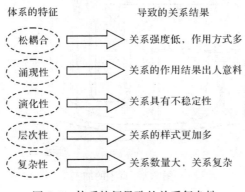

图7.3 体系特征导致的关系复杂性

7.2.3 关系建模在体系需求演化中的作用

在经典系统工程理论与方法中,系统被看做是具有集中控制、全局可见、层次结构的整体,这种系统内部的关系耦合性强,作用结果可以进行有效辨识,系统在整体表现出的涌现特性并不突出。例如,考虑一个由桌面(1 张)、桌腿(4 条)、抽屉(1 个)构成的桌子,如图 7.4 所示。木匠会事先对桌子的尺寸进行测量,并分别对 6 个子系统进行加工。在完成各子系统的加工后,按照一定的简单方式(规则)进行系统组合(如 4 条桌腿放置于 1 张桌面之下;抽屉放置于桌面之下、桌腿之间;4 条桌腿垂直于桌面与地面并相互平行等),最终能获得一个具备完整桌子功能的系统。在加工中,工匠们关心的是各子系统是否是按照规格制造出来的,而基本不会考虑各子系统组合后是否产生匹配问题。也就是说,传统系统工程中系统开发人员更关注于前期的系统设计,良好的系统构建建立在科学、合理的系统设计基础上。系统需求的核心内容是将系统分解后得到的子系统的规格说明。一旦获得了满足系统设计的子系统,系统的构建只需要按照相对简单的规则进行系统组合即可完成系统的构建。子系统组合后产生的系统整体行为并不是系统开发人员所关心的核心内容。各子系统之间的关系(系统组合的规则)相对比较简单,一般会被系统构建人员所漠视。

随着科技的发展,异构、地理分布的不同系统之间的通信与协作成为可能,更多系统有可能集成为规模更大的"系统的系统",于是出现了"体系"这类特殊的复杂巨系统。体系的结构脱离了原来以层次结构为特征的传统系统形态,表现为一种强烈的网络结构。体系的组分系统之间关系耦合性大大降低,在整体表现出

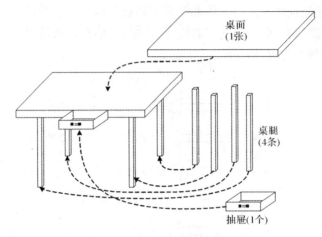

图 7.4　桌子的加工

的涌现特性更加突出。此时，即使组分系统结构与功能都已经达到体系发展所需，如果组分系统之间的相互作用混乱或没有达到系统集成要求，那么，就不能实现体系构建目标，严重影响到体系的建设质量。因此，在体系建设中，需要重视体系中关系的作用。如果再漠视体系关系的存在，就不能完全把握体系的结构，无法认清组分系统之间的互联互通互操作能力，影响到对体系宏观行为的判断。

与传统系统的设计与开发不同，在进行体系设计时，首先需要协调与规范各利益相关的不同需求，并将各分系统交予不同专业领域的相关人员，而不需要一个人或组织完成所有分系统的设计与制造。负责体系顶层设计的人员或组织主要关注点是各分系统之间如何有效地相互协同、相互联系以实现体系目标，也就是组分系统之间的关系设计。因此，在图 7.5 中，"地下交通系统"的系统集成的关键是各类关联关系的设计。相应地，体系的管理模式也发生了根本性变化，即分布式协同管理替代了原来的集中控制管理模式。

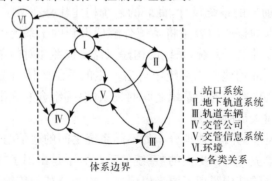

I.站口系统
II.地下轨道系统
III.轨道车辆
IV.交管公司
V.交管信息系统
VI.环境
←→ 各类关系

图 7.5　"地下交通系统"的系统集成

　　不同于一般系统需求,在分布式协同管理模式下,为保障组分系统集成后能够实现体系建设目标,体系需求的核心内容不仅要包括各组分系统的规格说明,还包括各组分系统之间的通信接口、组分系统之间的协同关系、体系预期宏观行为等核心内容。并且,组分系统之间的互联互通互操作能力成为体系需求所关注的最核心内容。可以说,组分系统之间的相互作用关系的变化已经成为体系需求演化的动力之一。此外,体系需求演化中需要有效应对与处理体系的复杂性、体系需求的不确定性。体系关系是复杂的,这种复杂性是体系结构复杂性的来源之一,是造成体系需求不确定性的因素之一。组分系统之间的相互作用关系使体系涌现出新的整体特性,尤其是实现体系能力的重要机制。综上所述,体系需求演化中关系建模有着重要意义,是探索体系需求演化机制的基础工作之一。

　　目前,关系建模研究分散于各学科中,如软件工程、信息系统建模、发展心理学等。需要指出的是,UML 将实体间的关系归为关联关系、依赖关系、继承关系、实现关系、组合关系、聚集关系等关系元模型,为一般系统设计人员提供了一种简易的、易于理解的关系描述方法。经过实践证明,这些关系基本可以反映现实世界中典型的关系类别,非常适合于描述一般系统。但是,对于具有复杂关系的复杂系统,这种描述方式被证明还是存在很大的不足。

　　此外,Yoo 等针对系统建模中缺乏指导关系分析的系统理论与方法,提出了一种关系导向分析(RNA)方法,该方法基于通用关系分类法,可以帮助用户在系统建模时辨识有用的组分关系,并可有效应用于系统分析阶段。Bapat 研究了信息管理中的关系建模,通过将管理对象间的关系与信息建模中使用的面向对象概念进行集成,大大丰富了关系的语义信息,并提出了一个关系的形式化模型,创建了一个基于虚拟关系的关系导向方法,为解决信息管理系统中的关系建模问题提供了一种可行的思路。此外,Di Battista 研究了在概念建模中如何进行实体关系(ER)模型的推理问题。Halford 及其同事在多年研究的基础上提出了关系复杂性(relational complexity)理论,认为可通过考察任务的关系复杂性来确定任务的难度,该理论在发展心理学和心理测量学中得到了广泛的重视。朱永娇等为克服复杂系统定量建模与诊断过程中存在的计算复杂、实时性和鲁棒性不强等缺陷,提出了一种基于定性关系模型的建模和诊断推理方法,并在某空间飞行器推进系统中进行了建模与诊断推理应用。

7.3　体系需求演化中的涌现行为

7.3.1　涌现行为及其研究现状

　　涌现行为所表现出的"1+1>2"的效果令人惊奇,吸引着很多人沉迷其中,可以说是系统科学中的最激动人心的概念。随着复杂性科学和系统科学的日益发展,"涌现"已经成为复杂性科学和系统科学中的核心概念,是当今乃至今后很长时期复杂性研究的焦点内容。然而,目前涌现理论的研究却面临着令人尴尬的情况。因为虽然有越来越多的人关注于涌现,但人们对涌现的研究也还很不够,有关涌现的理论基础还不完善,甚至无法对涌现给出一个精确的定义。关于涌现的内涵,不同的学者从不同的角度来把握,产生了不同的定义。

系统主义哲学家 Bunge 最早给出"涌现"的科学描述。设 X 为一具有 A 组成 $C_A(X)$ 的系统,P 为 X 的属性,则有:①P 是 A 生成(或相对于水平 A 的组合),当且仅当 X 的每一成分都具有 P;②否则,如果 X 的任一 A 都不具有 P,则 P 是 A 涌现(或相对于水平 A 的涌现)。

Swenson 认为"涌现"是一组元素(或广义粒子)从一种杂乱无章的状态向一种协调一致的状态的自发转变。Swenson 的定义是在一个广义的"物"流场下决定的,它强调可观察到的一种特殊运动过程,带有明显的物理定义色彩。

Casti 认为"涌现是作为总体系统行为从多个参与者的相互作用中所产生出的'系统论'泛称,是一种从系统的各个组成部分的孤立行为中无法预期、甚至无法想象的行为"。Casti 的定义对涌现的特征有独特的分析,颇富启示,但他研究涌现主要是为了建立所谓"惊奇的科学",过分强调涌现的出人意料性,视涌现为完全不可预测的,这一点是不可取的。

SFI 研究所的 Holland 认为对复杂现象中的复杂概念的科学定义只可能是不充分的或片面的,因此,"涌现是一个像'目的'或'正义'那样不能被恰当定义的概念",他在《涌现》一书中反复强调涌现是"多来自少"(much coming from little),"输出比输入多","涌现就是由简单的行为组合而产生的复杂行为","涌现表现为整体大于部分之和","简单中孕育着复杂性"。在 Holland 看来,由少数几条规则控制的系统能够产生出惊人的复杂性,这就是涌现,也就是涌现是一个"受限生成过程"。Holland 通过对大量的复杂适应系统的研究发现,在复杂适应系统中,即使系统元素的结构、质、行为规则等都很简单,也可能产生极为复杂的整体结构、性质和行为。

Mill 在 *A System of Logic* 一书中探讨了生成与涌现特性之间的区别,提出了涌现的三个判据:①一个整体的涌现特征不是其部分的特征之和;②涌现特征的种类与组分特征的种类完全不同;③涌现特征不能由独立考察组分的行为中推导或预测出来。

丰富而深刻的涌现现象有其内在的产生机理,涌现现象的基本机理可以粗略归为如下 5 个机理:非线性、转换、可变易的主体、选择、共同进化。

(1) 非线性。非线性是线性的反面,包括两个含义:叠加原理不成立和变量间的变化率不是恒量。相互作用、耗散性是产生非线性的原因,正是复杂系统中无数粒子之间相互作用的耦合和与外界不断的物质、能量、信息的交换,形成了非线性。涌现性是非线性的典型效应。没有非线性,肯定没有涌现,但非线性只是涌现产生的必要条件。在涌现现象中,非线性作用包括主体之间的非线性作用、主体与群体之间的非线性作用、群体之间的非线性作用及群体与环境之间的非线性作用。

(2) 转换。转换是指涌现现象中所包含的规则,它是一组转换函数。第一,每一个有涌现现象的系统都受到规则的支配。不同的系统具有不同的规则,系统的状态是通过规则转化而产生的,我们把系统整体层次的规则称为规则 n。第二,各个主体都有一个基于规则 n 下的策略规则。主体的这些规则叫规则 1,它受规则 n 的约束,是具体的微观行为所遵循的规则。规则 1 是主体在具体的学习适应过程中形成的,此时,主体的行为同时受规则 n 和规则 1 的约束。第三,在层级结构的系统中,每一个中间层次都有维持本层次相对稳定,通常被称之为 2 的规则,它同时受规则 n 和规则 1 的约束,所以,中间层次的行为最为复杂。正是规则 2 联系着宏观和微观,它具有多重的转换特性,而且不同的转换函数对应于不同的层次,规则 2 只是中间层次规则的泛称。上述三个规则统称为转换函数,三个规则之间是彼此约束的,正是通过这种转换机制,微观行为转换为宏观行为,新的东西在转换之间产生了。

(3) 可变易的主体。从客体到感知主体、从机械粒子到适应性主体再到可变易的主体的一系列过程中,SFI 研究所提出了适应性主体的概念,Holland 在《涌现》的建模过程中郑重引入了可变易主体的概念。可变易主体的概念包括对外界的被动适应和对内部环境的主动适应。可变易的主体在涌现的机理中的作用有:作为涌现中的具体参与者,是涌现产生的前提;可变易主体(如机械粒子)的数目可以直接产生涌现,如规模涌现(温度和压强等)。正是有了可变易的主体,才使选择成为可能。

(4) 选择。选择机制在涌现中起着关键作用,Popper 认为"一种挑选过程可以是一种选择过程,选择可以选自随机事件的全部组成,而选择本身并不是随机的"。在涌现的机理中,选择包含在从建模开始的各个具体操作过程中,主要包括模型的选择、积木块的选择和通过反馈的选择。

(5) 共同进化——中心极限定律。在涌现现象中,各个组成部分(主体)在地位上是平等的,既没有一个主体起主要作用,也没有一个控制中心。生成的复杂性是无数个主体共同进化的结果。由于我们能够观察到的涌现现象都是宏观行为,所以,在涌现行为中,涌现的规律主要是中心极限定律。中心极限定律也是概率理论,研究在什么条件下,大量独立随机变量之和的分布以正态分布为极限,这一类定律统称为中心极限定律。

目前,对涌现理论的研究主要体现在以下几个方面。

(1) 涌现现象的研究。杨海军在《进化计算中的模式理论、涌现及应用研究》

一文中结合进化计算中的具体情况，对进化策略的涌现现象和遗传算法中有限群体中的涌现现象进行了研究，并从理论和试验两个方面揭示了进化计算中的涌现现象。同时，他指出进化计算系统的涌现常表现为一种类似随机的现象——混沌，并阐述了进化计算中涌现与混沌的关系。马龙、柳少军研究了组织决策过程的复杂性及其中的涌现现象，分析了涌现性对组织决策效能的作用和影响，指出对组织决策过程中的涌现性进行控制是组织决策过程管理控制的重心和提高组织决策效能的重要途径。崔霞、戴汝为和李耀东对群体智慧在综合集成研讨厅体系中的涌现进行了研究，利用万维网等技术来实现研讨厅体系。唐方成、马骏等在遵循和谐管理理论的研究框架下，通过借鉴 Wright 的适应度景观概念和 Kauffman 关于生物系统进化的 NK 模型，在界定了和谐景观后，利用系统分析和模块化设计的思想，将和谐管理中的和谐主题、和、谐及环境等 4 个核心要素作为组织系统的 4 个模块或维度，并针对这些模块间的相互关联性及互动程度的变化对组织系统绩效的影响进行了仿真研究。

（2）涌现应用的研究。刘洪对基于涌现的组织管理进行了研究，提出了一些组织管理的新思路，即发展新的控制观，设计权力的分配，鼓励自组织团体，刺激多元文化，以不确定的挑战代替明确、长期的目标或图景及将经营推向挑战的情景。

（3）涌现机理研究。周健从正反馈的角度对复杂系统中形成"涌现"的内部动力学机制进行了探讨，并提出正反馈是复杂系统中形成"涌现"的重要因素的观点。张君弟对复杂适应系统涌现的受限生成过程进行了分析，揭示了它在复杂性研究中的意义。范冬萍利用"控制论原理研究计划"提出的"元系统跃迁"概念和思想对复杂系统涌现性与系统等级层次性的关系作了探索性的研究。

（4）涌现的概述性研究。苗东升在回顾涌现研究的历史进程的基础上，对什么是涌现性、涌现性的来源、涌现性的意义、涌现性的刻画等进行总结性的研究，还对系统思维进行了系统的思考，得出系统思维重在把握系统的整体涌现性的结论。

7.3.2　体系需求中的涌现行为——能力涌现过程

在需求领域，能力起源于战略使命及作战任务列表，如图 7.6 所示。然而，作为一种静态属性，体系自身能力来源于组成体系的自治组分间的相互影响与相互作用，是各自治组分系统间相互作用涌现出的一种新特性。

首先，涌现行为是体系的一种固有特性，它是体系内部局部行为及相互邻近自治实体间相互作用的累积效果，是体系在整体上表现出的体系子系统或子体系所不具备的一种特性。涌现是一种复杂的非线性过程，这种过程在传统系统过程中也可以被观测到，但一直没有受到应有的重视。这里，除了由于缺乏对涌现机制的认识外，很大一个原因是由于人们存在以下错误的观点：涌现行为的出现是不可预测的。然而，人们逐渐认识到涌现行为的产生并非不可认识，只是我们还

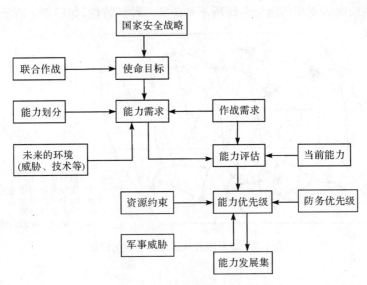

图 7.6　体系需求能力生成过程

没有理解涌现的机制,对于其产生的不确定性结果无法作出有效预测。为了进一步认识体系的演化性,更加有效地使涌现行为朝着人们预期的方向发展,2006 年,Madni 提出了"导向涌现"的概念,它是使涌现行为向预想方向发展的一种驾驭能力。而"导向涌现"也是 USC 大学系统与软件工程中心(CSSE)推荐的体系构建中面临的十大挑战之一。

其次,能力的产生与演化严重依赖于组分系统间各种相互作用关系的影响。事实上,即使我们已经获得并成功实现了体系中各种组分系统所需具备的功能,如果各组分系统之间是不联系,或联系不紧密、不恰当,那么,此时体系在宏观层面表现出的能力就不能反映出体系所具备的真实"本领"。这种情况在实际中表现更为突出。例如,我们在陆海空天电领域对某一区域目标的打击都已经有自己的有效手段,然而,在形成一体化联合作战体系后,这种能力却大大降低,甚至丧失。原因是各作战系统并不具备联合为一个体系的互联互通互操作条件。如果在体系构建之始就能够对体系集成所产生的能力进行有效辨识与判断,那么,这种情况就会避免。所以,如果没有一个良好的关系结构,即使拥有再尖端的装备,也不能构建出一个具备良好能力的体系。

最后,体系复杂关系是能力涌现的微观机制,能力是体系复杂关系作用的宏观表现。Holland 的"受限生成过程"模型认为涌现行为是将系统状态放置于一定的约束之中产生的系统新的行为。如果把体系中的关系作为体系状态运行的约束,那么,在关系的作用下,体系必然会涌现出一些新的体系行为,这些行为使体系具备了完成一系列作战任务的本领。因此,能力是体系内部组分系统相互作用,在宏观层次表现出的组分系统所不具备的一种新特性,如图 7.7 所示。

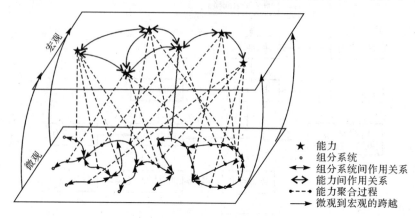

★	能力	
○	组分系统	
↔	组分系统间作用关系	
↔	能力间作用关系	
---	能力聚合过程	
→	微观到宏观的跨越	

图 7.7　体系能力从微观到宏观的跨越

7.3.3　基于复杂关系分析的体系能力双层建模框架

作为体系能力涌现的微观机制,体系内部复杂关系的分析与建模至关重要。然而,体系内部关系纷繁多样,数量巨大,其作用结果更是多种多样,难以预料。因此,对体系内部复杂关系的建模需要抓住重点,集中突破。当前,迫切需要探索组成体系的各组分系统如何综合集成而具备完成特定任务的过程,以明确体系能力的自下而上的生成过程。一方面,能力是当今体系研究的关键内容。从体系自身来看,其具备的能力是由于各组分系统经过综合集成后在体系层次涌现出来的一种行为。以 Holland 的"受限生成过程"理论来解释,体系内部关系是体系运行的一种约束,在这种约束下,体系在宏观上表现出新的系统行为与本领,其中一种就是体系的能力。另一方面,能力的本质要求能力是度量体系内部复杂关系的作用结果的重要依据。因此,能力是体系内部复杂关系研究的突破点,即以能力为着眼点,重点关注对体系能力产生重大影响的体系内部关系。

体系能力指标体系是评价体系能力所使用的多个指标的集合及其层次关系。体系结构复杂,能力指标体系一般具有多层次结构,任意层次的能力指标是由其多个下层能力指标聚合而成。体系的能力指标体系不同于组分系统的性能指标,但又与组分的性能指标紧密结合。一般来讲,能力指标体系中最底层的指标刻画的是组分的性能指标。事实上,体系内部复杂关系的作用将使得相应组分系统性能指标在满足体系目标的要求下发生变化。这些性能指标的变化通过指标的聚合作用最终产生对能力的影响。因此,能力指标聚合作用为研究体系内部关系对体系能力的变化提供了一个桥梁。

总之,以能力为着眼点研究体系内部复杂关系,明确了对能力产生重大影响的组分系统,减少了被关注的关系数量,降低了关系复杂度,找出了能力产生的关键影响因素,使能力从组分系统的关系出发实现微观到宏观的跨越成为可能。

　　体系能力建模的核心是对涌现某种能力的微观机制建模(即面向能力的复杂关系分析与建模研究),以及对该能力在宏观层次的表现进行有效辨识(能力指标聚合研究),关键是如何将微观机制产生的结果导向到预期的能力状态(即从复杂关系到能力的涌现过程建模)。在微观机制建模-宏观行为辨识双层建模思想下,结合体系能力建模问题要求,提出了一种体系能力双层建模框架,如图 7.8 所示。

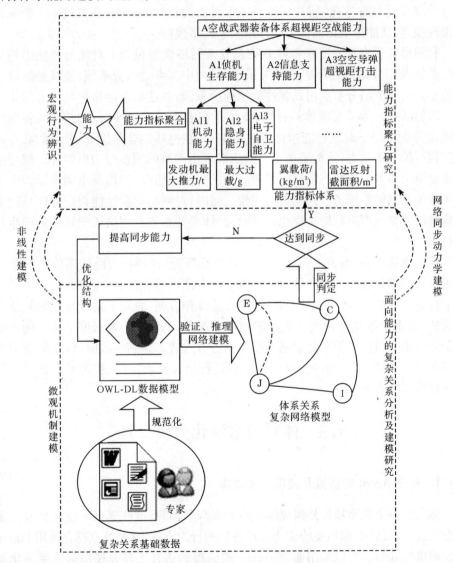

图 7.8　体系能力双层建模框架

在微观层次,试图对体系复杂关系进行完全的分析与建模都是徒劳的,也是没有必要的。为此,如何面向能力获得明确及精确的相关关系是建模的主要内容。目前,体系研究中已经有大量的关系数据存在,如在多视图建模方法中,多采用图、表的形式进行描述(如作战节点连接图采用网络图、能力关系图采用 UML 类图等),视图产品中的连线表示了系统组成成分之间的某种关系(如作战节点连接图中的线表示两个作战节点之间存在信息交换关系)。这些数据,包括专家经验,是体系进行复杂关系分析与建模的基础数据。利用形式化方法对这些基础数据进行规范化与标准化,使其属性中体现对能力指标的影响,在通过一定的验证及推理规则,就能生成面向能力的体系关系网络模型。

利用形式化推理方法获得体系关系复杂网络模型包含了对能力产生影响的组分系统及组分系统之间的主要关系,即模型中节点是组分系统,连线是抽取出的关系。每一个组分节点由系统性能指标所刻画,且这些性能指标与能力的指标体系密切联系。为了实现体系目标,使体系在宏观层次涌现出新的特征,各组分系统在关系作用下对其性能指标产生影响,并在网络耦合作用下,节点的状态最终达到一种平衡状态,这种平衡状态的获得可由网络的同步行为所解释。网络的同步是指网络各节点状态随时间趋向一致的行为。因此,利用网络同步动力学可对体系关系到体系能力的跨越进行建模。同时,对网络同步性能判定可以反过来对构建的网络模型进行结构优化,使构建的体系关系复杂网络模型导向到产生涌现行为。

在宏观层次,能力表现为体系的一种宏观行为,这种行为由体系能力的指标体系度量。体系能力的整体量化指标则依赖于能力指标聚合。目前,常采用的指标聚合方法有加权和、与或模型等,这些方法操作方便,兼顾了定性与定量相结合的优势,但由于各指标之间的关系归纳过于简单,只能在一定程度上体现能力指标聚合效果。当体系关系复杂网络模型中各节点状态达到一致时,体系的能力指标将获得一个平衡点。此时,对体系能力进行指标聚合,可以获得平衡状态下体系达到的能力水平。

7.4 体系需求演化分析工具

7.4.1 基于 Agent 的仿真及突现演化建模

体系的一个典型特征是组成体系的元素众多,而且这些要素一般都具有一定的自主性,及可以根据环境的变化选择各自的行为方式,这些特点符合使用 Agent 建模的思想,因此,可以采用面向 Agent 的建模和仿真工具开展面向体系演化及涌现行为的研究。

桑菲研究所的 SWARM 是一个高效率、可信的、可重用的软件实验平台,它为进行复杂性研究提供了一个标准的软件工具集,借助这个软件实验环境,可以大幅提高进行面向 Agent 的仿真和分析。SWARM 的思想是一系列独立的个体通过独立事件进行交互。SWARM 模拟的基本单位是个体 Agent,每个 Agent 就像系统中的一个演员,是能够产生动作并影响自身和其他 Agent 的一个实体,利用这些 Agent 的模拟与仿真主要包括几组交互的个体。SWARM 中有 7 个核心库:defobj、collection、random、tkobjc、activity、SWARMobject 和 simtools。前 4 个是支持库,可以被 SWARM 之外的其他应用程序调用;后 3 个是 SWARM 专有库,直接服务于基于 SWARM 的 Agent 仿真和分析。目前,SWARM 还为建模提供 3 个领域相关的库:space、ga 和 neuro。用户可以通过直接使用 SWARM 库中有用的类来建模,也可以通过继承某个及存在的类,增加新的变量和方法对其进行实例化,使得研究人员可以共享编好的 SWARM 模型软件,方便人们在研究时交换思想和相关技术。SWARM 库有两个主要功能。首先,库是一系列可以被建模者直接用来实现的对象,对许多对象来说,特别是一些技术含量比较高的,如时间表数据结构,用户能做的可能也就是使用 SWARM 库来建立自己的子类,为专用的建模需求建立专门的类。以上两种模式在使用 SWARM 库中都十分重要,SWARM 的设计使两个方法都非常便于使用。SWARM 仿真平台所用的仿真语言是 Objective C,Objective C 是一种面向对象的编程语言,它是在标准 C 语言的基础上扩展了面向对象编程功能,Objective C 与标准 C 是相兼容的。一般,应用 SWARM 平台作为较为简单的 Agent 行为建模工具和仿真引擎,但由于其主要是面向科学研究领域,因此,其用户界面、交互性及所提供的基础类库等较为简单,对于一般的应用于某一具体背景下的体系演化仿真研究则显得有些薄弱。

7.4.2 基于 Agent 的仿真工具——AnyLogic

1. AnyLogic 的功能

AnyLogic 是俄罗斯 XJ Technologies 公司推出的一款建模仿真软件,在金融系统、商业流程、生态系统、医疗系统、交通物流系统、制造系统、市场营销、社会系统、供应链、城市交通、社会系统、计算机及通信系统的建模和仿真中都有广泛应用。AnyLogic 作为专业虚拟原型环境,用于设计包括离散、连续和混合行为的复杂系统。本节介绍的 AnyLogic 是 5.5 版本。

AnyLogic 以最新的复杂系统设计方法论为基础,是第一个将 UML 语言引入模型仿真领域的工具,同时支持混合状态机这种能有效描述离散和连续行为的语言的商业化软件。AnyLogic 基于 Java 平台的开发模式,使用户建立的仿真程序具有很好的跨平台特性——即在任何 Java 支持的平台,或是 Web 页上可以运行仿真模型。

AnyLogic 自带多个库文件,包括统计图表库、企业库、行人库、交通库、Agent库及为某些特殊应用领域或模型开发的库。有了库,不同模型的对象可以得到很好的重复利用,这些库文件提供了常用的插件,使用户可以快速建立自己的模型。

AnyLogic 丰富的动画功能能够快速地在模型编辑器中创建互动的二维、三维动画,包括一些基本图形、各种形状的指示器和统计图表。另外,添加的互动部分,如按键、滚动条、编辑区域等,使用户可以在仿真时对模型的参数进行动态调整操作。

2. AnyLogic 的基本操作

在 AnyLogic 中,建模和仿真从创建一个新项目(Project)开始,在创建了一个新项目之后,项目窗口和属性窗口即显示(如图 7.9 所示)。项目窗口用于创建、查看和操作模型中的元素,由于项目的结构是层次化的,因此,一个项目显示为一个树状结构。项目自身构成树的顶层,接着下一层为包,然后是活动对象类、消息类和枚举类。属性窗口由若干页面组成,每个页面中都有如编辑框、选框、按钮之类的控件,用于查看和修改属性。页面的数目和每个页面的内容取决于所选定对象的类型。

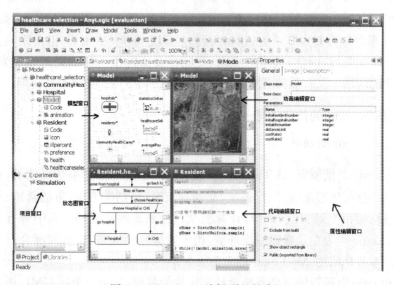

图 7.9　AnyLogic 编辑项目的窗口

AnyLogic 模型的主要构建模块是活动对象(active object)。活动对象可以用于建模现实世界中类型广泛的各种对象,如加工工作台、资源、人员、硬件、具体的物体、控制器等。一个活动对象即是活动对象类的一个实例。在开发一个 Any-Logic 模型时，实际上是在开发活动对象的类，以及定义这些类之间的关系。双击项目窗口的活动对象类，打开该活动对象类的结构图。在结构图中，可以定义该活动对象类的属性、接口、封装的类及他们之间的关系，还可以用状态转移图、定时器和微分方程定义行为。在活动对象类的代码窗口，用户可以为活动对象类编辑 Java™ 代码，定义任意的成员变量、嵌套的类、常数及方法。这些代码被加入到活动对象类的定义中去，可以在此对象内部任何地方访问这些类数据成员。

　　AnyLogic 提供的动画技术可以使用模型中的对象结构来创建复杂的二维和三维动画，每个活动对象类都可以与一个动画相关联。动画是由各种形体组成的绘图，在动画编辑窗口使用工具条对动画进行编辑。

　　在完成模型的构建和动画之后，可以运行仿真模型。AnyLogic 可以运行于真实时间模式或虚拟时间模式。在真实时间模式中，AnyLogic 模型时间将被映射到真实时间上，即用户指定一秒钟内执行多少个模型时间单元，在完成了对某个动画的建模，并且希望观察此模型在真实生活中的行为时，就经常会用到这个模式。在虚拟时间模式下，模型运行于最高速度，且在模型时间单元和真实时间之间并不建立映射关系，该模式适用于用户所建模型是对长期行为进行仿真的情况（如图 7.10 所示）。在仿真运行时，可以通过模型浏览窗口和动画浏览窗口观察模型的运行，并能实时地调整仿真的参数。

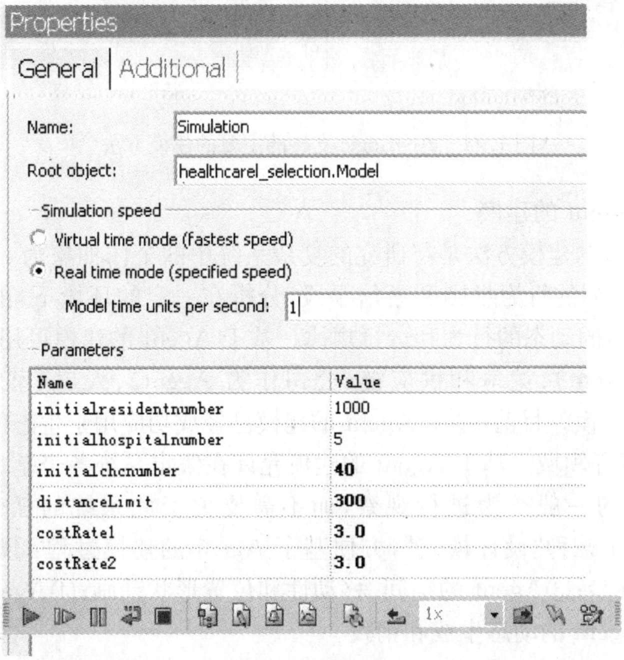

图 7.10　仿真参数设置和仿真运行控制条

3．AngLogic 的建模方法和应用

　　AnyLogic 支持最常用的三种建模方法：基于 Agent 的建模、基于过程的建模（动态系统、离散事件系统）、系统动力学方法（如图 7.11 所示）。AnyLogic 支持在一个模型中综合运用上述三种建模方法。为使读者能够更加具体地体会AnyLogic的功能和作用，下面结合三个实例来说明 AnyLogic 的建模方法和应用。

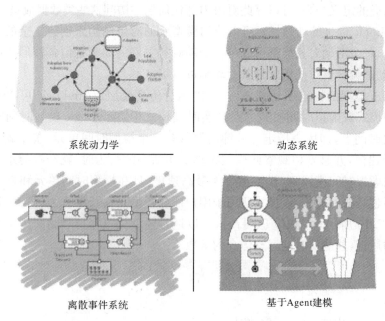

系统动力学　　　　　　　　　动态系统

离散事件系统　　　　　　　　基于Agent建模

图 7.11　AnyLogic 支持的主要的建模方法

1）基于 Agent 的建模

　　基于 Agent 的建模方法是将研究的复杂系统中的个体抽象为 Agent，通过为 Agent 定义一系列的行为规则和通信手段，分析在一定的环境下，由 Agent 之间交互涌现的整体的动态的行为和运行规律。基于 Agent 的建模可用于对市场（潜在客户作为 Agent）、竞争和供应链（公司作为 Agent）、人口（家庭、个人作为Agent）等进行建模。目前，基于 Agent 的建模已经成功应用于生态学、社会学、经济学、交通模拟等领域。基于 Agent 的建模允许在假定系统各个基本成员行为的情况下对系统的一般行为进行观察，而不需要关于此系统的任何全局知识。AnyLogic提供了几种"设计模式"，方便基于 Agent 的建模过程：①模型的架构；②Agent间的同步；③Agent 的空间、移动性和位置形状动画；④Agent 间的连接、通信方式；⑤Agent 的动态生成和销毁。

　　下面通过居民就医选择模型来说明运用该工具进行基于 Agent 方法的建模

仿真。

（1）模型介绍。居民就医选择模型是研究居民就医行为,分析影响居民就医的主要因素,为政府制定相关医疗政策提供辅助。考虑到居民个体在就医时差异大,情况复杂,因此,适合用 Agent 方法进行建模。该模型将居民、医院、社区医疗机构抽象成三类 Agent,模型中考虑的疾病为两阶段的非传染性疾病,外部环境影响主要考虑的是政府的医疗政策。模型中,对居民就医设置了 4 条规则,分别是费用规则、距离约束规则、医疗能力约束规则、医疗服务选择偏好规则。居民的行为包括患病、选择医疗机构、就医、康复。医院和社区诊所分别设置地理位置属性、医疗能力属性(病床数和),居民的收入和发病按照设定的概率分布生成。整个仿真过程模拟居民的就医行为,分析政府调控不同医疗机构的医疗费用及医疗机构的数量对居民整体的就医和健康情况的影响。下面,介绍在 AnyLogic 中上述模型的实现。

（2）模型实现。在 AnyLogic 中新建一个项目,在项目窗口新建 4 个活动对象类,分别是 Resident、Hospital、CommunityHealthCare、Model。Model 类用于封装前 3 个类,用于仿真中参数的调整和动画展示。在 Resident 活动对象类中,封装软件自带 agentbase 类,设置相关属性,用状态转移图定义居民的复杂行为,如健康状况的变化、就医的选择等。用定时器定义居民的简单行为,如收入的变化、年龄的变化等,在参数表和属性窗口自定义相关参数和属性,在 Additional Class Code 自定义行为实现的代码。对于 Hospital 和 CommunityHealthCare 活动对象类,采用相同的方法实现其属性和行为。Model 活动对象类用于封装上述 3 个类,设置仿真中上述 3 个类的对象数量,统计图表的设置、仿真调节的参数设置,在 animation 窗口加入条形参数控制器、编辑相关动画。图 7.12 是该模型仿真运行时的截图。

2）基于过程的建模

基于过程的建模是指以研究客体的行为过程为对象的一种建模方法。例如,研究医院急诊室的优化问题——如何设置急诊的流程、医生和护士的最佳人数使得单位时间内能够服务的病人最多。AnyLogic 的离散建模结构包括对象间通信层的信息传递机制、状态图和位于对象内部行为层上的各种基本数据单元(如时钟和事件)。对象内部的简单行为可以用时钟来定义,但如果事件和时间顺序较为复杂的话,就用状态图来定义。AnyLogic 支持 UML 中的状态图,包括复合状态、分枝、历史状态等。信息、各种事件、条件和延时都可以触发状态图中的转移。AnyLogic 同时也支持以微分方程表示的连续过程建模。下面通过海岸雷达防空系统的建模和仿真来说明在 AnyLogic 中基于过程的建模。

（1）模型介绍。海岸雷达防空系统模拟岸基雷达防御飞机空袭的过程,评价雷达探测范围、数量、配备导弹的数量对作战效能的影响。蓝方空袭的飞机分批

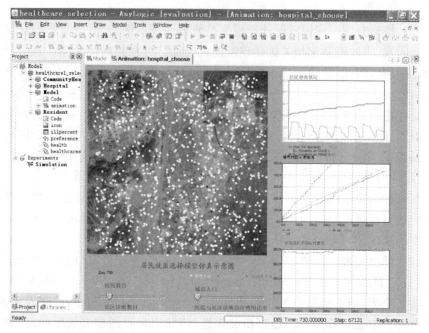

图 7.12　基于 Agent 的居民就医选择模型及仿真

次打击红方地面目标,红方在岸基布置了一定数目的雷达。当雷达探测到来袭飞机时,对飞机发射导弹,导弹以一定概率击中目标。蓝方飞机若突破红方防御,随机选择红方地面目标进行轰炸。

(2) 模型实现。在 AnyLogic 的项目窗口新建项目,在项目下建立 Asset、Enemy、Missile、Radar、Root 5 个活动对象类,分别对应地面目标、空袭飞机、导弹、雷达和根对象。用状态转移图来描述飞机、导弹、雷达的离散活动。用微分方程描述飞机、导弹的运动方程,通过接口、消息传递机制实现导弹、飞机、雷达之间的交互。在 Root 活动对象类中封装所有类,在其动画窗口绘制仿真运行时动画,在实验窗口设置仿真的根对象、仿真推进时间、随机种子生成方式等。图7.13是在 AnyLogic 中基于过程的建模方法研究雷达防空系统的仿真截图。

3) 系统动力学建模

系统动力学是一种研究复杂系统的方法,它针对实际系统中存在的问题,从系统的整体出发,充分估计和研究其影响因素,考虑复杂性,特别注重研究系统内部的非线性性相互作用、协同及延迟效应等,是一种研究信息反馈系统动态行为的计算机仿真方法。AnyLogic 支持基于系统动力学的建模和仿真,这里不再具体展开。图 7.14 是在 AnyLogic 中运用系统动力学的方法研究商品的营销策略的仿真截图。

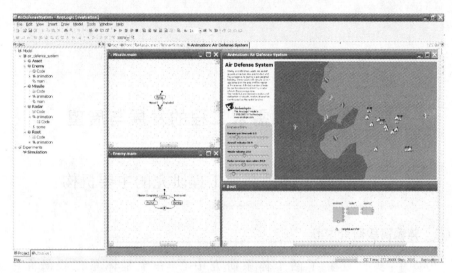

图 7.13　海岸雷达防空系统仿真截图

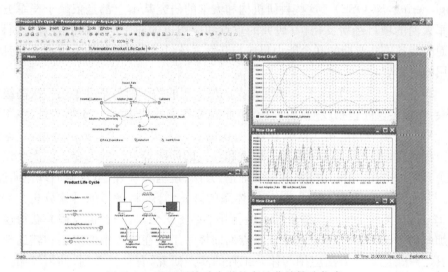

图 7.14　基于系统动力学的产品营销策略仿真

第8章 体系需求工程的发展与展望

8.1 国际上体系需求工程研究的主要机构

8.1.1 体系高级研究中心

2005年,美国建立了两个体系研究中心:一个是体系工程研究中心(SOSECE),另一是美国老道明大学国家体系研究中心(National Centers of SoS Engineering,NCOSE)。这些科研机构和大学的研究基本上都是依赖于美军方或各军火商的项目经费支持,其研究的重点和应用也偏向于国防部的各重点项目,如面向装备采办前期的联合能力集成与开发系统(JCIDS)的各项关键技术和具体应用的研究等。

2005年6月,SOSECE在美国宾夕法尼亚州的约翰斯敦举办了第一次高级研讨会,参加会议的包括政府、研究所,工业界等各方的代表。2006年7月,在美国国防采办大学举办了第二次会议,该会议的目的是提供一个开放的环境,讨论体系工程研究、进展及应用中取得的成就和存在的问题等方面的内容。本次会议有两个方向:一方面是面向体系研究的理论、方法、过程和实践,重点偏向理论研究;另一方面偏重于应用分析研究,实际体系的开发、管理和操作的具体分析。2008年12月,在美国马里兰州的盖瑟斯堡召开了第三次会议,作者也投稿并获得邀请参加此次会议,此次体系工程会议重点面向体系工程在实践中的应用和辅助软件工具、方法、运筹学方法应用与体系工程的实践研究,有包括美国、韩国等相关体系研究人员的参与。比较引人注目的是,美国Sandia国家实验室的多名研究人员报告,为美军开发的一套体系分析工具集(SoSAT)成为目前公开的直接支持体系研究的软件工具集。

MIT和普渡大学也分别从工程系统领域和智能交通系统方面开始致力于体系构成相关技术的研究。荷兰的Delft大学技术、管理与政策系能源战略研究小组从能源开发,减少碳的排放量、电力网络传输等方面开展了体系工程相关的研究,其研究重点围绕如何科学制定各类政策,保证经济、社会及工业方面的健康持续发展。

8.1.2　美国普渡大学

美国普渡大学在体系优化与组合、体系评估与决策、体系博弈与竞争、体系建模与仿真等方面具有较高水平。主要进行体系研究与工程实践，特别是在航天、交通方面，如 Rotea 教授在航空交通管制系统领域的研究（包括卫星方面），体系研究小组将体系和智能基础设施系统相结合，主要研究信息技术、经济及复杂动态行为的预测和航空技术的接口，以此来建立一个航空交通管理系统，他们提出并建立了空中交通管理仿真综合环境（SEATRACS）。SEATRACS 可以在一段具体的空中交通网络中进行决策的分析和测试，Rotea 正在从事相关模型和算法方面的研究。

Crossley 认为在卫星应用方面处理问题不清楚时，尤其是在设计复杂系统时，应用传统的方法（如复杂系统理论方面）同样可以取得较好的效果。在卫星领域使用优化方法，其目的是使电子通信服务更加经济适用。在复杂、大尺度系统下使用优化设计、在可靠性估计的早期阶段引入不确定性，使设计人员可以进行更多非正式的风险估计。在复杂、大尺度系统下进行优化设计需要很多计算，如代码计算，因此，工程师都是用确定性方法产生许多规模过大、大量冗余、代价巨大的系统。

Hassan 提出了一种减少在复杂、大尺度系统下设计计算时间的方法，在 Crossley 的帮助下，她开发了一种基于遗传算法的搜索方法，进行优化，评估不确定性能标准的统计特征，此算法节省了大量资金，提供了应对体系问题的一个一般方法。

8.1.3　卡内基·梅隆大学

2008 年夏天，卡内基·梅隆大学软件工程系（SEI）与美国军方合作，召开了一次关于体系结构方面的研讨会，会议邀请了政府、学术和工业界的相关人士，就企业体系结构、体系的体系结构、系统体系结构和软件体系结构等方面进行讨论，分析了各种典型架构之间的异同点，并且帮助军方分析国防部体系架构（Dodaf）在描述体系架构方面的作用。此外，卡内基·梅隆大学在体系领域，特别是软件体系结构方面的研究非常著名，其研究的主要重点是软件体系结构的成熟度模型、软件体系结构的划分层次，并且参与了多项美国国防部牵头的大型体系研究项目。

8.1.4　老道明大学——国家体系研究中心

体系工程国家中心（NCSOSE）是建设在老道明大学的一个多学科交叉研究中心，其主要宗旨是在政府、企业的任务需求牵引下，由多个系联合在一起来集智攻关解决复杂体系的设计、分析和集成等方面的问题,开发相应技术以支持更好地完成体系工程领域的各项研究工作。NCSOSE 的主要目标是深入研究复杂体系及相关领域的知识,它通过开展实践方面的研究工作,指导应用研究解决目前的体系工程问题,向决策者和高潮提供高质量的信息;也负责开展体系集成,提供体系工程方面的教育和培训。NCSOSE 的主要研究领域和重点包括:将体系工程作为一个单独的学科来研究和发展,建立组成体系工程的知识框架,强调开展体系工程研究的各类技术、方法和工具。

8.1.5　科学应用国际公司的一体化体系协同环境实验室

为满足美军联合部队司令部(USJFCOM)对体系设计、开发、集成、测试、试验等技术的要求,2004 年,科学应用国际公司(SAIC)在弗吉尼亚州萨克福马成立了一体化体系协同环境实验室(JSCEL)。JSCEL 是一个地理集中、逻辑分布的集成硬件、软件的开发环境,可为用户提供实时、不间断的技术支持。JSCEL 与美军在全球的军事设施互联,通过分布式仿真提供对新概念和技术进行实验的能力。目前,实验室主要关注于美军在全球反恐战争中面临的最紧迫问题。

JSCEL 将使 SAIC 的客户领略到第一手的军事变革成果,如实时虚拟构造仿真集成技术、体系概念、快速原型系统,以及与其他分布式军事变革成果的连通性等。由于具备可重构的作战指令系统及工作空间,可使客户获得分布式的实时、虚拟、有效仿真能力,因此,JSCEL 也将支持局部的试验、集成及演示。此外,JSCEL 强化了与 SAIC 其他机构的内部横向协作能力。美军联合部队司令部(USJFCOM)对 JSCEL 寄予厚望,预计 JSCEL 将在美军军事变革中发挥重要。

8.1.6　波音公司的体系集成实验室

在美军未来战斗系统(FCS)项目的支持下,波音公司于 2005 年 1 月在加利福尼亚州亨廷顿成立了一个隶属波音公司的体系集成实验室(SoSIL),该实验室参与者包括波音公司的 FCS 系统集成团队、SAIC 及其他相关的工业伙伴。实验室总占地面积达 14000 平方米,将为 FCS 研发与测试所需的各种软硬件设备。SoSIL 是一个大规模的通信网络结构,可服务于大规模建模与仿真实验、软硬件集成测试、虚拟环境试验等工作,并且具备"人在回路(soldier-in-the-loop)"的能力。FCS 家族中的任何车辆、传感器、软件系统在服役之前,都必须在 SoSIL 实验室里完成集成,并进行严格测试。为了实现测试目标,实验室的工程人员和技术人员利用 SoSIL 的大规模计算能力和强大的建模与仿真工具创造出一个三维的数字战场,在这个数字化战场中,地形、天气、电子干扰等其他因素都可以被控制,以确保试验的真实性。此外,SoSIL 实验室工程人员研发了一套单独的软件系统来模拟 FCS 作战平台的部署。

8.1.7　其他机构

美国国防部设立了体系工程创新中心,制定了《体系条件下的系统工程指南》。美国各军兵种也研究了各自的体系工程方法,制定了相关的体系工程指南。英国国防部也大力开展了支持网络化作战能力的体系架构和体系效能评估研究。

8.2　体系研究的热点问题和领域

8.2.1　体系工程最新的研究热点

在 2008 年体系工程国际期刊第一期的文章中,总结了体系方面的 13 位权威专家在一次高层研讨会中得出的体系工程领域急迫需要开展研究的 10 个热点内容,分别是:①弹性、适应能力、快速恢复能力;②成功的案例;③系统与体系属性的差别与比较;④模型驱动的体系结构;⑤体系结构多视图产品;⑥处理复杂性中人类的局限性;⑦网络中心的弱点;⑧演化、进化;⑨导向性涌现行为;⑩无单个所有者的体系。同时,通过投票和研讨,从研究的难度和研究的价值这两个方向对这 10 个内容分别进行了打分,得出了如下的结果(如图 8.1 所示)。

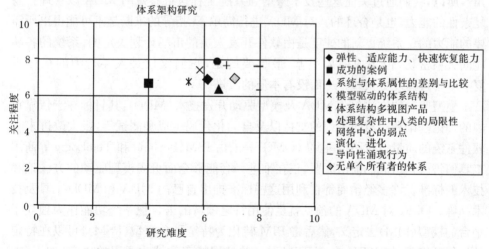

图 8.1　体系工程研究 10 个方向及难度评价

(1) 弹性、适应能力、快速恢复能力。包括 4 个方面:①决定构成体系的结构特征;②确定支持和影响基础结构的体系结构的主要方面,包括开发者、用户、支持者、使用者和维护人员;③鉴别这些方法来创建一个文化以突出系统的快速恢复能力,多数情况下,这些文化将对体系的恢复能力产生负面影响;④研究一种统计方法来统计一个系统在全寿命周期过程中,不同阶段最容易受到攻击的时段,包括构建、开发和操作等过程,以避免出现重大破坏。

(2) 成功的案例。传统的解决体系方面问题的手段主要是采用"divide and conquer"分割并逐个攻克。①体系结构如何能够鉴别和处理好隐含在体系内部的特点,并通过外在的作用环境将其表现出来;②体系结构的建模如何在多个属性指标之间建立权衡;③体系的特征值如何度量和测试。

(3) 系统与体系属性的差别与比较。①估算费用、进度、质量、产量及其他与应用模型驱动方法相关的属性的分析模型;②决定和确认是否现有模型能够为这个目的或者是否一个新的模型和一个不同费用框架是所需的;③多维数学模型管理方法和工具,运用图形理论及其分支、约束理论等来确定模型的一致性和可计算性,在数以万计的变量的模型中选择有效的数据进行整理和计算;④进化计算和遗传算法是在大范围空间搜索满意解的有效方法;⑤定量的风险管理,基于决策理论,在费用、性能和风险之间进行平衡;⑥价值和有限模型,将不同利益相关者的需求及他们的风险评估转化为可以接受的测试标准,并进行模型校验。

(4) 模型驱动的体系结构(MDA)。随着软件系统规模、复杂度的不断膨胀,以及对性能的关注,模型驱动的方法正逐渐引起人们的兴趣。由于在现有和未来系统中导致复杂度增加最主要的驱动力为计算机、软件和通信技术这一"铁三角",所以,我们通过关注这些技术来增强系统工程执行有效的 MDA 以管理自身复杂性的能力,也是合理的。对 MDA 进行简单、无指导的推断是不可能得出所需要的能力的。系统更新的速度是由软件开发人员的市场计划决定的;系统的各功能间关系密切,但集成效果很差,最重要的是,它们仅仅是人类行为的机械重复——不过速度更快些——而没有本质的改进。

模型驱动的方法包含 MDA 及模型驱动开发技术(MDD),其目标在于依靠正规的理论基础和对双向工程的支持以及自动化代码生成和测试等,极大改进未来软件系统的质量,目标管理团队(OMG)——由 IBM、Borland 和 TeleLogic 等商用工具销售公司组成的前沿联盟,正在推进一套能够全面巩固模型驱动的方法论和技术的标准。许多经销商都在利用这些标准推出自己的 MDA 和 MDD 工具及技术品牌。OMG 对 MDA 的预见就是使用特定领域的语言把系统功能作为独立于平台的模型(PIM)去定义,然后将 PIM 转化为特定平台模型(PSM),可以在特定的运行环境下(如 J2EE 或. NET)运行,并且用特定领域或通用的语言(如 Java、C++或 C#)进行编写。

模型转换通常使用自动化手段来实现。与所有模型驱动方法相同的是一组用于构建、描述、可视化、表示及存储软件系统规范的标准。虽然人们对于开发一个正规的软件规范模型没有异议,但要发掘出 MDA 的全部潜能仍然是个艰巨挑战,尤其对于大型的软件系统。Gartner 团队已经认定 MDA 技术是"上升中的新星"。许多开发工具供应商正不遗余力扩展其工具对 MDA 和 MDD 的支持,这些工具涵盖了模型创建、分析、转换、组合、测试、仿真、元数据管理及逆向工程。尤其是,IBM 的研究机构正在克服 MDA 方法的障碍和不足方面连续奋战。关于模型驱动方法改进方面的报道在诸如 ECMDA、OOPSLA 和 ECOOP 等学术和研究会议上总能见到。总之我们相信,软件系统架构建模和开发的模型驱动方法在以后几年中必将结出累累硕果。

与前述背景相反,存在下述需求:

① 估计成本、时间进度、质量、效率和其他数值属性的解析模型,与模型驱动的方法联合使用开发大规模软件系统,这种能力可以构建在基于模型的体系结构及软件工程(MBASE)指导方针上。存在这样的情况,现有的成本、规模、质量评估方法可能要被重新定义、修正或者扩展,这是因为使用模型驱动的方法,代码是通过技术-细节转换的应用软件自动生成的。特别是,需要研究来测定预测成本、生产率和其他属性值及与 MDA 和 MDD 工程相关的参数。

② 判断和验证现有模型是否能够按此目的进行改进,或者是否需要一个新的模型及不同的成本架构的方法。我们期望模型驱动的方法能够提高生产率和可追溯性,降低开发成本和风险。

③ 多维数学模型管理方法和工具,引入图论及其分支理论,约束理论-决定模型的结合度及在模型包含成千上万个变量下的计算"可行度",这种能力可用来增强建模语言(如 SysML)的精确度和数学基础。

④ 搜索广阔交易空间的进化计算及通用算法满足设计要求。

⑤ 定量的风险管理,基于决策理论,聚焦于设计的开支、性能和股东可接受风险之间的平衡。

⑥ 解释股东的各种需求和将风险评估转化为模型能够验证的、可接受的、标准的评价和偏爱模型。

目前,对此类模型开发方面的研究还很少,即使与上述变量相关的一点点进展也会带来 MBSE 的实际改进,并使得系统工程离"系统工程一体化理论"这一长远目标更近了一步。

(5) 体系结构多视图产品。对复杂系统使用多视图可以帮助人们理解、决策和管理系统问题是众所周知的。医生和病人可以通过人体骨骼、肌肉、消化、血液和神经系统等方面的视图来进行诊断。建筑或飞机制造商及其股东通过对建筑或飞机的立体、结构、机械、水压和电子子系统的视图来进行设计制造。软件开发人员及其股东通过软件的数据流、状态转换、类层次结构、实际部署和使用等方面的视图来进行设计开发。

对于独立系统,对上述视图的一致性、兼容性和可行性的论证已经很困难了。然而,对于包含了多个大型、紧密耦合、单独演化、多任务的系统和他们的股东的网络中心的体系,这些困难就变得尤为可怕。体系越大越复杂,这种多视图能力就显得愈加有用和重要,但同样的,描述和应用这些视图也就更加困难。

当体系开发人员和股东面对着处理上述多视图问题的各种架构描述法、工具、过程和手段时,他们会发现目前的技术手段存在显著不足。目前的热点研究主题和改进这些能力所面临的挑战如下。

① 可量测性。例如,一个网络中心的体系可能有大量的状态和状态转换。一些转换可能是灾难性的,但对于离散数字系统,还没有好的技术来识别和避免这些灾难。某些手段,如抑制这些"稀疏"系统的细节和它们的状态可以减小规模,但会给非期望状态的诊断和避免带来不确定的后果。

② 通用非功能性指标。对体系性能、可靠性、可用性及其他指标的深入视图是非常有用的。但如同在前面探讨过的,可升级的论证体系指标及其交互作用的技术非常必要。而且视图越多,要想理顺它们的描述、假设和交互作用就变得越复杂。

③ 视图一致性保证。在问题视图和解视图、体系结构类型兼容性分析的可追溯性方面已经有了一些简单的研究,但更全面的对于可升级的体系视图一致性保证方面的能力是更有必要的,主要领域有约束满足、共存效果、假设兼容性及构成性等。

④ 视图更新传播。一个网络为中心的体系会持续演化,需要其视图能够轻易更新,包括在不同视图和系统之间的副作用。那些在有小的变动时不需要重新进行全面跨视图分析的增加的工具越老越有价值。

⑤ 不可见性。一个网络为中心的体系会包含大量复杂的、独占的商用产品,其内在是不可见的。对这类产品和可升级的面向服务的体系结构的更好的界面和定义能力也变得越来越重要。

(6) 处理复杂性中人类的局限性。体系的绝对复杂性,如航空航天指挥中心(AOC)及适应不断变化的体系环境条件的需求会给个体和组织的决策制定带来严峻挑战。失败的决策通常由如下原因引起:草率判断、滥用资源和重蹈失误策略的覆辙。

要灵活响应复杂性带来的意外挑战并减少变故带来的破坏作用需要使用工具,如认知定义、压力减轻、决策移植和标注等使得个人和组织更"有心"等方法,也就是警惕性、弹性和灵活性。有人提倡要学会"关注意外并及时停止"。换句话说,这展示了如何在异常条件产生恶果之前、当其还处于"新生、微小和无关紧要"状态时,就探测到它们。最终,要相信当个人处于集体中时,其行为可能与单独行动时大相径庭。一些如风险偏好倾向、信任和社会文化等方面的因素都会起作用。人们在体系工程世界里合作并相互影响(在体系结构领域)的方式究竟有多大区别?

　　作为结果,我们建议越过大多数将体系与一般系统工程工作区别开的因素的讨论。例如,它们是复杂、动态、变化和高度自治的,并且有多个目标和多个股东的支持。过去常提到的是与体系相关的人的特性,有开发人员、用户、执行人员、操作人员、信息技术人员和维护人员等。而实质上,每个涉及体系潜在效能的参考资料都提到了"根本问题在人"。如果未来体系的远期有效性和成功度得到显著改善,需要大量知识来提高各色人等的能力,尤其是与体系中有效能力和人的反应相关的知识,或体系中的人类系统分析技术的可量测方面,如认知任务分析。在此方向已经有一些有用工作,如 Booher,但仍有大量工作可做。

　　一项候选研究正在主动寻求为处理复杂性和变故时具备的人类属性开发一个数据库。体系构建者们可以使用该数据库详尽地描述体系所需的元素及必要的人类行为和技能,尤其是在处理变故和操作持续进化的体系。其他研究方向包括体系中人的因素试验床及人的因素在协作完成多任务系统时的工程能力。该研究的假设前提是确定人的属性能够导致以后系统构建者得到更好的教育并最终在各个领域改进体系架构,这就允许体系构建者们在体系构建、运行和维护等工作中定义一个人类属性类型学,并设计合适的决策支持和建立于其上的机制的方法。另一个相关研究目标就是定义意外的体系行为类型,如通过体系建模和仿真,开发建立于人类属性基础上的辅助工具来探测它们的出现并采取适当的抑制行动。最终,需要定义一个属性和模式的类型学,刻画成功的团队,并作为校验和改进体系团队协作的基准。此类研究的范围可能是一个适度结构化的体系,如AOC 或一个应急管理体系。

　　(7) 网络中心的弱点。世界正变得越来越平坦,由各种被信任网络连接着,使得遥远的各个角落都能够相互协作并即刻访问数据,进行数据评估,果断做出行动,在任何时间、地点都有较高的精度和准度,这种前景正在成为渗透进商业和国防领域的一种战略,军方称为"网络中心战"。信息技术(IT)密集的体系大量存在并结合上述理念被开发。

　　但一个平坦的世界不一定是友好的,信任也不是绝对的。网络会遭受各种形式的信息攻击,如病毒和蠕虫,时刻威胁着 Internet 并以各种方式降低其效率,从调试和消除病毒感染所需时间到网络安全防范系统的开支(这些系统本身就会降低网络效率),都暴露出了网络自身的问题。这些还只是皮毛,网络入侵已导致了身份信息丢失、大量"隐私"数据失窃,以及对"安全"数据和系统的威胁。一些注入 IT 系统中的恶意软件更是很难被发现,更不用说防御了,而且其正在快速进化并成为某些政府窃取他人商业和军事机密的工具。

　　上述情况已被广泛认识并且被当成网络的 IT 性质的直接结果,认为主要是软件引起的。很明显,如果这个平坦的世界想要避免未来的裂口,目前的 IT 范式或其工具应该改进。随着上述问题被意识到并展开相关研究,有许多工作要做,而且体系架构的潜在作用需要被发掘和理解。我们很明白目前还没有这种持全景观点的相关研究。

(8) 演化、进化。体系的一个基本特征就是其进化性,也就是新系统工程方法的开发来应对体系演化和涌现属性的研究。①新契约机制来处理体系演化等方面的研究;②改进过程的研究,通过过程的改进来更好地运用一些规则以潜在的演化、螺旋式采办和开发。同步和稳定的并发工程,风险管理,用户满意,体系交互定义和开发。

(9) 导向性涌现行为。这是 Madni 于 2006 年提出的一个新概念,它是指将突现行为引向指定的方向的能力。在体系背景下,导向涌现行为可以被看做是为了实现使命目标的一个策略,即体系开发的最终目的。特别地,需要设计一种机制引导涌现的体系行为来满足体系的目标。第一个研究领域就是机制设计,它可以获得全局最优行为,当参与的 Agent 不断地在他们自己感兴趣的范围内活动,而不管其他参与 Agent 的兴趣。第二个领域是体系演变可以被预测,根据正在进行的动态现象,研究集中在促使体系演化的规则上,以及如何将这些规则置入体系及相关的系统、过程和工具,使得体系能够适应动态变化的环境。

(10) 无单个所有者的体系。在最后的评估中,导向性涌现难度为 8,研究价值为 7.8,分别排名第一和第二。导向性涌现在 10 个推荐研究领域中,研究难度排名并列第一,达到 8 分(满分 10 分),研究价值排名第二(7.8 分)。

在国际系统工程组织(INCOSE)2008 年的一个研讨会中,由 Hsu 主持的一个有关"如何控制体系涌现行为"的研讨中,把关注体系研究中的突现行为,并且如何把握和引导这些突现行为,直接满足为体系目标的实现作为体系工程研究的一项关键技术。

8.2.2　能力工程

能力工程这个名称出现于 2005 年加拿大国防部的一系列研究报告(协同能力定义、工程和管理)中,它是在基于能力规划 CBP 逐步应用于国防部的采办过程中后,能力工程的目的是创建一个系统的联系,将能力概念到详细的定义,工程化和组件系统的管理有机集成到一起。能力工程主要是对于战略投资方案改进的提供决策支持。能力工程其实质是规范了基于能力规划的具体过程,为其提供了一个整体的解决方案框架,来保证构成体系的系统之间的权衡分析以解决他们之间的冲突,这个过程被称为能力工程过程,它提供了严格的和结构化框架来实现能力转化为对实际装备和系统的需求。其基本框架如图 8.2 所示。

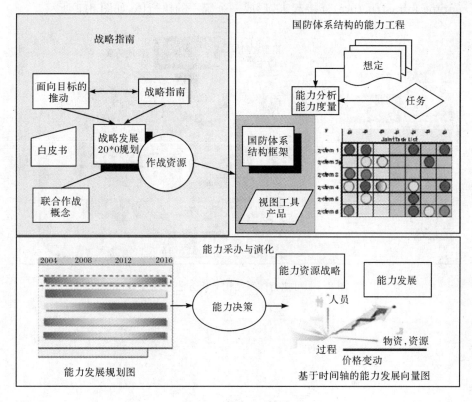

图 8.2　能力工程框架

8.2.3　基于可执行模型驱动的体系需求分析

　　体系需求产品通常是图形、表格及矩阵,描述了系统的关键元素。大多数体系需求产品提供了相应视图信息的静态表示,并允许执行相应的静态分析,这些静态产品虽然包含有大量的系统结构、组织、连接性信息,但缺乏动态分析系统与实际环境作用的行为特性。

　　可执行体系的体系需求分析概念强调组成部件的可执行特征及相互之间的关系,强调业务过程执行对系统功能执行的驱动,并且需要相关资源、技术和标准的支持,从而在整体上形成一个执行体。

　　目前,可执行模型驱动的体系研究还处于尝试阶段,可执行体系结构分析方法的基本思想是将体系结构需求产品导入成一种可执行的形式,然后对体系结构表示的系统及能力进行动态分析。模型的动态分析允许用户分析变更的影响、确定性能和效能的度量。可执行体系结构分析方法的技术实现方案是将业务过程模型、通信网络模型及作战仿真环境通过 HLA(high level architecture)的 RTI （runtime infrastructure）连接起来，形成一个统一的执行体，如图 8.3 所示。

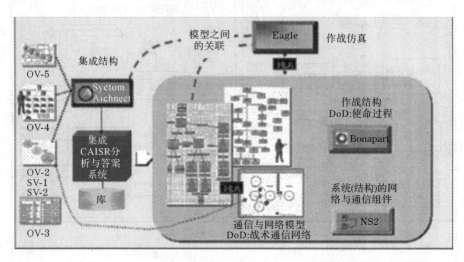

图 8.3　可执行体系结构分析方法实现方案

参 考 文 献

陈剑. 2003. AHP 和 QFD 方法在产品创新中的应用. 合肥：中国科学技术大学硕士学位论文.

陈俊. 1999. 质量计划理论方法研究与开发实践. 北京：航空航天大学博士学位论文.

程勇. 2002. 基于场景和形式化方法的软件需求建模研究. 合肥：合肥工业大学硕士学位论文.

段采宇, 张维明, 余滨. 2007. C4ISR 需求模型化框架. 国防科技大学学报, 29(5)：122—127.

范业仙, 冯玮. 2006. 需求获取方法浅析. 宁德师专学报, 18(1)：4—6.

顾巧祥, 祁国宁. 2007. 基于元数据的产品数据本体建模技术. 浙江大学学报, 41(5)：736—741.

顾翔. 2004. 基于 RSL 的协议形式化描述语言研究. 合肥：中国科学技术大学博士学位论文.

姜璐, 张方风. 2008. 要加强对复杂适应性系统的研究——对自组织理论的反思. 系统科学学报, 16(1).

孔造杰, 赫永敬. 2001. 用权重概率综合系数法确定 QFD 中用户要求重要性. 计算机集成制造系统——CIMS, 7(1)：65—67.

刘静. 2003. 基于本体的 CADM 建模方法研究与实现. 长沙：国防科学技术大学硕士学位论文.

鲁延京. 2006. 基于 UML 的武器装备体系需求能力视图产品研究. 长沙：国防科学技术大学硕士学位论文.

罗雪山, 罗爱民. 2005. 军事综合电子信息系统的体系结构框架研究. 系统工程理论与实践, 6：86—90.

吕建, 张建莹. 1996. 形式化开发方法 DD-VDM. 软件学报, (增刊)：385—393.

马浩海, 刘实, 蒋严冰. 2005. UML2.0 扩展机制分析. 内蒙古大学学报(自然科学版), (01).

马龙, 柳少军. 2003. 组织决策过程及其涌现性研究. 系统仿真学报, (2)：1687—1687.

缪淮扣, 李刚, 朱关铭. 1999. 软件工程语言——Z. 上海：上海科学技术文献出版社.

裴波, 王聪, 徐小岩. 2004. C4ISR 系统需求获取的方法研究. 军事运筹与系统工程, 11：7—10.

秦征, 杨利英, 高勇民, 等. 2004. 软件项目管理. 北京：清华大学出版社.

申维. 2001. 自组织理论和耗散结构理论及其地学应用. 地质地球化学, 29(3).

谭跃进, 陈英武, 易进先. 2003. 系统工程原理. 长沙：国防科学技术大学出版社.

谭跃进, 高世楫, 周曼殊. 1996. 系统学原理. 长沙：国防科学技术大学出版社.

汪小帆, 李翔, 陈关荣. 2006. 复杂网络理论及其应用. 北京：清华大学出版社.

吴俊. 2008. 复杂网络拓扑结构抗毁性研究. 长沙：国防科学技术大学博士学位论文.

吴桐, 阳展飞, 赵文耘. 2003. 可变粒度需求跟踪的研究与实现. 计算机工程与应用：62—64.

熊健. 2007. 基于价值的武器装备体系需求跟踪和变更影响分析研究. 长沙：国防科学技术大学硕士学位论文.

许国志. 2000. 系统科学. 上海：上海科技教育出版社.

杨海军. 2003. 进化计算中的模式理论、涌现及应用研究. 天津：天津大学博士学位论文.

杨鹤标, 张继敏, 朱玉全. 2006. 一种需求变更影响的评估算法. 计算机工程, 32(23)：82—84.

余滨. 2002. C4ISR 需求工程理论方法研究. 长沙：国防科学技术大学出版社.

余滨, 段采宇. 2006. 军事需求工程技术之需求管理. 国防科技, 10：43—47.

余滨, 段采宇, 张勇. 2006. 军事需求工程技术之需求获取. 国防科技, 5：31—35.

张闯,唐胜群,王策. 2004. 利用语义模型的需求跟踪性的实现. 计算机工程,30(18):87—89.

张维明. 2002. 信息系统建模. 北京:电子工业出版社:35—52.

张维明,段采宇. 2007. C4ISR 需求开发新途径:基于本体建模. 国防科技大学学报,29(6): 86—92.

张忠维. 2002. 涌现及其内在机理初探. 广州:华南师范大学硕士学位论文.

周之英. 2000. 现代软件工程. 北京:科学出版社.

朱永娇,刘洪刚,郑威. 2007. 复杂系统基于定性关系的建模与诊断推理研究. 系统工程与电子技术,29(6).

Ahn S, Chong K. 2007. Requirements change management on feature-oriented requirements tracing. ICCSA 2007:296—307.

Balci O. 2008. Network-centric military system architecture assessment methodology. Int. J. System of Systems Engineering,1.

Bapat S. 1993. Towards richer relationship modeling semantics. IEEE Journal on Selected Areas in Communications,1(9).

Bernier F,Couture M,Dussault G,et al. 2005. CapDEM-Toward a capability engineering process. Valcartier:Defence R & D Canada.

Boehm B. 2003. Value-based software engineering. ACM Software Engineering Notes,28(2):1—12.

Boehm B, Lane J. 2006. 21st century processes for acquiring 21st century software-intensive systems of systems. CrossTalk,19(5):4—9.

Bolognesi T. 1987. Brinksma,introduction to the ISO specification language LOTOS. Computer Networks and ISDN Systems,(14):25—59.

Bunge M. 1977. Emergence and the mind. Neuroscience,2:501—509.

Casti J L. 1997. Would-Be Word:How Simulation is Changing the Frontiers of Science. New York:Wiley.

Center for Contemporary Conflict. 2004. Capabilities-based defense planning building a 21st century force.

Chen P C J. 2003. Advancing systems engineering for systems-of-systems challenges. Systems Engineering,6(3):170—183.

Cleland-Huang J,Zemont G,Lukasik W. 2004. A heterogeneous solution for improving the return on investment of requirements traceability. RE 2004:230—239.

CMMI Product Team. 2002. Capability Maturity Model Integration.

Committee on Naval Analytical Capabilities and Improving Capabilities-Based Planning National Research Council. 2005. Naval Analytical Capabilities Improving Capabilities Based Planning. Washington D C:National Academies Press.

Cook S C. 2001. On the acquisition of system of system. Proc. 11th Annu. Symp. INCOSE.

Dardenne A,van Lansweerde A,Fickas S. 1993. Goal-directed requirements acquisition. Science of Computer Programming,(1):3—50.

Davis P K. 2002. Analytic architecture for capabilities-based planning,mission-system analysis, and transformation. Santa Monica：RAND.

Di Battista G，Lenzerini M. 1993. Deductive entity relationship modeling. IEEE Transactions on Knowledge and Data Engineering，5(3).

DoD Architecture Working Group. 2003. DoD architecture framework version1. 0.

Doh J P. 2000. Entrepreneurial privatization advantage：Order of entry and local parter collaboration as of competitive advantage. Academy of Management Review，25：551—572.

Du Bois P. 1997. The Albert Ⅱ reference manual. Belmont：Notre Dame de Namur Universisty.

Egyed A. 2003. A scenario-driven approach to trace dependency analysis. IEEE Transactions on Software Engineering，29(2)：123—132.

Egyed A，Grünbacher P. 2002. Automating requirements traceability：Beyond the record & replay paradigm. Proceedings 17th International Conference on Automated Software Engineering：163—171.

Elizabeth C M，et al. 2003. 需求工程. 韩柯译. 北京：清华大学出版社.

Evans M W. 1989. The Software Factory. New York：Wiley.

Fisher D A. 2006. An emergent perspective on interoperation in system of systems. Pittsburgh：Carnegie Mellon University.

Fowler M. 2003. UML Distilled：A Brief Guide to the Standard Object Modeling Language. 3rd Edition. New Jersey：Addison-Wesley Professional.

Fowler M. 2005. UML 精粹. 第 3 版. 徐家福译. 北京：清华大学出版社.

Gheorghe A V. 2008. Mining intelligence data in the benefit of critical infrastructures security：Vulnerability modeling，simulation and assessment，system of systems engineering. Int. J. System of Systems Engineering，1.

Gotel O C Z，Finkelstein A. 1994. An analysis of the requirements traceability problem. Proceedings of the 1st International Conference on Requirements Engineering：94—101.

Haimes Y Y. 2004. Risk Modeling，Assessment，and Management. Second Edition. New York：Wiley.

Haken H. 1983. Advanced Synergetic. New York：Springer.

Halford G S，Wilson W H，Phillips S. 1998. Processing capacity defined by relational complexity：Implications for comparative，developmental，and cognitive psychology. Behavioral and Brain Sciences，21：803—831.

Hanneghan M，Merabt M，Colquhoun G. 2000. A viewpoint analysis reference model for concurrent engineering. Computers in Industry，41(1)：35—49.

Heindl M，Biffl S. 2005. A case study on value-based requirements tracing. ESEC-FSE'05，09：60—69.

Holland J. 2001. 涌现——从混沌到有序. 陈禹，等译. 上海：上海科学技术出版社：137—142.

http://qes. ifs. tuwien. ac. at/publication/TR070110Heind/TAM. pdf.

http://www. rational. com.

http://www. standishgroup. com.

http://www.zachmaninter-national.com.

Huygens M,et al. 2001. Co-evolution of firm capabilities and industrial competition:Investigating the music industry. Organization Studies,22:971—1011.

IEEE Computer Society SWEBOK Team. 2004. Guide to the Software Engineering Body of Knowledge.

Jackson J. 1991. A keyphrase based traceability scheme. IEE Colloquium on Tools and Techniques for Maintaining Traceability during Design:1—4.

Jan E D D H,Amardro S. 1997. SDL:Formal Object-Oriented Language For Communicating Systems. New York:Prentice Hall.

Johnson W L H R. 1991. Sharing and reuse of requirements knowledge. Proceedings of 6th Annual Kowledge-Based Software Engineering Conference.

Kaindl H. 1993. The missing link in requirements engineering. ACM Software Engineering. Notes,18(2):30—39.

Keating C R R. 2003. System of systems engineering. Engineering Management Journal,15(3):36—43.

Kotoyna G. Somerville I. 1998. Requirements Engineering Process and Techniques. New York:Wiley.

Lefering M. 1993. An incremental integration tool between requirements engineering and programming in the large//Proc. IEEE International Symp. on Requirements Engineering,San Diego:82—89.

Leffingwell D,Widrig D. 2004. Managing Software Requirements:A Use Case Approach. 2nd ed. 北京:机械工业出版社.

Lock S,Kotoyna G. 1998. Requirement level change management and impact analysis. Lancaster:Cooperative System Engineering Group.

Lock S,Kotoyna G. 1999. An integrated probabilistic framework for requirement change impact analysis. Requirement Engineering:38—63.

Lock S,Kotoyna G. 1999. An integrated framework for change management impact analysis. Proceedings for the 4th Australian Conference on Requirements Engineering.

Macaulay L. 1996. Requirements Engineering. London:Springer.

Maier M W. 1996. Architecting principles for system of systems. Proc 6th Annu. Symp. INCOSE.

Marciniak J. 1994. Encyclopedia of Software Engineering. New York:Wiley.

Mill J S. 1843. A System of Logic in Philosophy of Scientific Method. New York:Hafner Press.

Miller G A. 1956. The magical number seven,plus or minus two:Some limits on our capacity for processing information. The Psychological Review,63(2):81—97.

MORS Workshop. 2004. Capabilities based planning:The road ahead. Virginia:Institute for Defense Analyses Arlington:19—21.

Murmann J D. 2003. Knowledge and Competitive Advantage:The Coevolution of Firms,Technology,and National Institutions. Cambridge:Cambridge University Press.

Myloppulos J, Castro J. 2000. Tropos: A framework for requirements-driven software development. Lectures Notes in Computer Science.

Nicolis G, Prigogone I. 1977. Self-Organization in Nonequilibrium Systems: Form Dissipative Structure to Order though Fluctuations. New York: Wiley.

Ober I. 2000. More meaningful UML models. Technology of Object-Oriented Languages and Systems Proceedings: 146—157.

Park J. 2005. Requirements change management in product line engineering[PhD Dissertation]. Pusan: Pusan University.

Planeaux J B. 2003. Beyond the task force CONOPS the path to a capabilities-based modernization framework for the air force [PhD Dissertation]. Alabama: Air War College Air University.

Pogue C M, Dr Vallerand A. 2003. A conceptual model of military capabilities and an integrating functional architecture to facilitate military capability-based planning//Proceedings of the Summer Simulation Multiconference, Montréal.

Reid D, Johnson J. 2002. A system design archetype for C4ISR systems of the 21st century. 7th International Command and Control Research and Technology Symposium.

Ring J, Madni A. 2005. Key challenges and opportunities in 'system of systems' engineering// IEEE International Conference on Systems, Man and Cybernetics, Waikoloa, Hawaii: 973—978.

Sarriegi J M. 2008. Conceptualising social engineering attacks through system archetypes. Int. J. System of Systems Engineering, 1.

Sommerville I, Sawyer P, Viller S. 1999. Managing process inconsistency using viewpoints. IEEE Transactions on Software Engineering, 25(6): 784—799.

Sousa-Poza A, Kovacic S, Keating C. 2008. System of systems engineering: An emerging multidiscipline. Int. J. System of Systems Engineering, 1.

Spivey J M. 1992. The Z Notation: A Reference Manual (2nd Edition). London: Prentice Hall.

Sutclife A, Maiden N. 1998. The domain theory for requirements engineering. IEEE Transactions on Software Engineering, (3): 760—773.

Swenson R. 1989. Emergent evolution and the global attractor: The evolutionary epistemology of entropy production maximization. Proceedings of the 3rd Annual Meeting of the International Society for the System Science, 33(3): 46—57.

Telelogic. 2002. Telelogic Doors Handbook.

Terninko J. 1997. Step-by-step QFD: Customer-driven product design. CRC Press LLC.

The Technical Cooperation Program. 2004. Guide to Capability-based Planning.

Thom R. 1975. Structural Stability and Morphogenesis. Reading Mass: Benjamin.

Topkis D M. 1998. Super Modularity and Complementary: Frontiers of Economic Research Series. Princeton: Princeton University Press.

Valerdi R, Axelband E, et al. 2008. A research agenda for system of systems architecting. Int. J. System of Systems Engineering, 1.

van Lamsweerde A. 2000. Requirements engineering in the year 00: A research perspective. Proc.

ICSE'2000：22nd International Conference on Software Engineering.

van Lamsweerde A. 2001. Goal-oriented requirements engineering：A guided tour//Proceedings RE'01，5th IEEE International Symposium on Requirements Engineering，Toronto：249—263.

Wiegers K E. 2000. 软件需求. 陆丽娜，等译. 北京：机械工业出版社.

Wing J M. 1990. A specifier's introduction to formal methods. IEEE Computer，23(9)：8—24.

Woods D. 2006. Essential characteristics of resilience' in Hollnagel. Resilience Engineering.

Yang H B，Liu Z H，Ma Z H. 2007. An algorithm for evaluating impact of requirement change. Journal of Information and Computing Science，2(1)：48—54.

Yoo J，Bieber M. 2000. Towards a relationship navigation analysis. Proceedings of the 33rd Hawaii International Conference on System Sciences.

Young R R. 2002. 有效需求实践. 北京：机械工业出版社.

Zachman J A. 1987. A framework for information systems architecture. IBM Systems Joural，26(3)：276—292.

Zemont G. 2005. Towards value-based requirements traceability[PhD Dissertation]. Chicago：DePaul University.

Zisman A，Spanoudakis G，Perez-Minana E，et al. 2003. Tracing，software requirements artefacts. International Conference on Software Engineering Research and Practice.